로테
Charlotte Soller

팔레
Palle de Médicis

블랑슈
Blanche de Médicis

Character
등장인물

엘렌
Eléonore Bonnefoi

세드릭
Cédric Luneau

팔마
Falma de Médicis

살로몬
Salomon

"이단, 죽어야 한다. 각오하라···."

"나의 화염 신술의 정수를 다 바쳐
반드시 이 의뢰에 답하도록 하겠어요."

멜로디
Mélodie Le Roux

Contents

1화 이세계 약국의 일상과
조용히 다가오는 흰 가운 집단

팔마 일행은 잠시 동안 마세일령을 시찰한 뒤 제도로 돌아왔다.

마세일령에서는 낮에는 브루노를 따라다니며 열심히 영민들의 이야기를 듣고 때로는 브루노가 신술로 농민들을 돕는 것을 견학했고, 밤이면 각지에서 보내온 특산품을 먹는, 먹고 시찰하고 먹고 시찰하는 충실한 생활을 누렸다.

"너무 느긋하게 지냈네. 우리 제대로 일할 수 있을까?"

팔마는 평소와 달리 일을 잊고 마세일에서 충전을 했다.

"그러게. 매일이 휴가라면 좋을 텐데."

엘렌도 오프를 너무나 잘 즐기고 말았다.

"덕분에 편하게 지냈습니다!"

드 메디시스가의 고용인이자 연중무휴로 팔마를 모시는 로테는 잠시 노동에서 해방되어 마음껏 행동했던 한때였다.

"너무 오래 쉬면 환자가 힘들잖아. 가게를 열어야지."

팔마는 돌아온 그날 바로 영업을 재개했다.

일주일쯤 제도를 비웠기 때문에 그 영향도 있어서 영업을 재개한 후에 환자와 손님들이 가게로 몰려와 약국은 더욱 성황을 이뤘다.

"전보다 손님이 늘지 않았어? …고마운 일이긴 하지만."

팔마는 약국 카운터에서 가게 밖에 생긴 장사진을 보며 엘렌에게 물었다.

"정말 많이 늘어났어. 세 배는 된 것 같아. 휴가를 가진 반동이 엄청나네……."

"단골손님들이 다 찾아오셨어요. 약국을 기억해주셨네요!"

로테가 기쁜 얼굴로 손님들을 대했다. 팔마가 반응을 느끼고 있는데 엘렌도 의기양양해했다.

"일주일 좀 쉬었다고 잊겠어? 팔마가 좋은 약을 만들고 있잖아."

그 후에도 쉬지 않고 단골들이 찾아왔지만, 그에 섞여 영업 재개 후부터 종종 약국을 찾는 흰 가운을 입은 수상한 남자들에게 팔마는 자꾸 시선이 갔다. 조제와 진료를 하고 있다 보면 강한 시선이 느껴진다. 그 시선에 그들 쪽을 쳐다보면 자주 눈이 마주친다. 그들이 팔마를 보는 빈도는 분명히 일반적인 범주를 벗어난 것이었다. 팔마는 이유는 없지만 그들을 수상하게 느꼈다. 가슴이 술렁거렸다.

'손님에게 이런 생각을 하면 안 되는 거겠지만… 수상하단 말이야.'

그런 일이 이어진 탓에 팔마는 집중력이 떨어지기 시작했다.

"혹시 오해한 건지도 모르니까 이런 말은 하고 싶지 않은데."

3층 직원 휴식 공간에서 직원이 모두 모여 점심을 먹고 있을 때 팔마는 결국 흰 가운 집단에 대해 이야기를 꺼냈다.

"아까 본 흰 가운 입은 무리가 어제랑 그제도 왔었잖아. 왠지 나를 쳐다보는 것 같던데."

"기분 탓이 아니야. 나도 느끼고 있었어. 분명히 팔마를 보고 있었다고. 약사를 보는 거면 나도 봐야 할 텐데 그렇지 않더라고."

엘렌도 동의했다. 세드릭도 같은 의견이었다.

"그런가요? 그러고 보니 인사를 하거나 상품을 안내해도 답이 없 긴 했어요."

약간 둔한 로테도 돌이켜 생각해보니 걸리는 점이 있었는지 고개를 갸웃거렸다.

"아마 그 사람들, 약이 목적이 아닌 것 같아. 판매하는 약 선반을 살펴보지도 않던걸."

"약사 길드 관계자인가? 뭐지? 정탐하는 것도 새삼스러운데."

"어린이 점장이 신기해서 그러는 것도 아닌 것 같고."

특색 있는 흰 가운을 입고 딱히 뭘 사지도 않고서 가게를 살피는, 눈빛이 날카로운 남자들. 그렇다고 로테가 무슨 일이냐고 물으려고 하면 재빨리 사라진다. 절대로 팔마에게 말을 걸지는 않지만 팔마를 쳐다보는 건 명백했다.

같은 옷을 입은 남자들은 2인조로 번갈아가며 약국을 찾고 있었다.

"그 흰 옷… 신전 신관 복장하고도 비슷하던데, 완전히 똑같지는 않단 말이지. 제도에서는 처음 보는 옷이야. 새로운 무슨 단체나 그런 덴가?"

엘렌은 어떤 길드의 제복을 떠올려도 기억에 없는 듯했다.

"다른 나라의 단체에서 정찰을 온 걸까? 아무리 생각해도 답이 안 나오네. 그냥 신경 쓰지 않을게."

팔마가 농담 섞어 말했다.

"글쎄. 문지기 기사한테 말해두는 게 좋지 않을까. 수상한 움직임을 보이면 잡아달라고 해야지."

직원들이 그런 대화를 하고 있는데 시온 백작의 시종이라는 자가 약국을 찾았다. 지방 영주인 백작이 제도를 찾으면서 약국에 들를 거라는 연락을 가져왔다.

"시욘 백작이 어느 영지 백작이더라? 시욘은 이름이 아니지?"

귀족 사회에 밝지 않은 팔마는 실수가 있어선 안 될 것 같아 솔직히 엘렌에게 물어보았다.

"마세일령 이웃 영지에 있는 시욘 백작이야. 아… 맞다."

엘렌이 뭔가 생각이 났다는 듯이 안경을 내리며 불온한 말을 던졌다.

"그 백작, 소문이 별로인데. 괜한 트집이나 안 잡히면 다행이지."

로테가 히익 하고 뺨을 감싸며 어깨를 움츠렸다.

젊은 시욘 백작은 푸른 백작이란 별명을 갖고 있었다.

지금까지 몇 차례 결혼을 했는데 아내들이 모두 한 달도 안 가 실종이 됐다. 그게 다가 아니라면서 엘렌은 팔마에게 얼굴을 들이대며 안경을 쓱 올렸다. 그녀가 발언을 강조하고자 할 때 주로 하는 버릇이다. 본인은 모르는 것 같지만 팔마가 볼 땐 절로 미소가 나오는 모습이었다.

"그게 다가 아니라니 무슨 말이야?"

"소문으로는 성에는 굳게 닫힌 방이 있대. 거기에서 살해당한 아내들의… 형체를 봤다는 고용인도 있어. 그것도 한두 번이 아니라고."

"잘 아네, 엘렌. 그런 이야기는 어떻게 흘러나온 거래?"

아무리 생각해도 헛소문인 것 같았지만, 그렇다고 치더라도 엘렌의 정보 수집 능력에는 감탄이 절로 나왔다.

"범죄 냄새가 나는 것 같지 않아?"

"사실이라면 그렇겠지."

"어머, 확실한 소식통이 전해준 이야기라고. 엘렌 씨는 도움이 되는 정보에서부터 별거 아닌 정보까지, 다양한 정보를 수집하고 계시거든요."

엘렌은 그렇게 말하며 가슴을 쭉 폈다. 팔마는 적당히 맞장구를 치며 속으로는 이렇게 생각했다.

'이번 건 별거 아닌 정보였네.'

숙녀 행세를 하고 싶어하는 나이인 엘렌. 엘렌도 일급 약사이긴 하지만 숙녀. 정기적으로 열리는 무도회 등의 상류 귀족 사교장에서 다양한 정보를 교환하는 것 같았다.

그림 동화에 나오는 파란 수염 같아 팔마는 미묘한 심경이었다. 엘렌의 이야기는 계속되었다.

"그리고 백작은 엄청나게 피부가 파랗다고 하더라고."

"핏기가 없다는 소리야? 하얗다는 걸 과장하는 게 아니라?"

"누가 색이 없다는 거야. 무례하네."

팔마의 질문에 얼굴을 찌푸리는 엘렌. 그 표정이 재미있다고 생각하며, 팔마는 오해를 풀려고 했다.

"난 핏기가 없다고 했잖아?! 그렇게 말 안 했다고."

억울하다. 엘렌은 부끄러운지 헛기침을 했다.

"어머, 잘못 들었나 보네. 안색이 파랗다, 창백하다는 수준이 아니라, 그냥 파란색."

"뭐어?!"

팔마는 도무지 믿기지 않았다. 그리고 생각할 수 있는 가능성은,

"화장이라도 한 거 아냐?"

그 정도였다.

팔마와 엘렌이 소문에 대한 이야기를 나눈 직후, 시욘 백작이 시종을 거느리고서 약국을 찾았다.

화려한 모자를 깊숙이 눌러쓰고 남의 시선을 신경 쓰며 들어선다. 팔마는 백작을 배려해 점포가 아니라 2층의 진료실로 안내했다. 백작은 진료실에 들어와서도 모자를 벗지 않고 작은 목소리로 이름을 밝혔다. 그에 비해 팔마는 생글거리며 응대했다. 어떤 소문이 돌더라도 환자는 환자, 편견을 가져선 안 된다. 팔마는 그렇게 생각했다.

"잘 오셨습니다, 시욘 백작님. 약사인 팔마 드 메디시스라고 합니다."

"자네가 소문의 약사인가. 젊다고 듣기는 했는데 정말 굉장히 젊군. 궁전에 볼일이 있어 온 김에 들러봤네. 자네 아버지와도 조금 전에 만났어."

백작은 작게 한숨을 쉬었다. 그 표정에서는 어린애잖아, 괜한 수고를 했네 하는 생각이 읽혔다.

"긴히 상담을 청하고 싶은 일이 있는데. 자네가 할 수 있는 범위 안에서 말이야."

"네, 제가 힘이 되어드릴 수만 있다면요."

시욘 백작은 모자를 벗었다. 엘렌의 사전 정보는 정확했다. 약국을 찾은 백작의 안색은 딱히 밝지 않은 조명 아래에서도 알 수 있을 만큼 파랬다. 비유가 아니라 정말로 파란색이었다.

"피부가 파래져서 큰일이네. 의사를 찾고는 있는데…."

'파랗다기보다 은에서 유래한 색이야… 은을 먹고 있나.'

팔마는 진안(診眼)으로 백작을 진찰했다. 슬쩍 눈에 손을 대자 백작의 온몸이 파랗게 빛났다. 예상한 대로다.

"'은피증'."

파란색 빛은 사라졌지만 옅은 붉은색으로 바뀌었다.

통상적으로 진단 후에는 하얀색 빛이 남는데 오늘은 달랐다. 진한 형광색이었다.

'빨강?! 처음 보는 건데?!'

팔마는 낯선 색을 보고 긴장했다. 물론 은피증에는 특효약이 없다. 하지만 적어도 효과가 있다는 온갖 약제의 이름을 열거해보았다. 거기에 더해 용매에는 팔마가 지금까지 최대한 사용을 피해온, 신술로 생성한 물도 더해보았다. 그래도 빨간 빛은 조금 약해지긴 해도 거의 변화가 없었다. 팔마는 혼란에 빠질 것만 같았다. 처음 하는 경험이었다.

'치료할 수 없는 약이 없어?! 생성수로 녹여도 안 되나! 제길, 레이저를 쓰면 좀 연하게 만들 수 있는데.'

이 자리에 치료약이 존재하지 않는다. 팔마도 결국 인정하지 않을 수 없었다. 현대 의학은 이 자리에서는 쓸 수 없다는 사실을.

그럴 때 빨간 빛이 된다는 걸 팔마는 지금 이 순간에야 비로소 깨달았다. 무자비한 선고였다. 전생에서도 현대 의학으로도 고치지 못하는 병은 수도 없이 많았다. 그런 질환을 몰아내는 것이 생전 팔마가 했던 일이었고, 평생의 목표였다. 하지만 진안으로 그런 판단을 내려야 하는 것은 팔마에게 너무나 가슴 아픈 일이었다.

일단 체내에 들어온 은은 그대로 축적되어 쉽게 밖으로 빠져나가지 않는다. 이치로는 이해하지만, 어떻게 할 수 없나 하는 심정에 답답해졌다. 인간의 능력을 초월한 수많은 능력을 갖고 있는데……
그런 생각이 들었다.

"자네는 모르겠지…. 이 겉모습 때문에 영민들이 두려워해서 밖
에도 나갈 수가 없어. 근거도 없는 헛소문이 돌고… 의사는 밖에 나
가 햇볕을 쬐라고 하지만."

백작은 결국 한탄을 했다. 시선을 너무 신경 쓰다 못해 노이로제
에 걸리기 직전인 것 같았다. 팔마는 위로밖에 안 된다는 걸 알면서
도 조언을 했다.

"제가 하나 말할 수 있는 건 미용을 위해서는 햇볕을 너무 오래
쬐어서는 안 된다는 겁니다. 햇볕에 노출되면 안색이 더 검어질 겁
니다. 최대한 저택 안에서 지내도록 하세요."

그렇게 저택에 틀어박혀 있다 보면 다시 터무니없는 소문이 퍼질
거고 기분이 가라앉을 거다. 악순환인 건 잘 알고 있었다.

"예전대로 돌아갈 수는 없나. 아아… 이럴 수가. 내가 무슨 짓을
한 거지."

진심으로 절망한 백작에게 엘렌과 팔마는 뭐라 할 말이 없었다.
하지만 팔마는 한 가지 사실을 떠올렸다. 마세일 해안에서 물에 빠
진 블랑슈를 구했던 그 능력이었다.

'잠깐만… 그때 그 능력. 해볼 가치가 있지 않을까?'

팔마는 '정(正)'의 능력은 검증을 통해 지식과 견문을 키웠지만,
'부(負)'의 능력에 대해선 그 능력을 시험해보지 않았다. 며칠 전에
팔마가 바닷물을 일정 영역째 없애버린 건 사실 염분과 미네랄, 그
리고 물도 모두 없애버렸던 것이었다. 그건 뭐였을까.

'내 능력을 검증한 뒤에 백작의 증상을 경감시킬 수 있는지 생각

해보자.'

팔마는 환자를 상대로 적극적으로 신술을 쓰는 건 원치 않았지만, 이때만큼은 다른 방법이 없었다. 시험해볼 가치는 있다고 생각되었다.

"잠시만 기다려주시겠습니까? 확인해보고 싶은 게 있어서요."

"오오, 얼마든지 기다리지. 잘 숙고해주시게."

팔마는 백작을 방에 둔 채로 검증을 하기 위해 조제실로 자리를 옮겨 안에서 문을 잠갔다.

비커에 물을 받아 가용성 소금을 녹인 수용액 안에 사철을 풀었다. 모델은 단순한 게 좋다. 간단한 조건을 만들어 실험에 들어갔다.

"실험 개시다."

팔마는 순서대로 검증하기 시작했다. 대조 실험을 위한 대조구와 본 실험을 위한 시험구를 만들었다.

대조구 1 : 비커를 소거→실패.

대조구 2 : '소금' '사철' '물' 각각에 접촉하며 각각을 독립적으로 소거→성공. 단독으로 모두 없앨 수 있다.

시험구 1 : '염수'에 접촉하며 소거→성공. '사철'이 잔류.

시험구 2 : '염수'에 접촉해 침전한 '사철'에는 접촉하지 않고 모두 소거→성공. 비커 안에는 잔류물 없음.

"그럼 이러면 어떨까."

팔마는 실험 총괄에 들어갔다.

시험구 3 : '염수'에 접촉해 '사철'에 접촉하지 않고 '사철'만 소거
→성공. '염수'만 잔류.

거기까지 실험한 결과를 통해 고찰에 들어갔다.

'물… 아니, 유체를 통해 이 힘이 전해지는구나.'

그렇다면 백작의 체내에 있는 모든 은에 접촉하지 않더라도 생각
한 구조식의 대상물을 없앨 수 있다.

가설이 성립되었다.

"화합물을 생각하면, 일정 영역에서 내가 바라는 것을 직접 접촉
하지 않아도 없앨 수 있나?!"

그리고 그는 무서운 사실을 깨달았다. 그 능력을 쓸 때 팔마의 손
은 마치 유령처럼 투명해져 통과하려고 마음만 먹으면 그 물체를
투과할 수 있었다. 몇 번을 반복해도 재현이 됐다.

'그나저나… 아아, 난 점점 인간에서 멀어지는구나.'

팔마는 무척 난처했지만, 미련을 남기고 죽었다가 다시 이 세계
에 태어났으니 뭐라 불평할 수 없었다. 그리고 죽은 팔마 소년의 인
생을 대신 짊어지고 있다는 생각에 다시 마음을 다잡았다.

"그림자도 없고, 투명해지고. 사람들 눈에 보이는 유령 정도로 생
각하면 마음이 좀 편해지려나."

한 번 죽긴 했으니 유령이라고 생각하면 정신적으로도 편해질지
모른다. 팔마는 마음을 고쳐먹었다. 팔마는 조제실에서 거듭해 능
력 발동 실험을 반복해서 신술의 이미지를 포착했다. 실패가 있어

서는 안 된다.

'자, 해보실까. 집중력이 끊이지 않게 조심해야 해. 그랬다간 백작의 몸도 사라지게 될 테니까.'

"오래 기다리셨습니다."

정신을 다잡고 진료실로 돌아온 팔마는 흰 가운 깃을 바로 하고 백작에게 다가갔다. 이마에 땀이 맺혔다.

"미안하군, 바쁠 텐데 여러모로 생각을 해준 거지? 못한다면 못한다고 확실하게 말해주게."

백작이라는 사회적인 입장에 있는 사람이 소년 약사에게 지나친 기대를 걸고 치료를 바라는 건 팔마에게 중압감이 됐을 거라며 백작은 미안하다고 사과했다.

"자넨 아직 소년이야. 다른 약사나 의사도 손을 못 썼는데 자네가 어떻게 할 수 있을 리가 없지. 어른답지 못하게 어려운 문제를 떠넘기고 말았군. 오늘은 이만 가보겠네."

팔마가 본 백작은 이미 체념의 경지에 도달한 것처럼 보였다. 백작은 자리를 뜨려고 진료실 의자에서 몸을 일으켰다. 백작의 인기척을 느꼈는지 엘렌이 진료실 커튼을 열려고 했다.

"잠시만 기다려주십시오, 백작님."

팔마는 도망치지 않고 백작 앞에 섰다.

"현재 복용하시는 약을 보여주시겠습니까? 그것들과의 궁합을 고려해 처치를 하겠습니다."

"건강을 위해 의사에게서 처방받아 먹고 있는 약이 몇 개 있네."

백작은 시종에게 약 상자를 가져오라고 시켰다. 큰 약상자를 상비하고 다니는 것 같았다.

보석이 박힌 상자 안은 약으로 가득했다. 백작은 아직 젊은데도 상당히 건강을 신경 쓰는 성격으로 보였다. 건강식품과 에너지 드링크 같은 것이 가득 들어 있었다.

"약에 기댄 게 문제였을까."

자조하듯 말하는 백작 옆에서 팔마는 약병을 하나씩 열어 내용을 확인했다.

"이건… 역시 그렇구나."

한 약병을 집은 팔마의 손놀림이 멎었다.

"아아, 그거? 그건 비싼 환약인데 체액 순환을 조절해주고 병마를 물리쳐준다고 들었네. 매일같이 애용하고 있지."

약병 안에는 은박에 싸인 큼지막한 환약이 들어 있었다. 환약의 이름을 물어보니 안에 들어 있는 것은 딱히 해가 될 게 없는 허브라는 걸 알 수 있었지만, 건강을 중시하는 백작은 이걸 하루도 거르지 않고 열 알씩, 몇 년에 걸쳐 복용했다고 했다.

"열 알이나요."

"아, 조금 더 늘리는 게 좋지 않을까 생각했는데."

"이 환약은 오늘부터 끊으십시오."

팔마는 백작에게 진지한 얼굴로 엄중히 충고했다.

"왜지? 이걸 먹으면 좋아. 포기할 수 없는데 그래야 할 무슨 문제라도 있나?"

"은입니다. 은은 미량은 건강에 해가 되지 않지요. 하지만 이건 너무 많습니다."

"뭐…?!"

"그러고 보니….."

엘렌은 뭔가를 눈치챈 것 같았다.

환약을 처방할 때 이 세계의 약사는 은박을 즐겨 사용한다. 은으로 코팅한 환약은 잘 썩지 않고 오래 보관할 수 있는데다 보기에 예쁘기 때문에 궁정 의사나 귀족 약사들 사이에서 유행한다고 했다. 하지만 평민이 온몸이 파랗게 되는 증상에 시달린다는 예는 아직 없었다. 평민은 은을 섭취하지 않는다. 평민 약사는 은박을 거의 사용하지 않기 때문이다.

"이 은박을 매일 조금씩 섭취한 게 당신의 피부가 파랗게 된 원인입니다."

"왜 파랗게 되는 거지? 은색이 아니라?"

엘렌의 질문에 팔마가 바로 대답했다.

"은은 햇볕을 받으면 거무스름해져서 파랗게 보이지."

"어, 어떻게 해야 치료할 수 있나? 매일 한 알이면 되나?"

"일단 이걸 복용하는 건 그만두십시오. 더 이상 파래지는 건 막을 수 있습니다."

팔마는 조금 목소리에 힘을 주었다.

"아, 알았네. 그렇게 하지. 하지만 이 피부는 이제 나을 수 없는 건가…."

핏기가 사라진 얼굴의 백작은 더욱 창백해 보였다. 팔마는 재빨리 오른팔 소매를 걷었다. 머릿속으로 은을 인식하고 능력을 발현하기 위해서였다.

"치료할 약은 없지만 신술을 써보도록 하죠."

"오오… 역시 약신을 수호신으로 둔 궁정 약사로군."

백작은 기대에 찬 눈으로 팔마를 바라보았다. 궁정 약사는 이 세계 시민들에겐 특별한 존재였다.

"어, 팔마, 뭐하는 거야… 설마 신술을 쓰게?"

엘렌은 팔마의 오른팔이 빛나는 것을 보고 그렇게 생각한 것 같았다. 엘렌의 목소리를 들으며 팔마는 집중해 백작을 주시했다. 마음을 실어 오른손을 들었다.

"가까이 오지 마, 엘렌. 안경이 사라질 거야. '은 및 은이온' 소거."

그는 조금 전에 했던 실험처럼 백작 한 사람 정도 넓이의 공간을 가상하면서 다른 모든 미량 원소를 건드리지 않고 은만을 표적으로 삼아 소거했다.

하지만 백작의 반지 하나는 은이었기 때문에 사라지고 말았다. 투둑, 반지에 달린 보석이 바닥에 떨어졌다.

시욘 백작의 얼굴에 붉은 기가 드리웠다. 검붉은, 팔마의 눈에는 우주인처럼 보였던 표피도 아름답게 돌아왔다. 아무도 눈치채지 못했지만 제대로 보니 백작은 미남이었다.

"아니… 안색이 돌아왔습니다!"

관리인의 비명 섞인 말을 들은 백작은,

"거, 거울을 보여줘!"

이렇게 명령했다. 관리인은 한참 동안 쓰지 않았던 거울을 가지고 돌아왔다. 거울을 보는 건 백작에게 괴로운 행위였는지 그는 조심스레 거울에 자신의 모습을 비추어 보았다.

"피부가… 돌아왔어! 세상에, 이건 기적이야!"

백작은 그 자리에서 펄쩍 뛰며 기뻐했고, 그대로 관리인과 춤을 췄다. 팔마는 소매를 내리며 안도했다.

"아아, 정말로 안심했네! 사실은 아내가 질색을 하고 나가버리는 바람에…."

그 말을 듣고 팔마는 소문의 진상을 알고서,

'다행이다, 파란 수염처럼 살해당한 아내는 없었구나.'

가슴을 쓸어내렸다.

하지만 엘렌이 들은 아내의 그림자 이야기는 뭐였을까 하는 의문이 남았다.

"아아, 기분이 좋군. 돈은 물론 낼 거고, 내 보물을 주고 싶어. 이쪽으로 따라와주게."

그렇게 말하고서 백작은 팔마 일행을 마차로 데리고 갔다.

"얘들아, 손님이다."

백작이 말을 건 상대, 그것은 등신대 미소녀 인형이었다. 예쁘게 단장한 등신대 미소녀 인형들이 마차 안에 여럿 앉아 있었다.

'우왓! 백작에겐 이런 취미가 있었구나.'

팔마는 그 박력에 압도되어 비명을 지를 뻔했다. 왜냐하면 그 인형이 너무나 정교했기 때문이었다. 그런 것도 모른 채 백작은 희희낙락해서 팔마에게 등신대 인형을 권했다.

"뭐든 마음에 드는 걸 가져가게. 하나같이 비싼 것들이지만 마음에 들었다면 아쉬워할 게 뭐가 있겠나."

미소녀 인형에게 뺨을 비비는 백작은 무척 푹 빠진 모습이었다.

"이 앨리스는 말이야, 이걸 보라고, 이 아이가 제일이지. 피부도 매끄럽고, 무엇보다도 살아 있는 것 같은 표정이지 않나! 아아, 신부로 삼고 싶어. 자네 방 침대는 넓은가? 그럼 같이 자기에 딱이야. 오늘 밤부터 같이 자도 좋아."

"아, 아아…."

"이 아이도 나쁘지 않지, 이 아이도 같이 자게. 이건 저번 아내를 본떠서 만든 건데."

그렇게 설명을 하는 백작에겐 미안했지만 팔마는 단호하게 거절했다.

"사양하겠습니다."

'백작부인이 나간 건 잠자리용 인형에게 침대를 빼앗겨 물리적으로 짜증이 나서였겠네.'

쉽게 상상이 갔다.

'파란 수염 전설은 없었어. '내 아내'는 많이 있긴 했지만.'

소란스러운 백작이 일으킨 맥 빠지는 사건이었다. 나중에 엘렌에게 말하자 다음에 사교계에서 오해를 풀어주겠다며 기가 막혀하면서도 백작을 변호해주기로 했다.

◆

"어서 오세요, 장 씨. 오늘은 뭘 드릴까요?"

팔마가 말을 건 것은 이세계 약국 최고의 단골 노인이었다.

"좋은 아침이네, 사장. 오늘도 잘되고 있나? 상쾌한 아침이야. 사탕을 사러 왔지."

단골인 장 노인이 오늘도 능숙하게 약국 카운터 앞까지 힘차게 걸어왔다.

"늘 드시는 사탕 말이죠, 준비해드리겠습니다. 필요하실 것 같아서요."

카운터 위에는 의약부외품 또는 의약품이기도 한 각종 사탕이 색색가지 병에 담겨 가지런히 진열되어 있었다. 장 노인이 원하는 건 언제나 사탕이었다.

"오늘은 신작 사탕을 사고 싶은데. 새로운 맛은 아직 멀었나?"

팔마의 얼굴을 힐끔거린다.

"계절이 바뀌면 맛을 바꿀 겁니다. 원하는 맛이 있으시면 검토하죠. 계절 소재를 살린 맛을 만들 거니까 기대해주세요."

팔마는 접대용 멘트를 날리며 결국 늘 사는 맛의 뱃사람 사탕을 권했다.

장 노인은 여전히 매일처럼 찾아와 몇 개씩 사탕을 구입했는데, 절대로 많은 양을 구입하려 하지 않았다.

"그럼 그걸 세 개씩 주게."

친절하게 돈을 받아들려던 팔마가 그 손을 멈추고 장 노인의 손을 응시했다.

"왜 그러나?"

장 노인은 말이 없어진 팔마를 보고서 손을 빼고 긴장했다.

"장 씨, 오늘은 사탕도 사탕이지만, 다른 약도 권해드릴게요."

"응? 나는 보다시피 팔팔한데. 난 건강해. 아무 약도 필요 없어."

장 노인은 가는 팔에 알통을 만들어 보였다. 하지만 그 팔은 힘이 없었고, 팔뚝 아래로 살이 축 늘어져 있었다.

"팔이 아니라 그 손톱을 보세요. 잠시만요."

팔마는 일회용 장갑을 끼고 장 노인의 손을 잡아 자세히 살폈다.

"그러고 보니 손톱이 좀 하얘졌네. 일을 너무 많이 했나?"

장 노인의 손톱은 전체적으로 광택이 없고 힘이 없었다.

"뭐 심각한 건가?"

겉으로 드러나는 증상으로 알 수 있기 때문에 굳이 진안을 쓸 필요도 없다고 생각하면서도 팔마는 진안으로 확정 진단을 내렸다. 중요한 합병증을 일으키면 안 되니까. 다행히 팔마의 진단은 적중했다. 그는 의사가 아니기 때문에 수고를 아끼지 않았다.

"역시 백선균, 그러니까 피부계상균에 손톱이 감염되었네요. 조갑백선이라고도 하죠. 그대로 그 손으로 아무것도 건드리지 마시고 이쪽으로 오세요."

"조갑백선이 뭔데?"

장 노인은 설명을 듣기 위해 카운슬링 코너의 의자에 앉았다. 그는 늘 보이던 거만한 태도를 완전히 버리고 움츠러들어 있었다. 아프다는 말을 들으면 아무래도 약해지기 마련이다.

"진균, 그러니까 곰팡이의 일종이에요. 이 곰팡이가 발톱에 감염되면 무좀, 살에 감염되면 완선, 머리에 옮으면 기계충, 그 밖의 다른 피부에 옮으면 백선이라고 하죠. 같은 곰팡이인데 이름이 달라져요."

"뭐야, 다 똑같은 거잖아. 아, 이거 부끄럽구먼. 그나저나 그렇게 되면 쉽게 낫기 어렵지 않나?"

무좀은 한 번 걸리면 고치기 어렵다는 건 장 노인도 잘 알고 있었다.

"우연히 손톱 사이에 균이 들어가 조금씩 손톱 밑에서 감염이 확산됐을 겁니다. 걱정 마세요, 고칠 수 있으니까. 약만 잘 챙겨 먹으면 완치됩니다."

"고칠 수 있어? 다행이네."

보는 김에 장 노인의 부츠를 벗겨 발톱도 확인하자 역시 무좀이 있었다.

"어… 이거 격리실을 준비하는 게 나으려나? 옮을 텐데."

엘렌이 손님에게 감염될 것을 우려해 장 노인을 격리실로 보낼 것을 검토하기 시작했다.

기분 탓인지 엘렌의 자세도 엉거주춤했다. 감염되기 싫다는 분위기였다.

"그런 걱정은 할 것 없어, 엘렌. 장 씨가 약국 물건이나 사람을 건드리지만 않으면 돼. 공기 감염은 안 되는 거니까. 장 씨, 지금까지 발이 가렵지는 않았나요?"

"어, 맞아. 어쩐지 가렵더라고. 근질거리고 물크러지고. 이게 균이었구먼그래."

여름이면 정말 끝장이라 신발을 벗어 마구 긁어대고 싶을 정도였다면서 장 노인은 절절히 호소했다. 무좀을 의심하지 않고 오랫동안 참고 또 참아왔던 것이다. 인내심이 대단한 노인이었다.

"마시는 항진균약을 드릴게요. 아니다, 마시는 약은 말죠. 부작용이 있을 수 있으니까."

팔마는 처방을 변경했다. 장 노인은 고령자다. 젊은 환자에겐 문제가 되지 않지만, 간 기능 장애 등의 부작용이 있을 수 있었다. 혹시 모르니까.

"마시는 약이 아니면 어떻게 하게?"

"외용약을 씁시다. 바르는 약이죠. 이건 손톱에 직접 바르면 손톱으로 침투해요. 하루에 두세 번, 잊지 말고 발라주세요."

팔마는 손톱에 잘 침투하는 약, 에피나코나졸을 조합해 약 주머

니를 줬다.

"처음으로 사탕 말고 다른 약을 받는군. 낫는다면야 안심이지."

"오랫동안 끈기 있게 잊지 말고 약을 발라줘야 하지만, 낫긴 합니다."

이세계 약국의 쇼핑 봉투가 아닌 약 봉투를 받아 들며 장 노인은 만족스럽게 웃었다.

"약국을 찾으시는 한, 장 씨의 건강은 제가 잘 감시할게요."

"그거 믿음직스럽군. 더욱 열심히 여길 다녀야겠어."

팔마는 웃으며 손을 흔들어 배웅했다.

장 노인은 이튿날부터 하루에 두 번 약국을 찾게 되었다. 그것도 아침 1등으로. 오후에도 1등으로.

그런 의미로 노력하지 않아도 되는데, 팔마는 내심 그렇게 생각했다.

◆

그 무렵, 산 플루브 제국 전역을 총괄하는 산 플루브 신전 대교구에서는 신관장들의 긴급회의가 열리고 있었다.

"마침내 이단자를 찾아냈다. 신성국의 대신전에서 수색 지령을 내린 아이야."

마세일 해안에 신력 웅덩이를 만들어낸 아이를 찾아냈다고, 산 플루브 제도 교구의 신관장이 긴박하게 보고했다.

"산 플루브 제도에서 아주 번창하고 있는 약국을 경영하고 있는 팔마 드 메디시스, 제도 존작가의 차남, 실내외를 불문하고 그림자가 전혀 없다는 것을 확인했다."

"존작의 자제라니 의외로군."

"어떻게 된 거지? 어째서 제도 신전이 지금까지 파악을 못했던 거야? 신전의 출생 시 등록은 어떻게 됐나?"

마세일 교구의 신관장이 제도 신전의 신관장을 규탄하기에 나섰다.

"이 소년은 제도 교구 신전에 물의 정(正) 속성 신술사로 등록이 되어 있다는데, 바닷물을 대규모로 없앴다고 들었소. 어째서 당시의 신관장은 출생 시에 알아보지 못했던 거지?"

선대의 이야기라고는 해도 산 플루브 제도 교구 신전 신관장의 책임은 무거웠다. 세례 의식 때 팔마의 신맥을 연 선대 신관장의 책임 추궁으로까지 비화하고 말았다. 신술사의 신술 속성, 그리고 수호신은 평생 동안 바뀌지 않는 법이다. 그 이전에 그림자가 없는 이단자의 신맥을 연 것은 무서운 사태였다.

그 말을 듣고서 제도 신전은 해명에 급급했다.

"신속히 대응하고 있소. 대신전에 보고하니 이단 심문관 부대를 파견하겠다고 했소. 제1특수부대 말이오."

제1특수부대라는 이단 심문관 부대는 백전노장의 신술사를 모은 이단 심문관 중에서도 특출한 정예들이 모인 곳이다. 4속성의 숙련된 신술사가 소속되어 있으며, 공수 모두 완벽하다는 평판이었다.

제1특수부대는 목적을 위해서는 수단을 가리지 않으며, 냉혈하고 무자비한 심문관 부대로 이단자와 수많은 대악령을 놓치지 않고 없애온 확실한 실적이 있다. 임무 완수율도 월등히 높다.

"아이 하나를 상대로 대신전 직속의 제1특수부대가 나서다니."

회의장 안은 소란스러워졌다. 팔마에게 피도 눈물도 없는 처우가 내릴지도 모른다는 목소리도 커졌다.

"제1부대라면 팔마라는 아이를 죽일지도 몰라…. 존작가의 차남을 없애도 되는 건가. 귀찮아지지 않겠어? 최악의 경우 제도에서 신전을 빼야 하게 될지도 모르는데."

존작가는 황제가 중용하고 있는 대귀족이다. 그런 대귀족과 분규를 일으키려면 대교구인 제도에서 쫓겨날 것을 각오해야만 한다, 신관장들은 그렇게 우려하고 있었다. 제도 신전은 여러 신술사를 거느리고 있기 때문에 쉽게 추방하진 못하겠지만.

"게다가 제도의 일등지에서 운영하고 있는 약국도 성황이라니, 그런 팔마란 아이는 제도 시민들이 좋아하고 신뢰하고 있지 않겠나."

다른 신관이 목소리를 높였다. 쉽지 않을 거라고.

"그런 상태에서 죽인다면 제도 시민들이 신전에 반발할 거야."

"아, 바로 죽이는 건 안 좋지. 체포가 우선이다. 하지만 저항하면 생사는 불문하겠다. 신경 쓸 게 뭐가 있나. 그림자가 없는 아이라면 애초에 인간이 아니야. 존작가도 정신을 차리게 될 거다."

최종적으로 제도 교구 신관장의 말에 그 자리에서 이의를 제기하는 사람은 없어졌다.

"그럼 할 수 없지. 작전 결행 일시를 검토하도록 합시다."

 ## 2화 그림자 없는 소년과 이단 심문관

제법 날씨가 봄다워진 어느 날 아침, 팔마는 평소처럼 로테와 약국 출근 준비를 하고 있었다.

한 지붕 아래에 살고 있기에 드 메디시스가에서 로테, 세드릭과 함께 마차를 타고 출근하고 있었다.

"그럼 가볼까요! 팔마 님. 즐거운 일이에요!"

로테가 큰 짐을 들고 환하게 웃는다.

'짐이 왜 저렇게 크지? 과자인가?'

그렇게 생각하면서도 팔마는 굳이 지적하지 않았다.

세드릭도 주로 종이 서류를 모아 준비를 마친 뒤 현관 앞에서 합류했다. 팔마는 늘 곁에 두는 진료 가방 하나가 전부였다.

"로테도 준비 다 됐어? 세드릭 씨랑 난 끝났는데."

"잘 다녀오렴. 오늘도 날씨가 좋구나. 따뜻해."

어머니인 베아트리스가 현관으로 마중을 나왔다. 잠에서 막 깬 블랑슈까지 데리고 나왔다.

"그럼 다녀오겠습니다, 어머니. 블랑슈도 말 잘 듣고 있으렴."

팔마는 두 사람과 함께 마차에 탔다. 시종이 문을 닫는다.

"응, 오라버니도 조심해요…."

하품을 하며 손을 흔드는 블랑슈에게 마차 창문을 열고 손을 흔들며 팔마와 로테가 출근하려는데 약국 경비 기사 중 한 명인 경비 대장이 드 메디시스 저택으로 비틀거리며 달려 들어왔다.

"큰일 났습니다, 팔마 님! 약국이…!"

팔마는 마차에서 뛰어내렸다.

"약국에 짐마차가 돌진했다고?!"

저택 안에 다 들리지 않았을까 싶을 만큼 브루노가 크게 고함을

쳤다.

"감히 그런 짓을 하다니. 누구인지는 모르지만 무사하지 못할 거다!"

"히익, 죄송합니다! 저희 책임입니다."

비극을 막지 못한 기사가 책임을 통감하며 납작 엎드려 사죄했다.

"용서해주십시오, 나리!"

드 메디시스가의 이름에 먹칠을 한 꼴이니 브루노가 격노하는 것도 당연했다.

"피해 상황은? 정확하게 보고해봐라!"

"네, 가게 문과 상품 일부도 엉망이 됐습니다. 저희가 2인 체제로 경비를 서고 있었습니다만, 아침이 되어 격자문을 여는데 그 틈을 타 시종이 없는 짐마차 두 대가 연달아 돌진했습니다. 막을 수가 없었습니다. 저희가 있었는데도 불구하고, 정말 죄송합니다. 마차 주인은 누군지 모르겠습니다. 등록 번호도 없습니다."

팔마는 당장에라도 불을 뿜을 것 같은 브루노를 달래면서도 심장이 뛰는 것을 느꼈다. 애써 패닉에 빠지지 않으려 노력하며 기사에게 물었다.

"모두 일단 진정하죠. 조제실은 어떻게 됐나요?"

조제실은 카운터 뒤에 있으며 문으로 막혀 있다. 조제실이 약국의 본체다. 그곳이 당하지만 않았으면 그만이라고 팔마는 생각했다.

"조제실은 무사합니다. 네, 문이 잠긴 채 그대로 무사합니다."

"다행이네요. 조제실이 무사하면 어떻게든 될 겁니다. 그렇게 자책하지 마세요."

"팔마 님…."

기사는 안도했는지 콧물을 흘리며 얼굴을 일그러트렸다.

"뭐가 실려 있었는지 알아냈나요?"

오염된 게 단순 화합물이라면 팔마가 소거해 바로 영업을 재개할 수 있다. 그렇다면 피해는 크지 않다. 성실히 영업한 보람이 있어 가게에는 고객이 많았고, 휴일이 끝난 오늘 약을 가지러 오기로 한 환자도 많았다.

"토사입니다."

기사의 보고 내용은 무정했다. 토사는 수많은 원소로 구성된다. 다 없애는 건 불가능했다.

'아아, 이거 임시 휴업을 해야겠네. 토사는 없앨 수 없으니까….'

팔마는 가슴이 찢어지는 마음으로 영업 정지를 결단했다.

영업 개시 시간까지 서둘러 가게에 붙일 종이를 만들어야 한다. 그리고 사람들에게 사정을 설명해야 했다.

"어머… 사람도 안 탄 마차가 돌진하는 일도 있구나. 어쩜 좋니."

조용히 뒤로 다가온 베아트리스가 뭐라 할 말이 없다면서 동정해 줬다. 로테와 세드릭도 마차에서 내려 저택으로 들어와서는 심상치 않은 분위기를 느끼고 입을 다물었다.

"이건 일종의 영업 방해야! 감히 이런 짓을 하다니."

브루노가 팔마가 웬만하면 꺼내고 싶지 않았던 말을 꺼냈다.

"낯선 약을 파는 가게가 못마땅하다, 무섭다, 유해하다고 생각하는 사람이 많은 거지."

물리적으로 영업을 못하게 만든다. 혹은 점포를 위험한 곳이라고 인식시켜 손님의 발길을 끊게 만들려는 속셈일 것이다.

"혹시… 이걸로 끝이 아닌 거 아냐?"

팔마는 불길한 예감이 들었다. 메디크도 당할지 모른다.

"최대한 신속하게 영업을 재개하거라. 쉬면 쉴수록 손님은 멀어지기 마련이야. 그렇게 되면 상대가 원하는 대로 되는 거지. 사태가 이렇게 됐으니 한 발자국도 물러서선 안 돼!"

브루노는 팔마보다 더 화를 내고 있었다. 역시 팔마에겐 든든한 아군이다.

"저도 정리하는 걸 도울게요, 팔마 님. 걱정 마세요."

로테는 군말 없이 당차게 돕겠다고 했다.

"빨리 처리해서 약국을 원래 모습으로 되돌립시다."

세드릭도 팔마의 아군이 되었다.

팔마의 주변 사람들이 전면적인 지원을 해주고 있다.

그 사실이 팔마로선 너무나 기뻤다. 굴복할 수 없다고 자신을 격려했다.

◆

"이건…."

팔마는 각오하고 현장에 들어서긴 했지만 그 광경은 너무나 처참했다.

"너무하네요… 가게가."

팔마와 로테, 세드릭이 약국 점포에 가서 보니 상황은 참담했다. 점내에 유입된 흙은 썩었는지 악취가 났다. 점포 부분은 거의 다 토사에 파묻혀 있었다. 기사의 말처럼 조제실만 겨우 무사한 지경이었다. 흙 신술사인 세드릭은 정속성이기 때문에 토사를 없앨 수 없다. 하지만 오염된 흙을 정화할 수는 있었다.

"'정화'."

세드릭이 지팡이를 들고 발동 영창을 읊어 흙을 정화했다. 그는 무릎이 안 좋아서 평소에는 약해 보이지만, 신술 실력은 확실하다. 축축하게 썩었던 토사는 평범한 흙무더기가 되었다.

"고마워, 세드릭 씨. 냄새가 없어졌네."

정화 신술의 효과는 절대적이었다. 오염증 예방을 위해서도 세드릭의 신기는 가장 효과적이자 고마운 조치였다.

"이런 것밖에 못해서요. 정말 도움이 안 되네요."

세드릭은 분하다는 듯이 콧물을 훌쩍였다.

"그렇지 않아, 나는 면역력이 떨어진 환자를 공격할 감염증의 매개가 될 토사 안의 세균이 제일 걱정이었거든. 내 힘으로는 어떻게 할 수가 없으니까. 이제는 이 토사를 치우고 서둘러 복구만 하면 되잖아. 정말 고마워."

팔마는 추가 설명을 덧붙여 세드릭의 열등감을 지워줬다. 실제로 고마운 일이었다.

"아니! 이게 어떻게 된 거야!"

아무것도 모르고 본푸아 가문의 저택에서 몸소 백마를 타고 출근한 엘렌의 비명이 가게 앞에 울려 퍼졌다. 몸을 부들부들 떠는 게 충격이 큰 것 같았다.

그런 엘렌에게 팔마가 평상심을 유지하며 말을 걸었다.

"엘렌, 조제실에서 메디크로 약을 가져가서 거기서 약국 영업을 해주겠어? 환자는 그쪽으로 보낼게. 오늘은 그렇게 하자. 찾아오기로 한 환자가 몇 명 있거든."

팔마는 두꺼운 문으로 격리된 청결한 조제실로 들어가 오늘 오기로 한 환자 전원의 약을 조제해 약 봉투에 환자 이름을 적어 엘렌에게 맡겼다. 그러고서 조제 세트와 약병까지 건넸다. 그 외에 필요한 서류, 차트와 함께. 팔마의 평소의 준비성이 도움이 되었다. 차트를 로테가 정리해준 것도 다행이었다.

"이거, 오늘 올 사람들 거야. 새 환자가 오면 처방전을 써서 메디크로 보낼게."

"아, 어. 알았어…. 팔마, 너 강하구나."

"우울해하고 있을 수만은 없잖아. 환자를 위해서라도 어서 원래 모습을 찾아야지."

최근 들어 엘렌은 팔마에게 물어보고 어느 정도 팔마의 치료 방침을 흉내 낸 현대 의약품을 제조할 수 있게 되었지만, 팔마에게 물어보지 않으면 패턴화된 질환 이외에는 대응하지 못했다. 기존의 의학 지식에 기반을 둔 약초 등의 처방은 내릴 수 있어도 엘렌은 팔마의 약이 더 잘 듣는다고 생각하는지 처방을 확실하게 바꿔나가고 있었다.

"그리고 엘렌, 메디크 앞 철문은 완전히 열지 말아줘."

엘렌은 몇 초 동안 생각하다가 그 말의 진의를 깨달았다.

"뭐야, 그쪽도 습격당할 수 있다는 소리야? 마차가 돌진할 거라고?"

"모르겠어. 누가 이런 짓을 했는지, 아무것도. 혹시 모르니까 조심하라는 거지. 로테도 그쪽으로 데리고 가줘. 둘 다 몸조심해."

"네에? 전 여기서 도울게요! 돕게 해주세요, 제발!"

로테는 일찌감치 팔을 걷어붙이고 청소 도구를 들고 와 정리를 하려고 나서고 있었다. 그 청소 도구를 엘렌이 빼앗은 뒤 손을 잡고 백마에 태웠다.

"알았어, 팔마. 가자, 로테. 사장 말은 들어야지. 팔마에겐 계획이 있다고. 그걸 돕는다고 생각해."

"부탁할게. 둘 다 나중에 보자."

"혹시 수상한 사람이 오면 신술로 쫓아낼 거야."

그 말에 팔마는 엘렌에게 메디크 관련 대처를 완전히 맡기기로 했다.

팔마는 남아 뒷정리를 한 뒤 영업 재개 계획을 세워야 했다.

"이게 어떻게 된 일이야… 누가 내 단골 가게에 이딴 짓을 했어!"

평소처럼 문을 열자마자 찾아온 장 노인이 가게 몰골을 보고 분개했다.

"기껏 사탕을 사러 왔더니만! 그리고 물도 못 마시잖아! 이걸 어쩔 거야! 가만두지 않겠다아!"

장 노인의 분노는 멈출 줄을 모르고 높아져갔다. 그 말을 들은 팔마는 가만히 있을 수가 없어서 토사에 파묻혀 엉망이 된 가게 안에서 뱃사람 사탕을 찾았다.

사탕을 넣어둔 병은 다행히 무너진 선반 위에 놓여 있었다.

팔마는 그걸 꺼내 장 노인에게 병째 건넸다.

"병에 흙이 좀 묻긴 했는데 안은 깨끗해요. 바깥을 깨끗이 씻은 뒤에 뚜껑을 여세요. 장 씨는 단골이니까 이건 드릴게요. 가게를 다시 열게 되면 사러 와주세요. 그때에는 새 상품을 마련해놓겠습니다."

"우오오오…! 공짜로 이렇게 많이 받아 가도 되나?! 잠깐만 기다려봐."

장 노인은 눈을 빛내며 병째 갖고 뛰어갔다. 노인이란 게 믿어지지 않는 속도라고 팔마는 생각했다. 장 노인에게서 힘을 얻은 기분이었다.

"궁정 약사님, 기운 내요. 힘드시겠네요."

"도울 일 있으면 말해주세요."

"도와드릴게요. 참 별일이 다 있네요."

친하게 지내온 주변 상점가 사장들이 재난을 가엾이 여기며 거리로 나왔다.

짐마차 잔해를 치우는 데 남자가 필요할 거라며 힘 잘 쓰는 사제를 빌려주겠다고도 했다. 팔마는 감동했다.

"고맙습니다. 큰 힘이 되네요."

"어딜 도우면 되나?"

"흙을 날라줄게."

조금씩 치우는 손길이 늘어났다.

약국 영업시간이 되어 아무것도 모르는 단골손님들이 차례로 찾아왔다.

하지만 가게가 영업이 가능한 상태가 아니란 걸 보고는 다들 팔마에게 말을 걸고 고개를 저으며 침통한 얼굴로 돌아가거나 메디크로 발길을 돌렸다. 일부는 남아서 정리하는 걸 돕기도 했다.

"조금 멀지만 약은 다른 점포로 받으러 가주세요. 불편을 끼쳐드려 죄송합니다."

"사장님, 왜 댁이 사과하는 거야? 아무 잘못도 하지 않았는데."

환자가 그렇게 말해주어 힘이 되었다.

약을 필요로 하는 환자는 2호점 점포로 안내했다. 신규 환자에겐 팔마가 그 자리에서 처방전을 써주고는 2호점으로 가져가라고 말했다.

어느새 거리의 수많은 사람들이 자진해서 뒷정리를 도와주게 되었다.

"여러분… 바쁘신데 고맙습니다!"

팔마가 그들에게 고마워하자,

"이 약국은 우리한테도 필요한 거니까요. 우리를 위해서도 당연한 일이죠."

지병을 가진 단골들이 땀을 흘리며 씩 웃었다.

"이제 이 약국은 이곳에 뿌리를 내렸나 봅니다."

세드릭이 감격에 찬 목소리로 말하며 눈시울을 적셨다.

"돌아왔다! 사장, 우리가 도울게. 자, 어서들 와라."

"네!"

잠시 뒤에 장 노인이 돌아왔다. 혼자가 아니라 힘 좋아 보이는 열 명 정도의 기골이 장대한 반라의 남자들을 데리고서. 팔마는 처음 보는 사람들이었다.

"어? 어? 이분들은 아는 분들이신가요?"

팔마가 당황하자,

"아, 신경 쓸 것 없네, 우리 젊은 것들이야. 뱃사람 사탕을 좋아하는 녀석들이거든."

장 노인은 그들을 부리며 팔마의 작업을 도왔다.

"빠릿빠릿하게 일하지 못해!"

'장 씨, 왜 저렇게 으스대는 거지? 게다가 저 덩치들이 순순히 말을 듣고 있잖아.'

팔마는 장의 정체를 몰랐지만 왠지 의문이 들었다. 사내들의 팔에 닻과 항구 이름이나 배 이름 등이 문신으로 새겨져 있는 걸 봐선 바다 사나이인 것 같았다. 그들이 장 노인에겐 절대 복종하는 걸 봐선 장 노인은 은퇴한 어업 관계자인가, 팔마는 그렇게 추측했지만 바쁘게 일하는 그들에게 물어볼 수도 없어 답답하기만 했다.

'하지만 덕분에 큰 도움이 됐네.'

그들 덕분에 흙더미는 순식간에 치워져 가게 밖으로 옮겨졌다. 그리고 사정을 들은 여제가 병사들을 보내 메디크의 경비를 증강하고 정리하는 것을 돕게 했다. 여제의 시동인 노아가 이야기를 듣고 현지를 살피러 찾아왔다.

"아니, 이거 참. 요란하게도 당하셨군요. 이런, 이런."

노아는 휘파람을 불었다. 놀리는 건지, 가엾이 여기는 건지 알 수가 없었다.

"보다시피 이래. 그렇게 재미있어하지 말라고."

팔마는 너무 비참한 기분이 들지 않도록 평소처럼 대응했다.

"폐하가 화가 나셨어. 제국의 칙허인이 있는 가게를 깔보았다고 말이야."

"그, 그래…."

'브루노 씨의 반응하고 똑같네. 폐하가 더 무섭긴 하지만. 범인은

어떻게 되는 걸까.'

"철저하게 하시겠다지 뭐야, 얼마나 무서웠다고! 폐하라면 하실
걸. 범인은 폐하의 화염 신술로 숯덩이가 될걸. 아아, 두렵다, 두려
워."

노아는 여제의 분노를 보고 맨발로 도망쳐 나오고 싶었다고 했
다. 실제로 도망쳐서 여기에 온 걸 거다. 농땡이를 부리려는 게 보
였다.

"어떻게 하실까, 보복?"

"숙청이겠지. 짐작 가는 범인 있어?"

"너무 많아서 모르겠어."

약사 길드가 핵심이겠지만 꼭 그렇다고 단언할 수도 없는 노릇이
었고, 수상한 흰 가운을 입은 집단도 마음에 걸렸다.

"그 짐작 가는 걸 좀 말해봐. 아마 폐하가 밟아주실 거야."

"괜한 오해면 어떡하려고. 말 못해."

무엇보다도 증거가 없었다. 원한을 살 법한 상대는 많다. 약사 길
드일지도 모른다고 섣불리 말했다간 여제가 밟아버릴 것 같아 괜한
오해를 살 짓은 하고 싶지 않았다.

"폐하가 내장을 고칠 장인을 보내주시겠대. 오늘 안에 토사가 정
리되면, 내일 가게 안을 시공하고 모레면 영업을 재개할 수 있을 거
야."

역시 성질 급한 여제는 행동도 빨랐다. 여제의 후원이 있어 고마
울 때도 있다고 감사하는 팔마였다.

"점심때니 좀 쉬죠. 다들 수고하셨습니다. 고마워요."

팔마는 이마에 땀을 흘리며 일하는 사람들에게 휴식을 권했다. 그들은 군말도 없이 일만 하고 있었다.

"그럼 오후에 또 올게."

"고맙습니다. 정말 감사해요."

팔마도 그제야 점심 휴식에 들어가기로 했다. 오전 작업만으로도 옷은 흙으로 엉망이 되었기에 갈아입고서 세드릭과 함께 맞은편 길가에 있는 식당에서 점심을 먹었다.

"저녁까진 끝날 것 같네요, 팔마 님."

세드릭은 그렇게 말하면서도 음식을 제대로 삼키지 못했다. 잘못 삼켜 기침을 터트렸다가 물로 억지로 밀어 넣는다.

"세드릭 씨, 음식 조심해서 드세요. 자꾸 그러다 폐렴 걸립니다."

"이거 부끄럽네요. 팔마 님은 입맛이 있으시군요."

팔마는 수프와 빵을 남김없이 비운 뒤였다.

"먹어둬야죠. 오후에도 일해야 하니까. 하지만 다들 도우러 와줘서 고마웠어요."

"주위 사람들에게 감사하는 마음가짐은 훌륭하십니다. 전 정말이지, 가슴이 막혀서… 쿨럭."

음식까지 막혀버렸다. 팔마는 기침을 터트리는 세드릭의 등을 문질러줬다.

"지금은 복구하는 데 전념하기로 해요. 생각은 나중에 하고, 범인을 찾는 것도 나중에 합시다."

"네, 그렇게 하겠습니다."

"수프 더 주세요. 빵도요."

"네, 사장님. 든든히 먹어요."

팔마는 오후 작업에 대비해 평소보다 많이 식사를 했다.

팔마와 세드릭이 약국 점포 밖에서 벤치에 앉아 쉬면서 계획을 세우고 있는데,

"약사 팔마 님, 도와주세요. 환자가 있어요. 제발 도와주세요."

당황한 모습으로 젊은 여성이 소리를 지르며 팔마에게 다가왔다. 제도에선 못 본 얼굴이었다.

"어떻게 처음 보는 나를 아는 거지?"

문득 그런 의문이 팔마의 머리를 스쳤다.

"아버지가 땡볕에서 일하시다가 쓰러지셨어요. 바로 요 앞이에요! 시간이 많이 지났는데 정신을 차리지 못하세요!"

"열사병인가? 알았어요. 갑시다."

작업 중단 운운할 때가 아니었다. 그리고 열사병 처치라면 그렇게 긴 시간이 걸리지는 않을 거다.

팔마는 가게 안으로 뛰어 들어가 진료 가방에 더해 야외에서의 부상에도 대응할 수 있는 왕진 가방을 가져왔다. 그리고 백마에 훌쩍 올라타 여자도 말에 태웠다.

"세드릭 씨, 미안. 잠깐 갔다 올게, 이쪽이 급해서."

"여긴 맡겨주십시오, 팔마 님. 혼자서 괜찮으시겠습니까?"

세드릭이 걱정스레 말을 걸었다.

"감당 못할 것 같으면 돌아와서 도움을 청할게. 바로 돌아올 거야."

"그럼 여긴 작업하고 있겠습니다."

"고마워. 잘 부탁해, 세드릭 씨. 그럼 안내해주세요."

"네, 이쪽입니다."

여자의 안내를 받아 말에 채찍질을 해가며 제도 외곽 언덕 위까지 올라왔다. 제도를 한눈에 조망할 수 있는 탁 트인 언덕이었다. 바로 근처라고 하지 않았나… 팔마는 괜히 마음이 찜찜했다.

인적 없는 쓸쓸한 곳이었다.

"여깁니다."

"여기요?"

여자와 함께 팔마도 말에서 내렸다. 팔마는 주위를 두리번거렸다.

'쓰러진 사람이 어디 있지? 작업을 했었다는데, 이런 데서 뭘 한 걸까?'

"아, 환자분이 안 보이는데요."

팔마가 그 말을 채 끝내기도 전이었다.

언덕 아래에서 새하얀 복장을 갖추고 말을 탄 남자들이 언덕을 일렬로 올라왔다. 여자는 어느새 사라지고 없었다.

'당했다!'

수적 열세, 팔마는 몸이 움츠러드는 기분이었다. 도망칠 곳이 없다. 말에서도 내려왔다.

말 위에 있는 남자들 모두 지팡이를 들고 있었다. 거기서 예상되는 건 당연히 신술사의 전투다. 양아치들이 휘두르는 폭력이 아니다. 후자인 게 훨씬 나을 텐데.

"우리는 대신전 이단심국의 이단 심문관이다."

모두 내신술 전투복으로 보이는 하얀 고기능성 옷을 입고 신전 성기사단 완장을 차고 있었다.

"무슨 일이시죠?"

"대신전의 하명으로 그림자가 없는 금발 소년을 찾고 있다."

"신전…?!"

팔마는 전에 엘렌의 수업 때 배운 것을 떠올렸다.

신전은 대륙 내외에 지배구역을 가진, 이 세계에서 가장 많은 신자를 가진 국제적 종교 단체다.

종교 단체라고 해도 그 권력은 단순한 종교 단체의 범주에 그치지 않는다.

신전은 생후에 바로 갖게 되는 세례 의식 때 신술사의 수호신을 감정하고 축복으로 신맥을 열어 귀족으로서의 자격을 준다. 그리고 귀족으로서의 자질이 부족하다고 판단한 사람은 강제로 신맥을 닫고 평민 신분으로 떨어뜨릴 수도 있다. 신전에 반역을 꾀한 귀족은 영원히 추방된다.

각국의 국왕과 황제를 선정하고 권장, 제장(帝杖), 왕관, 제관을 수여하는 것도 신전이다.

따라서 신전의 권력은 제국을 웃돌며, 마음만 먹으면 산 플루브국 황제와의 전면전도 불사한다. 팔마가 산 플루브국 황제가 아끼는 궁정 약사이자 존작의 차남이라는 사실은 일고의 가치도 없을 것이다. 신전은 국가의 틀에 구애받지 않으니까.

'나였냐! 언제부터 캐고 다녔던 거지?!'

팔마 외에 그림자가 없는 아이가 있을 리가 없었다.

"그렇게 당당히 약국을 경영하고 대낮에 돌아다니다니. 너무 태평했구나."

'제길, 그림자가 없는 걸 봤구나! 아, 혹시 약국에 왔던 하얀 옷을 입은 무리 아냐?'

처음부터 기회를 노렸었다는 걸 깨달았다. 약국을 찾았던 무리와는 복장이 달랐지만, 저 단체라는 걸 직감했다.

"왜 네겐 그림자가 없지?"

맑은 하늘 아래 언덕이다. 반드시 그림자가 생기는 상황에서 팔마의 발밑에는 그림자가 없었다. 옷을 두껍게 입으면 옷에 살짝 그림자가 진다. 하지만 얇게 입었을 때에는 그의 주위에선 거의 그림자를 찾아볼 수가 없었다. 남자들의 발밑에는 짙은 그림자가 드리워 있었다. 변명할 수 없는 상황이었다.

"악령인가?"

"아닙니다."

최악의 경우 어떤 영적인 존재일지도 모르지만, 악령은 아닐 거다. 팔마는 그렇게 대답하고 싶었다.

"그럼 뭐지! 대답하라, 이단!"

팔마가 대답을 못하고 있는데 조바심이 난 한 남자가,

"손을 들어 열 걸음 뒤로 물러나라."

이렇게 협박했다. 팔마는 저항할 의도가 없었기 때문에 순순히 열 걸음 물러났다. 그곳은 풀이 없는 평평한 땅바닥이었다.

"'포박하라!'"

말에서 뛰어내린 남자가 지팡이로 바닥을 짚고 서서 외치자 대악령의 상위 결계가 발동했다. 미리 지면에 그려둔 걸로 보이는 정밀한 신술진에 발동 커맨드와 신력이 실리자 바닥에서 붉은색 빛이 뿜어 나오고 섬광이 팔마를 덮쳤다. 하지만,

"아, 아닛?!"

큰 폭발음을 남긴 채 신술진은 자멸했다.

"대악령 신술진이 안 먹히다니?!"

"아, 전 악령이 아니거든요…."

미안하다는 듯이 입을 연 팔마의 말은 그들에겐 들리지도 않는 것 같았다.

신속하게 정체를 밝히려고 든 한 남자가,

"정체를 드러내라! **'불꽃의 폭풍'.**"

대뜸 불꽃 발동 영창과 함께 대화염 공격을 날렸다.

"우왓, 잠깐만요…."

"시끄럽다!"

갑자기 신술 전투가 시작되었다.

팔마는 진료 가방과 왕진 가방을 언덕 위에 던져놓고 왼손을 들어 기절하는 걸 막기 위해 숨을 멈추고는 무영창으로 대량의 질소를 만들어내 화염을 꺼트렸다. 그리고 세심하게 불꽃이 있는 영역에서 오른손으로 산소까지 소거해 연소를 완전히 막았다. 귀족으로서의 소양이라며 엘렌이 예상치 못한 사태에 대비한 전투 훈련을 시켰는데, 그건 모든 속성의 신술에 대비한 것이었다.

오히려 팔마가 걱정한 것은 '너무 과해서 상대를 죽이지 않을까' 하는 점이었다. 화염은 팔마에게 도달하기 전에 사라졌다.

"아니… 맨손으로 신술을 쓰다니? 불꽃 부(負) 속성인가!"

물의 신술사가 쓴 얼음 계열 공격을, 팔마는 오른손의 물질 소거 능력으로 어렵지 않게 소거했다.

"물의 부 속성도?!"

기본적으로 신술사는 여러 속성을 가지지 않는다고 생각했던, 또한 악령이라고 생각했던 자가 신술을 쓰는 것을 보고 남자들은 큰 혼란에 빠졌다.

'기화 마취제라도 뿌려서 기절시킬까. 아, 그러면 나도 기절하겠네. 그럼 소거 능력으로 저혈당이나 가벼운 탈수 증상을 일으켜 실신시켜야 하나.'

팔마는 어떻게든 이 상황을 피차 무사히 빠져나갈 수 있는 방법을 찾으려 했지만, 이 자리를 모면한다고 해도 약국을 운영하는 한 이미 정체는 밝혀졌으니 계속해서 쳐들어올 거다. 이 자리에서 그들을 모조리 죽인다면 입이야 막을 수 있겠지만, 조금 전에 사라진 여자나 다른 누군가가 그 광경을 볼지도 모르고, 애초에 살인은 처음부터 선택지에 없었다. 하지만 상대는 전혀 그럴 생각이 없어 보였다.

"생사 불문하라는 지시다. 할 수 없지, 죽여라!"

'뭐어…?!'

완장에 두 줄이 들어가 있는 리더 격인 남자가 너무나 쉽게 살해 지령을 내렸다.

"이단은 죽어야 한다. 각오해라."

팔마는 인간이 아닌 생물이라 단정 지어졌고, 이단으로 말살 대상이 되었다. 이젠 서로 무사히 끝날 수 없을 것 같았다. 팔마는 각오했다. 저항하지 않으면 죽는다.

말을 탄 이단 심문관은 모두 일곱 명. 보아하니 4속성 신술사가 모두 있는 것 같았다.

팔마는 물 속성의 신술사를 가장하고 있기 때문에 한정된 수로 응전했다.

흙 속성 신술이 지면에서 공격하면 두꺼운 물의 층을 지면에 만들어 막고, 불 속성 신기는 질소 창조 내지는 산소를 소거해 끄고, 얼음 방어벽을 방패로 삼아 바람 속성술사의 폭풍을 막아내고, 물기둥으로 말을 휘둘러 술사를 떨어뜨리고, 얼음 파편을 던져 지팡이를 얼리고 파괴해 무력화하는 등…… 그렇게 팔마가 공격을 하는 사이에 이단 심문관들은 점점 초조와 공포를 표정에 드러내기 시작했다.

팔마의 신력을 실은 얼음 장벽은 어떤 금속보다도 단단해 화염 공격도 견뎌냈으며 열을 통과시키지 않았다.

"파사(破邪) 계열 공격이 안 통하다니?!"

"십자포화 진형을 무너뜨리지 마라!"

"일곱 명이 덤볐는데… 큭."

그들 사이에 자잘한 지시가 오고 갔다.

팔마는 무영창으로 응전하고 있었지만, 물질 창조가 가능하다는 사실을 간파당해선 안 되었기에 모두 물 속성 신술만으로 대응했다. 그래도 이단 심문관들은 신기를 발동시킬 때마다 신력이 줄어들었기 때문에 점점 신기의 위력이 약해져갔다. 한편으로 팔마의 신력은 줄어들 기미도 없었다.

팔마의 눈으로 본 이단 심문관 무리는 힘을 많이 소모한 것 같았다. 반대로 팔마는 신술을 쓰면 쓸수록 신체 능력이 높아져갔다.

"신력 웅덩이다! 나왔어! 들은 대로다!"

이단 심문관들이 소리쳤다.

"신술을 쓸수록 신력 웅덩이가… 커지고 있어!"

"저 녀석, 빛나는데! 팔이… 온몸까지! 이게 도대체 뭐지!"

팔마의 이상성을 깨달은 이단 심문관들의 지휘 계통이 흐트러졌다.

"자, 잠깐만… 이거, 밀리는데?! 심문관 중에서도 정예 중의 정예 부대인 우리가?!"

그런 이단 심문관들을 보며 팔마는 호흡을 가다듬었다.

"좀 피곤하네…."

하지만 팔마도 연속 공격을 받고 있었다. 반격은 거의 하지 않고 있었기 때문에 이대로는 답이 나오지 않을 상황이었다. 결판을 내기 위해 위협을 하기로 했다.

'겁만 주는 정도면 괜찮겠지.'

팔마는 가볍게 팔을 치켜들어 왼손으로 공중에 선을 그었다.

그것은 먼저 공중에 알알이 박힌 작은 얼음 결정 행렬을 만들었다. 그것이 깜짝 놀랄 속도로 굉음과 함께 거대해지더니, 순식간에 빙산처럼 커졌고, 이젠 어디로도 도망칠 수 없을 만한 크기가 되어 상공을 뒤덮었다.

그 얼음을 팔마는 정확하게 컨트롤해 이단 심문관들 머리 위에 가지런히 띄웠다.

그가 그 손가락을 조금만 내리면 모두 빙산에 깔려 압사할 것은 이제 의심할 여지가 없었다. 팔마는 세심하게 주의하며 빙산을 조종했다. 그러는 척은 해도 실제로 떨어뜨릴 생각은 없었으니까.

"아… 으아아앗!"

말은 날뛰었고, 바닥에 내동댕이쳐진 이단 심문관들은 하늘이 캄캄해질 만큼 커다란 빙산이 주는 압박감에 전의를 상실했다. 반사적으로 날린 큰 화력의 불꽃도 무한히 성장하는 것처럼 보이는 빙산 앞에서는 무력했다.

'아아, 이제 완전히 악역이네. 뭐, 어쩔 수 없지.'

팔마는 짜증이 났지만, 여기서 포기할 수는 없다고 각오를 다졌다. 협박을 할 거라면 전의를 상실할 때까지 철저하게 한다. 그들이 도망치지 못하도록 빙산에서 얼음 기둥을 떨어뜨려 그들을 에워싸듯 바닥에 꽂아 완전히 포위했다. 도망치게 두지 않겠다는 의지를 표명함으로써, 그들의 공포는 더욱 증폭되었을 것이다. 공포로 온몸을 떨며 오줌을 싸거나 입에 거품을 무는 심문관도 있었다.

"사실은 이러고 싶지 않거든."

팔마는 또렷한 목소리로 그들에게 타이르듯 말했다.

"당신들도 다치게 하고 싶지 않아. 안 믿을지 모르지만."

이단 심문관들은 입을 다문 채 팔마가 말하길 기다렸다.

"나는 이 세계에 사람들을 치유하러 왔어."

그것이 재차 생을 얻고 수많은 능력을 갖게 된 그의 사명이라고 자각하고 있었다. 팔마는 지팡이가 없다. 진료 가방과 왕진 가방과 함께 자신을 보호하기 위한 지팡이를 갖고 오기는 했지만, 뽑아 들지는 않았다. 그곳에 환자가 있다는 말을 믿고, 그 환자를 위해 그는 이곳에 홀로 찾아왔다.

"내가 이 손을 휘두르기만 해도 당신들 머리 위에 이게 떨어져 압사할 거야. 하지만 더 이상은 아무것도 안 할 거야. 난 못해. 그러니까 얌전히 돌아가줄 수 없을까?"

팔마의 두 팔은 파랗게 빛나고 있었다. 약신의 성문이라 불리는 것과 흡사한 그것은 하얀색 긴 소매 너머로도 선명히 보였다.

"한계가 없는 신력, 약신의 성문, 그리고 그림자가 없는 몸… 그렇구나."

이단 심문관 리더는 뭔가를 깨달은 것 같았다. 그러자마자 몸을 크게 떨기 시작했다. 그리고 다른 심문관들에게 뭔가 말했다.

"우리가 틀렸다. 우리의 눈이 흐렸었어. 왜 알아보지 못했던 거지…, 어리석구나."

"뭐… 설마?!"

다른 심문관들도 차례로 깨달았다.

"신의 몸에는 그림자가 생기지 않아. 몸 자체가 빛이니까… 이, 이분이 바로 약신이셨어!!"

"뭐?!"

팔마는 입을 떡하니 벌리고 말았다. 한눈을 판 나머지 빙산을 떨어뜨릴 뻔했다.

'뭐야? 설마 또 이 패턴으로 가는 거야?'

팔마는 사내들이 큰 착각에 빠지기 시작한 것을 보고 당황했다.

엘렌과 브루노도 그랬지만, 팔마의 팔에 새겨진 리히텐베르크 도형의 낙뢰 상흔이 이 이세계 사람들의 눈에는 그렇게 보이는가 보다. 팔마에겐 벼락이나 곰팡이로밖에 보이지 않지만, 사실 상처가 빛나는 것도 이상한 일이긴 했다. 하지만 거기에 어떤 의미가 있는지는 그 문양의 주인인 팔마도 전혀 알지 못했다.

"이건 대죄다. 이럴 수가, 신을 모시는 몸이면서 우리는 수호신에게 지팡이를 겨누고 말았어. 그전에 지팡이를 뽑아 들지 않은 상대에게… 끔찍한 배신 행위다…."

리더는 몸을 부들부들 떨기 시작했다.

"다들 목숨을 바치는 수밖에 없다. 신을 모독했으니까!"

"네."

"네…!"

이단 심문관은 한 사람, 두 사람, 차례로 바닥에 몸을 던져 팔마 앞에 맹렬한 기세로 부복했다.

"어…? 아니, 잠깐만….."

팔마는 너무나 난처했다. 당장에라도 온몸의 힘이 빠져나갈 것만 같았다.

"약신님, 저희는 큰 실수를 저지르고 말았습니다. 정말로 송구하기 그지없습니다. 목숨으로 속죄하겠으니 부디 분노를 가라앉혀주십시오."

오열을 하며 감정을 터트려댄다.

"아니, 저기, 일단 좀 진정해요. 아무것도 안 할 테니까 대화를 합시다, 네?"

그들은 팔마가 하는 말은 듣지도 않고 자해를 하기 위해 지팡이를 관자놀이에 대기 시작했다.

어떤 실수를 저지르면 즉시 자결하라는 매뉴얼이라도 있나.

"잠깐만, 자해 안 해도 돼요!"

"그럴 수는 없습니다!"

억세 보이는 다 큰 어른이 눈물을 흘리며 말하는 모습에 팔마도 어찌할 바를 몰랐다.

"그만! 지팡이를 버려!"

팔마가 일갈하자 그들은 겁에 질린 강아지처럼 명령에 따랐다. 지금의 그들은 팔마가 하는 말이라면 뭐든지 다 들을 기세였다.

"그러니까 앞으로는 나한테서 신경을 끊기만 하면 된다고. 그러니까 이제 그만합시다. 그만하자고, 이제 끝이야."

팔마는 협박은 이만하면 충분할 거라고 생각해서 빙산을 소거했다. 그러자 우뚝 선 거대한 빙산은 흔적도 없이 사라졌고, 머리 위에는 쾌청한 하늘이 나타났다. 바닥에만 작은 물웅덩이가 남아 있었다. 마치 악몽에서 깬 것처럼 신술의 흔적도 찾아볼 수 없었다.

"그럼 용서해주시겠습니까?! 이런 저희들을!"

목숨이 아까워졌는지 한 남자가 팔마에게 애원하는 눈빛을 던졌다.

"아뇨, 그럴 수는 없습니다. 약신님이 용서해주신다고 해도 수호신을 모독한 것에 대한 속죄로 제가 목숨을 바치겠습니다."

하지만 여전히 바닥에 엎드려 있는 리더 격인 남자의 결의는 확고했다.

"그리고 이렇게 된 이상 저도 오래가진 못할 겁니다."

리더가 로브를 걷어 올리자 왼다리 정강이뼈가 피부를 관통한 게 보였다. 상당히 심각한 부상이었다. 낙마했을 때 운 나쁘게 골절상을 입었나 보다.

"이제 곧 몸이 썩어 조만간 죽을 겁니다. 제가 책임을 지겠습니다. 저 따위의 목숨으로 해결되지 않을지 모르지만 이렇게 마무리 짓게 해주십시오."

팔마는 진안으로 그의 다리를 진찰했다.

"'개방 골절'."

팔마는 숨을 삼켰다. 진단 후에 붉은색 빛이 켜지면 팔마가 감당할 수 없는 상황이다. 하지만 켜진 불은… 파랑색. 그것도 개방부는 크지 않고 환부가 흙에 오염되지 않은데다, 굵은 혈관도 다치지 않고 오염 정도도 낮아 보였다. 이런 경우에는 충분한 처치를 한다면 다리를 절단하지 않아도 된다. 그는 다시 진안으로 살폈다.

'하지 절단'.

빛은 빨강. 절단하면 감염증을 일으켜 패혈증을 일으킬 수 있다는 건가.

'접골'.

빛은 흰색. 나을 수 있나 보다.

'아아… 이건 고칠 수 있겠네.'

하지만 팔마는 갈등에 빠져 있었다.

그것은 '의사법 제14조 의사가 아니면 의료 행위를 해서는 안 된다'는 일본의 법률 때문이었다.

약제사는 활력 징후 측정과 시진, 청진, 촉진까지는 할 수 있다. 약으로 고칠 수 있는 건 고친다, 하지만 그 이상의 선을 넘어서는 안 된다. 일본에서는 금지된 범죄 행위인 것이다.

'하지만 죽게 내버려둬도 되는 걸까. 진안으로 고칠 수 있다고 하는데.'

하지만 진안은 팔마가 고칠 수 있다는 건지, 외과의나 정형외과의라면 고칠 수 있다는 건지 그것까지는 알려주지 않는다. 이론상으로는 고칠 수 있다, 하지만 이렇게 하면 된다는 걸 아는 것과 할 수 있는 것은 전혀 다르다. 팔마는 외과 수술에 대해선 완전히 초보자였다.

하지만 그는 단순한 초보자가 아니다.

약을 처방하는 것이 생업인 단순한 약제사도 아니다.

그는 일류 약학자이자 연구자이다.

약의 효과를 확인하는 연구 과정에서는 꼭 그런 건 아니지만 동물을 쓸 때가 있다. 실험동물을 수술한 경험은 풍부했다. 대학 병원에서 근무한 적도 있고, 공동 연구자인 의사와 수의사와 함께 혹은 직접 대형 동물을 수술하고 그때 다양한 기술을 배우기도 했다. 후학을 위해서 인간 수술의 경우에는 어떻게 한다는 이야기도 들었다. 동물 수술을 인간에 응용해서 뭘 어떻게 하면 되는지에 대한 지식이나 경험도 있다.

"이건 신벌이겠지요. 죽여주십시오. 죽기 전에 한 번 수호신님을 뵙게 되어 기뻤습니다."

고통 속에서도 이단 심문관 리더는 오히려 시원스러워 보였다.

'약국 처치실은 엉망이 되어 쓸 수가 없어. 메디크까지는 너무 멀다. 처치가 늦어지면 조직이 괴사할 거고. 여기서 할까.'

"지금부터 보는 건 모두 잊어줘."

팔마는 바닥에 쇠판을 하나 만들어낸 뒤 부상자를 그 위에 눕혔다.

물질 창조를 보여주게 되었지만 그런 걸 신경 쓸 때가 아니었다.

"부상자를 데려갈 마차를 불러와. 다른 사람은 안 불러와도 돼."

"아… 네! 그렇게 하겠습니다!"

팔마는 이단 심문관들에게 한마디 한 뒤 도구들을 가져와 안에서 깨끗한 비닐 시트를 꺼내서 텐트를 치고 간이 처치실을 만들어 부상자를 안으로 옮겼다.

"수술할 거니까 도와줘."

"어째서 죄를 심판하지 않으시는 겁니까…, 저는 살아갈 수 없습니다."

"그건 됐으니까 자기 상처 걱정이나 하라고."

팔마는 이단 심문관 리더에게 지금부터 뭘 할지를 설명했다.

그는 격통에 신음하면서도 설명을 빠짐없이 들었다. 그리고 동의했다.

"하찮은 제 목숨이지만, 모든 것은 수호신의 마음에 달려 있습니다."

그는 팔마가 하는 거라면 어떤 것이든 맡기겠다며 고개를 숙였다.

"지금은 아프겠지만, 곧 통증은 사라질 거야."

마스크와 모자를 착용하고 신술로 물을 생성해 손을 꼼꼼히 씻은 뒤 미리 소독해둔 플라스틱 장갑을 끼고 알코올로 소독하고서 청결한 앞치마를 둘렀다.

'일단 항균제다.'

감염증을 예방하기 위해 미리 준비해둔 세파졸린나트륨이라는 항균제를 집도 전에 예방 차원에서 투여했다.

'그리고 마취. 국소 마취로 대응하긴 어렵겠지.'

하반신의 통증을 잡기 위해 척추 지주막하 마취를 선택했다.

사용할 약은 상처의 진통에 이용하는 국소 마취이지만, 투여할 부위에 따라서는 같은 양으로 전혀 그 효과가 달라진다. 팔마는 부상자의 겉옷을 벗기고 목에서 등을 따라 만지며 척추를 셌다.

"세 번째, 네 번째… 여기다."

목적한 요추에 도달하자 극돌기 사이의 피부가 움푹 들어간 부위를 알코올로 소독한 뒤 바늘을 꽂았다. 바늘을 밀어 넣자 저항하는 듯한 막에 닿았다. 그게 인대다. 그걸 관통해 조금 더 들어가자 바늘 밖으로 수액이 서서히 빠져나왔다.

"척수공에 도달한 것 같군. 이제 약을 넣으면 효과가 돌 거야, 이론상으로는."

팔마는 수액이 나온 바늘에 미리 약국에서 만들어둔 장시간 작용형 부피바카인을 주입했다.

척추 지주막하 마취는 원 샷, 즉 한 번의 투여로 두세 시간은 통증을 잡을 수 있는 마취 방법이다. 수술이 시작되면 추가 마취를 할 여유가 없다. 시술자가 한 명인데다 마취를 할 사람도 한 명이다. 기술적으로 가능한 방법을 선택했을 뿐이다.

"차가워?"

팔마는 얼음을 창조해 피부에 대고 마취 효과를 재는 감각 테스트를 했다.

"그럼 이건 아픈가?"

상처 처치를 할 시간을 남겨두고 싶었다. 주삿바늘 끝으로 피가 나오지 않을 만큼 피부를 찔러 아픔을 느끼지 않는 곳을 찾아갔다. 다행히 더마톰이라는 감각 신경 테스트 결과로는 TH9라는 장소, 배꼽 살짝 위까지 마취가 된 것 같았다. 하반신 수술을 하기에 필요한 기준은 충족되었다.

"아… 아프지 않습니다. 뼈가 튀어나왔는데… 수호신의 신기를 이 몸으로 경험하게 될 줄이야…."

이단 심문관 리더는 감동해서 울음을 터트렸다. 팔마는 적이든 아군이든 앞으로 관계를 맺어간다면 성가실 사람이라고 생각하며 수술을 계속 했다.

"효과가 있나."

증류수로 만든 생리 식염수 병을 여러 개 꺼내 개방된 창상 면을 철저하게 씻었다.

창상면의 세균 수는 소독이 아니라 세정으로 감소시킨다. 소독은 세포에도 독이기 때문이다.

멸균 나이프로 더러워진 부분을 자르고 진안으로 살펴가며 준비해둔 광범위 세균에 효과적인 항생 물질을 선택해 도포하고 뼈와 뼈를 멸균해둔 스테인리스 볼트로 고정하고 핀을 박고서 체액 배출용 개방식 드레인을 둔 채 지침기와 바늘로 진피를 봉합한다. 그다음으로 표피를 봉합하고 환부를 닫는다. 봉합과 매듭을 짓는 속도는 팔마가 자신하는 부분이었다. 봉합한 창상 면에 2-옥틸 시아노아크릴레이트를 주성분으로 하는 접착제를 바르고 환부에서 침출하는 체액을 흡수하기 위해 피복재를 붙인다.

이단 심문관 리더는 의식을 또렷이 유지한 채 경악하며 팔마가 처치하는 과정을 처음부터 끝까지 지켜보았다.

"다른 데로 데려가 안정을 시켜줘. 나중에 동통을 잡는 마취를 추가하러 갈 거야. 드레인과 출혈 상황도 살펴보러 갈게."

마지막으로 환부를 다시 진안으로 살폈다.

'이제 됐을까.'

파란색 빛은 완전하지는 않았지만 하얗고 흐릿하게 사라지고 있었다.

텐트에서 나온 팔마를 기다리고 있던 것은 납작 엎드려 기도를 하던 이단 심문관들이었다. 팔마는 가지런하게 줄을 선 예배 광경에 깜짝 놀랐다.

"끄, 끝났는데… 뭐하는 거야?"

"약신님, 저희는 당신의 목숨을 노렸는데, 죽어도 당연한 짓인데 자비를 베풀어주시다니요."

"그 이야기는 그만하고."

팔마는 귀찮아져서 말을 끊었다.

"난 약이 전문이라 응급 정형외과 처치로 살 수 있을진 모르겠지만 할 수 있는 일은 다 했어."

수술 후 감염이 없다면 살 수 있을 거다.

"그, 그럼…!"

"부상자는 하반신 마취 때문에 지금은 안정을 취하고 있다."

목숨을 잃을지도 모른다, 눈에 보이지 않는 세균에 감염됐을지도 모른다. 하지만 아무것도 안 하는 것보다는 나았다고 생각하기로 했다. 자기만족일지 모르지만… 기술도 없는데 인간을 수술하는 건 이걸로 끝내고 싶다, 이건 범죄라고 팔마는 스스로에게 경고했다.

하지만 이 세계에서 목숨을 살릴 확률이 높은 기술을 누가 갖고 있을까.

누가 수술 중에 항생 물질을 투여할 수 있고, 환부를 철저하게 세정하고, 감염을 고려해 환부를 닫을 수 있을까. 그렇게 생각했을 때,

'내가 하는 수밖에 없었어.'

씁쓸하지만 그렇게 스스로에게 말했다.

팔마는 이 세계 의사의 최신 수술 데이터, 노바르트 의약 대학이 제출한 업적집 기록을 본 적이 있다. 개방 골절 수술을 할 때에는 단호하고 신속하게 하지를 절단하고 환부를 거즈 등으로 덮은 뒤

운을 하늘에 맡긴다. 환부가 곪는 건 신경 안 쓰는지 70퍼센트가 패혈증으로 죽는다. 진통 포션과 마약을 대량 투여하지만 사망률은 큰 차이가 없다. 그걸 표준 치료로 삼는 세계다. 궁정 의사, 시의장 클로드가 진찰한다고 해도 수술 결과는 운에 맡겨야 할 거다.

"그나저나 오늘 본 건 비밀이야. 안 그러면…."

신전 녀석들을 어떻게 협박하는 게 제일 효과적일지 고민한 끝에,

"저주할 거다."

진지하게 못을 박았다.

"히, 히이이익!"

이단 심문관들은 몸을 떨며 입을 벙긋할 생각을 깨끗이 지웠다.

신앙심이 두터운 신관에게 저주를 한다는 말은 확실하게 효과가 있는 것 같았다.

팔마는 한 마디도 약신을 사칭한 적은 없지만, 오해는 그대로 방치했다.

◆

신전에서 보낸 마차가 도착할 무렵, 여제의 시동인 노아가 제국의 근위사단을 이끌고 전속력으로 달려왔다. 노아와 근위사단은 무장한 상태였다. 그들은 제일 먼저 팔마가 무사한지 확인했다. 노아는 이단 심문관들에게 자신의 신분을 밝힌 뒤,

"신전분들이 우리나라 황제의 주치의에게 도대체 무슨 볼일이신지요?"

은근하게 날이 선 목소리로 이단 심문관들을 견제했다. 그들은 서로를 쳐다보며 대답을 못하고 있었다. 노아가 추궁하려고 할 때,

"다친 사람이 있어서 처치를 했어."

기구들을 정리한 팔마가 밝은 목소리로 노아의 질문에 대답했다. 그 외에는 아무 일도 없었다는 듯이.

"노아는 여긴 어쩐 일로 왔어?"

"저거."

근위병 한 명이 팔마의 말을 끌고 왔다.

"이 녀석이 가르쳐줬어. 존작님 말은 역시 교육이 잘됐더라. 흥분해 있기에 무슨 일이 있었구나 싶었지."

팔마의 말은 주인에게 무슨 일이 생기면 즉시 직전에 있던 곳으로 돌아가 위험을 알리도록 길이 들어 있다. 말만 약국으로 돌아온 걸 노아가 보고서 병사들을 이끌고 달려온 것이었다.

"혹시 약국을 짐마차로 들이박은 것도 댁들이야? 그렇다면 황제 폐하께서 신전에 할 말이 있으실 것 같은데."

노아가 이단 심문관들에게 날카롭게 물었지만, 그건 천지신명에게 맹세코 아니라고 전력으로 부정했다. 그런 대화가 잠시 이어졌지만, 팔마는 해가 저물기 시작한 걸 보고 약국 생각이 나서,

"난 약국으로 돌아가볼게. 세드릭 씨와 마을 사람들이 기다리고 있을 거고, 정리도 해야 하니까. 환자는 최대한 움직이지 않게 조심해서 옮겨줘. 정리를 마치고 나면 수술 후처리를 하러 갈게. 세파존이란 약을 놓을 거야. 후처리 관리는 철저하게 하지 않으면 위험하니까…."

그렇게 그들에게 말했다.

팔마의 말을 납작 엎드려서 머리를 바닥에 비비며 듣는 이단 심문관들의 모습에 노아와 근위사단은 놀랐다. 보통 일이 아니란 건 딱 봐도 알 수 있었다.

"무슨 일이 있었던 거야? 응, 여기서 무슨 일이 있었는데?!"

노아는 고개를 갸웃거렸다. 근위사단들도 의아하다는 얼굴로 그 광경을 지켜보았다.

노아는 이단 심문관들을 일일이 붙잡고 캐물었지만, 어느 누구도 입을 열려 하지 않았다.

"그럼 이만."

그런 그들을 뒤로한 채 팔마는 진료 가방과 왕진 가방을 들고 지친 몸을 이끌고서 백마를 타고 터덜터덜 귀갓길로 향했다.

◆

이단 심문관과의 전투와 개방 골절 수술, 그리고 바로 돌아와 약국 정리를 한 뒤 골절상을 입은 이단 심문관이 이송된 여관을 찾아가 수술 후처리를 한 뒤에 돌아온 그날 저녁 식사 자리, 팔마는 녹초 상태였다. 환생한 뒤로 오늘만큼 정신없는 날은 없었던 것 같다고 팔마는 생각했다.

"마차 습격 건도 있고 하니 누가 우리를 노리고 있을지 모른다. 상황이 뒤숭숭하니 내일은 신술 훈련을 착실히 해두도록 해라."

브루노가 팔마와 블랑슈에게 지시를 내렸다.

'이미 습격을 당했다고. 그 일은 오늘….'

팔마는 그 말을 할 수가 없었고, 브루노는 계속해서 말했다.

"귀족이란 모름지기 언제라도 무뢰한들과의 싸움에 대비해둬야 하는 법. 팔마는 엘레오노르와 평소에도 훈련을 하고 있었지. 원래대로라면 내가 잘 가르쳐야 하는데…."

브루노는 제국 약학교 일이 바빠 그럴 상황이 아니었다.

'그러고 보니 팔마 소년은 브루노 씨의 스파르타 교육 때문에 울었다고 했지.'

"아, 네, 아버지. 엘레오노르 선생님이 잘 훈련시켜주고 계시니까 걱정 안 하셔도 됩니다."

그렇게라도 말해두지 않으면 브루노의 고마운 지도를 직접 받게 될 거다.

"자기 몸을 지킬 수 있는 건 나 자신뿐, 어리광은 죽음을 초래한다."

"그렇지, 아무리 어려도 훈련에는 목숨이 걸려 있으니까. 방심하면 안 된다."

베아트리스는 브루노에 이어 고개를 끄덕였다. 지당한 말이라고 팔마는 실감했다.

"명심하겠습니다, 아버지, 어머니."

"팔마, 너의 가장 장기인 물 속성 신기는 뭐지?"

팔마는 잠깐 긴장했다. 최근에 엘렌과 훈련을 완전히 소홀히 하는 탓에 신기 이름이 떠오르지 않았다.

"물의 창입니다."

"뭐야, 하위 신기잖아. 설마 다른 신기를 배우지 않은 거냐?"

브루노는 팔마의 하위 신기가 장기라는 말이 못마땅한 것 같았다.

"아뇨, 다른 신기도 배웠습니다만 신기의 기본이기 때문에 장기로 삼고 있습니다."

말이란 어떻게 하느냐에 따라 다르다. 그냥 순간적으로 그것밖에 생각나지 않았을 뿐이다. 엘렌과 훈련을 하지 않게 된 건 실력 차가 너무 나서 더 가르칠 게 없다고 했기 때문이다.

"그럼 블랑슈에게도 그걸 훈련시키도록 해라. 어리긴 해도 지팡이를 쥐는 자는 다 똑같아."

"네, 알겠습니다, 그럼 내일…."

엘렌이라면 지도 노하우가 있겠지만, 내일은 휴일이라 엘렌은 오지 않는다. 내가 해야 하나, 팔마는 그렇게 생각했다.

"오라버니, 부드럽게 해줘. 아프게 하면 안 돼."

이튿날, 블랑슈는 훈련장에 있는 메디시스가의 후원 모래톱에 도착할 때까지 몇 번이고 팔마에게 애원했다.

"늘 부드럽게 대해주잖니. 왜 그렇게 무서워하는 거야?"

팔마는 기대는 블랑슈의 머리를 부드럽게 쓰다듬어줬다.

굳이 따지면 과하게 어리광을 받아줄 정도다.

"큰오라버니랑 훈련을 한 적은 있는데 작은오라버니랑 훈련한 적은 없는걸. 오라버니가 얼마나 엄격한지 모르니까…."

블랑슈는 중얼거리며 눈을 들어 팔마의 눈치를 봤다. 그녀는 팔레의 실력은 말 그대로 잘 알고 있지만 팔마의 신술 실력은 모른다고 했다.

"오라버니, 강해?"

"나? 안 강해. 자, 해볼까. 블랑슈랑 훈련하는 건 처음이었지."

블랑슈와 함께 저택 뒤쪽 강가를 찾았다. 로테도 함께 따라와 도시락을 준비해줬다.

"두 분 다 쉬고 싶으시면 말씀하세요. 목이 마르면 갓 짠 주스가 있답니다!"

가제보(서양식 정자) 안에서는 로테가 점심을 차리고 있었다.

"고마워, 로테. 점심은 아직 괜찮으니까 못 참겠으면 먼저 먹어도 돼."

"아뇨, 기다릴게요! 편히 하세요!"

그렇게 말하는 것치고 이미 탁자 위에는 완벽한 풀코스가 차려져 있었다.

"자, 블랑슈 아가씨. 힘내세요."

로테가 블랑슈의 긴 머리를 재빨리 묶어 양갈래로 묶어주고 움직이기 편하도록 겉옷을 벗겨줬다.

"실전 훈련은 안 할 거야. 신기와 호신술을 복습하도록 하자."

"다행이다. 큰오라버니 특훈이었으면 힘들었을걸."

'어, 뭐가 어떻게 힘든데?'

그 의미를 이해하지 못한 팔마는 블랑슈를 상대로 엘렌이 가르쳐준 호신 신기를 그대로 가르쳐줬다. 제대로 싸우지 못하는 블랑슈가 어떻게 하면 자신을 지킬 수 있을지 생각한 끝에 내린 행동이었다.

"싸워도 상대가 반격하면 위험하니까 자기 몸을 잘 지킬 수 있도록 하자꾸나."

"네."

블랑슈는 마법 소녀가 가질 법한 귀엽고 가느다란 지팡이를 휘둘렀다.

팔마는 실전에서도 효과적으로 여겨지는 전 속성 공격을 막는 하위 신술인 물의 장벽, 충격을 완화시키는 물의 고치, 눈을 가리는 중위 신술 농무(濃霧)를 쓸 수 있도록 지도해두었다. 팔마가 발동 영창을 알고 있는 것에 한해서였다. 팔마는 발동 영창이 없어도 신기를 쓸 수 있었지만, 블랑슈는 발동 영창을 해야만 신기를 쓸 수 있기 때문에 지도에 고생을 했다.

"어름의 벽".

지팡이를 한 번 휘두르자 두꺼운 장벽이 블랑슈 주위에 펼쳐졌다.

"어? 블랑슈, 지금 뭐라고 했어?"

"무레 꼬치'!"

팔마의 지적보다 앞서 블랑슈를 감싸듯이 대량의 물이 지팡이에서 쏟아져 나와 젤리 모양의 고치를 만들었다.

"역시 블랑슈 아가씨, 잘하시네요! 그런데 뭐라고 하신 건가요?"

로테가 블랑슈의 신기를 마구 칭찬해댔다. 블랑슈는 소질이 있었고, 지팡이를 휘두르는 자세도 그럴싸했다.

"굉장한데, 블랑슈."

영창의 발음은 좋지 않았지만 그래도 신기 발동은 되나 보다. 어떤 의미에선 천재라고 팔마는 생각했다.

"어때, 오라버니? 잘했어? 봤어?"

"영창 연습은 해두는 게 좋겠다, 적이 폭소를 터트리겠는데. 그래도 그렇게 발음이 엉망인데도 신기가 발동하는구나. 블랑슈는 신기의 재능이 있나 봐. 역시 영재 교육은 받아둘 만하네."

"으음. 오늘만 됐어. 잘하지…. 착하다, 착하다 해줘!"

에헤헷, 젖혀지지도 않는 가슴을 쭉 펴는 블랑슈의 머리를 팔마는 다독여줬다. 다독여주길 기다리고 있었다. 이걸 외면하면 토라진다.

"굉장한데, 축하해!"

"응, 평소엔 늘 못했거든. 어머니랑 큰오라버니가 나머지 공부를 시켰었어."

천재적인 센스의 소유자인 것 같은데 늘 컨디션이 좋은 건 아닌가 보다.

"평소엔 못했는데 오늘만 된 거야?"

"응. 오늘은 아주 상태가 좋았어. 오라버니가 가르쳐줘서 그런가? 물의 힘이 강해졌어."

'왜지? 우연인가. 블랑슈도 성장기이긴 하지.'

팔마는 머리 한구석에서 '나 때문인지도 모른다'고 생각했지만, 크게 신경 쓰지 않기로 했다. 이만한 신기를 쓸 수 있다면 블랑슈를 유괴하려는 범인은 무척 고전할 거다. 시간을 벌 수만 있다면 충분하다.

"있지, 오라버니 신기도 보여줘. 오라버니, 늘 선생님한테서 배우고 있으니까 많은 거 할 수 있지?"

"저도 팔마 님의 멋진 모습을 보고 싶어요! 전 팔마 님의 신기를 거의 본 적이 없거든요."

로테도, 블랑슈도 입을 모아 기대에 찬 눈빛을 보냈다. 엘렌과 팔마는 1대1로 개인 수업을 하기 때문에 로테가 그 기술을 목격할 기회는 없었다.

"멋진지는 모르겠지만 그럼 해볼게. 강에 배 없지? **'물의 창'**."

팔마는 엘렌에게서 제일 먼저 배운 물의 창을 산 플루브의 큰 강을 향해 발동 영창과 함께 선보였다. 평소에는 물질 창조나 소거 등 물 속성 신술을 뛰어넘은 능력을 구사해 싸우기 때문에 물 속성 중 발동 영창을 아는 것이 거의 없었다. 엘렌도 "팔마는 무영창을 쓸 수 있으니까 발동 영창을 가르쳐줘봤자 별 의미가 없지"라며 귀찮아하며 가르쳐주지 않았다.

팔마가 쏜 신기는 한없이 투명하게 수면을 가르듯 똑바로 물기둥을 만들며 발사되었다.

"굉장해! 어떤 적도 오라버니한텐 적수가 안 되겠다! 신기가 너무 예쁘네!"

블랑슈가 과장되게 박수를 쳤다.

"음, 그렇지. 하지만…."

팔마는 지팡이를 휘둘러 공중에 대량의 김을 만들어냈다. 그걸 좌우로 아치처럼 휘두르며,

"**'무지개다리'**."

대충 영창을 붙여 하늘에 겹겹이 굵고 긴 무지개다리를 세웠다.

물론 그런 신기도, 영창도 물 속성 신술 계통에는 존재하지 않는다. 팔마는 허리에 손을 대고 상공에 뜬 그의 작품을 바라보았다. 며칠 전에 이단 심문관들과 격렬하게 신기를 다툰 이후 무척 허무하게 느껴졌었다. 모처럼 얻은 무한한 신력인데 남을 상처 입히는 일이 아니라 더 뜻깊게 쓸 수 없을까. 그런 생각이 가슴을 어지럽혔다.

"난 이게 더 예쁜 것 같은데."

"우아, 멋져요! 저렇게 선명한 무지개를 만들다니. 신기에는 사람에게 상처를 주지 않는 것도 있군요!"

로테의 눈가가 촉촉했다. 아름다운 광경은 사람의 마음을 위로한다. 신술을 전투 도구로 쓰지 않고 사람들을 위로하는 게 팔마에겐 더 잘 맞는 것 같았다.

"난 그렇게 쓰고 싶은데."

'나는 약사라 상대를 다치게 만드는 신기보다 치유하는 신기가 더 좋아… 하지만 나와 소중한 사람들을 언제든지 지킬 수 있도록 해줘야 하는 걸까.'

어제 하루를 돌아보고 그런 생각도 했다. 만약 팔마가 그 자리에서 혼자가 아니라 로테와 블랑슈를 인질로 잡혔다면 어떻게 됐을까. 팔마는 이단 심문관들을 어떻게 했을까. 생각해도 답은 나오지 않았다. 침울한 기분을 심호흡으로 달랜 뒤 팔마는 두 사람을 보고 웃었다.

"점심 먹을까? 배고프네."

"기다리고 있었습니다! 저도 배가 고프네요."

식사를 마친 뒤 세 사람은 신술 훈련이 아니라 약초 채집에 몰두하게 되었다.

손이 약초 즙으로 물이 드는 바람에 세 사람은 "뭘 한 거냐, 농땡이 부린 건 아니겠지!"라고 브루노에게 따끔하게 혼나게 되었다.

◆

"지난번에는 고마웠습니다. 이번에 산 플루브 제도 교구의 신관장에 취임하게 되어 인사를 드리러 왔습니다."

팔마에게 치료를 받은 이단 심문관 리더가 완쾌된 몸으로 혼자 약국에 인사를 하러 찾아왔다. 그러고 보니 신관장 제복을 입고 있었다.

"접수 아가씨와 다 같이 드시죠. 별거 아닙니다만."

약국 사전 조사를 통해 로테가 단것을 좋아한다는 걸 알고 고급 과자를 가져왔다고 그는 말했다.

'이 사람 제법인데. 과자를 좋아하는 로테가 낚이겠어.'

"고, 고맙습니다. 아, 저번에는 이단 심문관이었는데 신관장이 되신 거군요. 그럼 승격된 건가요? 건강해 보여서 다행이네요."

"네, 인사가 늦어 죄송합니다. 저는 살로몬이라고 합니다. 꼭 곁에서 당신을 모시고 싶어서 수많은 수속을 거쳐 신관장에 취임하게 되었습니다."

'신관장이 그렇게 쉽게 될 수 있는 건가…. 어떤 수단을 써서 신관장이 된 거지, 이 사람.'

살로몬이 시종 생글생글 웃으며 팔마를 바라봐서 너무 깊이 캐지 않는 게 좋겠다는 생각을 하며 팔마는 침을 삼켰다.

살로몬은 취임하자마자 산 플루브 제도 교구의 수호신 보고서에 '산 플루브 교구에는 그림자 없는 소년도, 이단자도 없다'고 써서 대신전에 제출했다고 했다.

"아, 하하. 그런 거짓말을 써도 되는 건가요? 전 이렇게 지금도 그림자 없는 소년인데요."

"수호신님이라면 여기에 계시지만 그림자 없는 소년은 여기에 없지요. 전 아무것도 잘못된 걸 쓰지 않았습니다."

'우와, 무서운 사람이다!'

"자, 잘 부탁해요, 살로몬 씨."

"그건 농담이고 제가 신관장이 됐으니 이제 신전에 대해선 걱정 안 하셔도 됩니다. 그림자 없는 소년 이야기를 흐지부지하게 만들어 단순한 소문으로 처리했습니다."

"정보를 묵살한 거군요…. 제법인데요."

팔마가 목을 움츠렸다. 이단 심문관이었던 살로몬은 일처리에 빈틈이 없었다. 얼굴도 험악하지만… 인상과 딱 맞는 인물이라고 팔마는 생각했다.

"아, 참. 당신께는 이게 필요할 것 같아 바로 챙겨 왔습니다."

"필요? 나한테요?"

"이걸 가지시죠. 그렇게 경계하실 것 없습니다."

"이게 뭔데요?"

팔마가 건네받은 것은 기하학적인 모양이 새겨진 한 장의 종이로, 그것은 신력을 누르는 부적이라고 살로몬은 설명해줬다.

"이걸 늘 지니고 계시면 그림자가 없는 당신에게 불리한 상태를 잘 둘러댈 수 있습니다. 옷 위에 붙여도 좋지만 피부에 직접 붙이면 효과가 더 좋습니다."

팔마는 그걸 받아 들었다. 반신반의했지만, 새삼 따질 게 뭐냐 싶어 믿기로 했다.

"와, 정말요? 고맙습니다. 갖고 있기만 해도 되는 거죠?"

확실히 부적을 든 팔마의 발밑에는 어렴풋이 그림자가 생겼다.

"우와! 고맙습니다! 신난다!"

솔직히 팔마는 자기에게 그림자가 없는 상태에 상당한 스트레스를 받고 있었다. 그늘이 진 곳을 골라 돌아다니긴 했지만 햇살이 강한 날에는 외출도 꺼려했다. 소심하게 이목을 신경 쓰던 생활과도 이걸로 끝이다. 팔마가 자신의 선물을 마음에 들어 하는 걸 보고 살로몬은 만족스럽게 고개를 끄덕였다.

"걱정하실 것 같아 알려드리는 겁니다만, 신력 웅덩이가 있다고 허위 보고를 한 마세일 교구 신관들은 모조리 격하 처리했습니다. 그러니 그 이야기는 끝났습니다."

"허위 보고…? 허위는 아니잖아, 난 실제로…."

"허위 보고지요."

살로몬이 반박은 듣지 않겠다는 듯이 힘차게 고개를 끄덕였다.

'무섭다…. 처음부터 끝까지 다 무서워….'

"다른 이단 심문관들은요?"

"다른 여섯 명은 각 교구로 이동하게 되었습니다. 앞으로 이세계 약국 어린이 점주에게 그림자가 없다는 익명 보고는 모두 제가 묵살할 겁니다."

살로몬은 환하게 웃으며 팔마를 쳐다보았다. 그 표정은 다름 아닌 광신자의 그것이었다.

'대단한 사람이다….'

팔마는 적으로 돌리면 안 좋은 상대이지만 아군으로 삼으면 더할 나위 없이 든든한 협력자를 얻었다.

"그리고 당신과 마주했던 그 언덕에 가보았습니다만, 아직 신력 웅덩이가 있었습니다."

"아, 아직도 있었어요? 잘 안 사라지네요. 어쩌지? 언제쯤에야 사라질까요."

"네, 있었습니다. 꽃이 아름답게 피고 수풀이 싱싱하게 우거지고 작은 생명이 넘쳐나, 그곳을 찾은 사람들에게 위로를 주는 곳이 될 겁니다."

"아아, 신력 웅덩이는 그렇게 되는군요."

참 곤란한 능력이라고 팔마는 난처하게 생각했다.

"그러니 당신께 받은 이 목숨이 다할 때까지 진심으로 충성을 다해 모시겠습니다, 팔마 님."

신앙이 무거우니 이만 돌아가주세요, 이런 말이 목 끝까지 치밀어오른 팔마였다.

3화 인플루엔자와 어떤 약국의 전말

이단 심문관과의 문제도 해결된 휴일, 팔마가 블랑슈와 제도에 물건을 사러 나갔을 때였다.

"오라버니, 멜론도 있어…."

블랑슈가 과일 가게 앞에서 과일을 사달라고 졸랐다. 그녀의 손을 잡아당겨도 꼼짝도 하질 않는다.

"멜론도 아직 제철이 아니야, 달지 않을걸."

"그럼 포도 사줘. 그리고…."

"그래, 그래. 포도. 이거 다 먹을 수 있겠니?"

결국 끈기에 진 팔마가 블랑슈가 주문한 과일을 몇 개 사고 있는데 그 맞은편 가게에서 대화를 나누는 목소리가 들렸다.

"이세계 약국하고 같은 약을 여기서도 안 파는 거야?"

이세계 약국 이름이 나와 팔마는 귀를 쫑긋 세웠다. 그늘에 숨어 대화를 들었다. 손님인 부인은 팔마와 안면이 있는 사이였다. 이세계 약국은 늘 혼잡하기 때문에 다른 약국에 이세계 약국에서 파는 약을 사러 왔다고 했다.

"죄송하지만…."

"그나저나 그 약국 약은 참 잘 들어. 그거랑 똑같은 걸 이 가게에서도 취급해야지!"

부인은 약사 길드 약국의 나이 지긋한 약사에게 대놓고 말을 했다. 너무나 무례한 행동이었다.

'아아, 우리 가게 이름을 내세워서 싸우지 마요….'

팔마는 이 자리를 어떻게 하나 당황했다.

"이세계 약국 이야기는 늘 듣고 있습니다만… 취급하지 않고 있습니다."

대응한 약사가 씁쓸하게 부인의 이야기를 듣고 있었다. 그리고 이렇게 험담을 했다.

"그 약국은 이단이라고요…. 전대미문의 신약을 판다면서요. 어떤 약학 지도서를 보고 조합하는 건지. 게다가 값도 싸다던데. 정말이지 수상하기 짝이 없다니까요. 궁정 약사 자제분이 하는 가게라 제국도 단속하지 못하는 거겠죠. 제도 안의 모든 약국이 성가셔하고 있답니다. 사모님도 그런 가게에는 안 가는 게 좋아요. 곧 정체를 드러낼걸요."

"하지만 나도 애용하고 있는데 제도에서도 평판이 좋다고. 약을 사려고 문 열기 전부터 장사진을 이루거든. 줄을 서느라 얼마나 힘든데."

부인은 이세계 약국 편을 드는 것 같았다. 손님과 다투는 소리를 듣고서 가게 사장이 나왔다. 사장은 바로 옆에서 지켜보는 팔마를 알아차리지 못하고 이렇게 말했다.

"약효가 좋다는 건 알고 있습니다. 아마 잘 듣겠죠. 하지만 잘 듣는다 하더라도 약사 길드가 이세계 약국의 약을 인가하지 않는 한 취급할 수는 없어요. 길드의 방침에 따를 수밖에 없으니까요. 제도에서 약사가 가맹할 수 있는 길드는 하나밖에 없고, 탈퇴는 불가능합니다."

"어머! 약국은 고지식하고 보수적이네. 기가 막혀라."

'으음, 여기 사장은 우리 가게 약을 인정하고 있구나.'

이렇다면 약사 길드의 굴레에 묶여 신약을 취급하고 싶은데 길드의 방침에 따르느라 그러지 못하는 가게도 있을 것이다.

"오라버니, 왜 멍하니 있어? 집에 가자."

"그래, 가자."

그 사실을 알게 된 팔마는 약사 길드와는 다른 종류의 약을 취급하는 길드가 필요하지 않을까 하는 생각을 강하게 했다. 3급 약사 중에도 잠재적인 수요는 있을 것으로 보였다.

이튿날, 그는 바로 엘렌에게 제안을 했다.

"평민 약사가 신약을 취급하는 길드를 만들고 싶다고? 이미 약사 길드가 있는데 새 길드를 만들어봤자 누가 들어오겠어. 그리고 길드는 두 점포 이상이어야 만들 수 있다고."

"일단 메디크와 이 약국을 가맹점으로 하면 되지 않나. 이름은… 음, 조제 약국 길드로 하지. 이름이 다르면 되는 거지? 업태도 다르고."

"어머, 진짜 점포가 두 개이긴 하네."

엘렌이 손뼉을 치며 말했다. 이세계 약국뿐만 아니라 관련 약국이 생겼다는 걸 까맣게 잊고 있었나 보다.

"길드가 생기면 가맹해줄 가게가 나타날 테니까 일단 그 틀을 만들고 싶어. 세드릭 씨, 수속을 도와주겠어?"

"새 길드를 설립하는 일 말이군요. 맡겨만 주십시오. 자료를 모아보지요."

"수속이 꽤 복잡할 거야. 인가까지 반년은 걸릴 거고."

길드를 설립하는 데 필요한 번잡한 수속을 정리한 가이드라인을 읽으며 팔마는 현기증을 느꼈다. 보수적 규약이 신규 길드의 설립을 방해하고 있었다.

"팔마 님은 미성년자이시니 제가 수속을 대행하겠습니다. 맡겨주십시오, 서류를 만들지요. 꽤 번잡하긴 하지만 걱정 마세요."

"고마워, 세드릭 씨."

통상적으로 새 길드를 설립할 때에는 몇 달간 심사가 필요하다는데, 서류가 갖춰지자 여제의 뜻으로 그날 즉시 조제 약국 길드 설립 허가가 떨어졌다. 너무나 싱겁게도.

◆

해가 높이 뜬 어느 날 정오, 어린 여자아이를 업은 남자가 산 플루브 제국 제도에 있는 한 동네 의사의 진료소 문을 두드리고 있었다.

"좀 봐주세요! 도널드 선생님! 진찰을 해주세요!"

하지만 동네 의사 진료소의 문은 굳게 닫혀 있었고, 진료소 안은 조용했다.

"제발요! 우리 아이가 열이 펄펄 끓어요! 이상해요, 힘이 없어요!"

반쯤 넋이 나가 소리치는 사내의 목소리가 큰길에 울려 퍼졌다. 가엾지만 얽히고 싶지 않다, 어떻게 해줄 수 없다며 못 본 척 무시하는 사람들이 길을 오갔다.

"도널드 선생님 진료소는 다음 주까지 쉬어요."

평온한 소년의 목소리가 사내의 뒤에서 들려왔다. 빵집 봉투를 품에 안고 집으로 가던 소년이 뒤에서 그에게 말을 건넸다.

그 모습을 본 남자는 깜짝 놀라 전율했다. 평범한 소년이 아니었기 때문이었다.

소년은 검은 코트를 입고 있었는데, 그 안에는 스탠딩 칼라의 흰 가운이 언뜻 보였다. 깃에는 왕관 모양의 금배지가 달려 있었다. 그것은 바로 궁정 약사라는 증표였다. 이세계 약국의 어린이 점주가 쇼핑을 마치고 가게로 돌아가던 길이었는지 손에는 유행하는 빵집 봉투가 있었다.

하필이면 성가신 사람과 만났다는 사실에 남자는 한 걸음 뒤로 물러서며 어색하게 웃었다.

"하하, 그랬군요."

"아이는 괜찮나요?"

어린이 점주는 걱정스럽다는 듯이 다가와 말을 걸었다.

환자를 보면 탐욕스럽게 다가와 비싼 약을 권하는 게 이 세계의 3급 약사다. 하지만 소년은 진심으로 걱정하는 얼굴이었다. 이런 손님의 심리를 파고드는 영업인가 싶어 사내는 경계했다.

"아, 아니… 아무것도…."

이 남자, 피에르는 산 플루브 제국의 약사 길드에 속한 3급 약사였다. 고열이 난 딸을 위해 가게에 있는 비싼 약초와 연고를 썼지만 듣질 않고 상태는 악화되기만 했다. 의식이 몽롱해져 이름을 불러도 대답을 하지 않자 의사를 찾아온 것이었다.

이 소년은 자기가 약사 길드의 약사란 걸 알고 있을까, 피에르는 의심했다. 약사 길드는 노골적으로 이세계 약국을 적대시했고, 길드장인 베론은 이세계 약국에는 접근하지 말라는 명령을 내렸다. 게다가 베론이 한 짓으로 짐작되는데, 약국에 주인을 알 수 없는 짐마차 두 대가 돌진해 이틀간 영업을 할 수 없었다고 들었다. 그 이야기를 들었을 때에는 안됐다고 피에르도 동정했다. 하지만 약사 동업 조합인 길드의 방침을 거스를 수는 없었다. 제적되면 그날부터 가게에 걸린 영업 허가증이 몰수되기 때문이다.

그러니까 이세계 약국의 어린이 점주가 말을 걸며 친근하게 구는 걸 누가 보기라도 하면 곤란하다. 그런데 어린이 점주는 상냥하게 웃었다.

"제가 아이를 봐볼게요. 이세계 약국 약사인 팔마라고 합니다."

그는 코트를 벌려 명찰을 보여줬다. 명찰을 차는 건 이 세계에서는 일반적이지 않다. 일에 자부심을 갖고 있나 보다고 피에르는 짐작했다.

어린이 점주는 약국에 돌아가는 길이니 따라오라고 했지만 피에르는 선뜻 움직이지 못했다.

"왜 그러시죠? 아이가 정말 안 좋아 보여요."

새빨간 얼굴로 축 늘어져 있는 게 누가 봐도 명확했다.

"아니, 하지만…."

이세계 약국에만큼은 신세를 져선 안 된다, 다른 의사를 찾아봐야 했다. 거절하고 싶었지만 팔마가 서두르는 게 좋겠다고 타이르자 피에르는 모자를 눈 깊숙이 눌러쓰고 사람들이 보지 못하게 조심해서 어린이 점주인 팔마의 뒤를 따랐다.

점심시간이라 일단 문을 닫은 이세계 약국은 돌로 된 멋진 구조였다. 새로 단 제국 칙허 황금 문장이 눈부셨다. 습격 때문인지 평복 차림이긴 해도 세 명의 기사 문지기가 있었다. 피에르의 지저분한 나무로 된 칙칙한 약국과는 천양지차였다.

하지만 팔마는 정면으로 들어가지 않고 뒷문 통로를 가리켰다.

"이리로 들어오세요."

아아, 어엿한 귀족 가게에는 초라한 사람은 정문으로 들어오지 말라는 거구나. 피에르는 부끄러웠다. 뒷문을 통해 가게 안으로 들어서자 그대로 2층으로 이어지는 나선 계단이 있었다. 침대가 가지런히 놓인 진찰실에 들어가자 침대 위에 딸을 눕히라고 했다.

"진찰을 하겠습니다. 아버님은 일단 이걸 착용하세요."

피에르는 마스크를 받았다. 당연히 무엇 때문에 입을 가리는지 그는 이해하지 못했다. 하지만 진찰을 하는 사람을 따르는 게 약사의 방식이다.

"이게 뭡니까?"

"당신에게 병이 안 옮도록 예방하기 위해서입니다."

"이걸로 예방이…? 부적인가요?"

"비슷해요. 그리고 진찰실에 뒷문으로 들어온 건 몸이 약해진 환자에게 병이 옮지 않도록 그런 거예요."

그는 설명했다. 신분이 어쩌느니, 옷차림새가 어쩌느니 하는 문제가 아니었나 보다.

팔마는 검은 코트를 벗고 흰 가운 차림이 되더니 공책을 가져왔다. 차트다. 딸의 이름, 나이, 병력, 식사는 언제 했는지, 언제부터 열이 났는지 그런 사소한 정보가 왜 필요한 거냐 싶은 만큼 온갖 자세한 것들을 물어댔다. 환자 정보를 꼼꼼하게 모으는구나, 피에르는 감탄했다.

팔마는 진찰실 구석에 있는 짐받이 위에 딸을 올려놓으라고 피에르에게 말했다. 상자처럼 생긴 짐받이에 딸을 눕히자 상자 옆에 달린 눈금이 움직였다. 점주는 그걸 읽고 기록했다.

"뭘 하는 거죠?"

"체중을 재는 겁니다."

무게는 천칭으로 재는 게 아니었나, 피에르는 놀랐다.

"이건 용수철저울이에요. 용수철이 늘어나는 길이는 위에 놓인 짐의 무게에 정비례하죠. 후크의 법칙이라는 건데요, 용수철의 늘어난 길이를 지레의 길이로 변환해 그 길이를 읽고 무게를 잽니다. 체중을 재는 건 약의 양을 정하기 위해서입니다. 대충 해선 안 되니까요."

"헤, 헤에…."

"궁금한 게 있으면 뭐든지 물어보세요."

팔마는 능숙하게 기록을 해가며 유창하게 설명했다. 도저히 어린애가 하는 설명으로 들리지 않았다. 어린이 약사에게서 약을 처방받는다는 것에 일말의 불안은 있었지만, 귀족의 영재 교육을 받아 약사가 됐을 테니 웬만한 약사보다 더 믿음직스러울지도 모른다고 피에르는 생각을 고쳐먹었다.

"이, 이 기계는 당신이 발명한 겁니까?"

그리고 3급 약사인 피에르는 배움이 부족한 것에 부끄러움을 느꼈다. 궁정 약사와 평민 3급 약사, 교육 수준의 차를 뼈저리게 깨달았다. 어린이의 약은 어른의 반으로 대충 계산하는 게 3급 약사들의 관례였다. 하지만,

"이 기계를 만든 건 저지만, 용수철저울의 원리는 발명한 사람이 제가 아니고, 제국 기술국에 설계도가 있으니 누구라도 쉽게 열람할 수 있어요."

팔마는 생글거리며 대답했다.

"그럼 진찰할게요."

팔마는 재빨리 타진, 시진, 촉진 등을 한 뒤 마지막으로 왼손에 손가락을 대고 딸을 보며 뭐라고 중얼거렸다. 그러는 동안 그의 눈은 창백하게 빛났고, 희미하게 색이 변하는 것처럼 보이기도 했다.

"그건 신술입니까?"

흥미가 동해 던진 피에르의 질문에 팔마는 잠시 생각하는 듯하더니 살짝 고개를 끄덕였다.

"맞아요."

귀족 약사가 신술을 쓴다는 건 피에르도 알고 있었다. 하지만 처음 보는 바람에 이게 바로 신술인 것이구나 하면서 피에르는 감동마저 느꼈다. 불과 수십 초 안에 진단이 끝났다.

"심한 감기입니다."

"네, 이게 감기라고요?!"

"감기입니다."

팔마는 다시 한번 단언했다. 하지만 피에르는 수긍할 수 없었다. 피에르가 볼 땐 단순한 감기가 아니었다.

"이렇게 열이 나고 전혀 내리질 않는데요?! 입에 거품을 물고 경련도 했고요. 악령에 홀린 거 아닌가요?!"

쏟아지는 질문에 팔마는 "이름이 있던가??"라고 고개를 갸웃거렸다.

"아, 그래. 그걸로 하자."

그리고 대충 병명을 정했다.

"특별한 이름으로 할까요. 그립이라고요. 인플루엔자보단 그립이 더 말하기 쉽겠죠."

피에르가 처음 들어보는 이름이었다. 새로운 병인가, 피에르는 의문을 삼켰다. 팔마는 그런 피에르와 딸을 두고 1층 조제실로 가 조제를 마친 약을 가져왔다.

"치료 방침과 약에 대해 설명을 할게요."

진지한 얼굴로 설명하기 시작했다.

피에르는 반사적으로 등을 곧게 폈다. 딸은 심한 감기에 걸리는 미생물에 온몸이 공격당했고, 열로 미생물을 죽이려고 열심히 싸우고 있다고 했다. 그립의 약, 정식 명칭은 라니나미비르라고 하는 게 있는데, 발병한 지 하루밖에 안 지났으니 약효가 있을 거라고 했다. 그리고 그 약을 복용해서 효과가 있으면 열이 나는 기간을 단축할 수 있다고 했다.

"입으로 빨아들이는 가루약? 왜 마시는 약이 아니죠?"

이것도 처음 들어보는 복용 방법이었다. 이 세계의 약은 환부에 뭔가를 바르거나 먹거나, 이 둘밖에 없는데.

"이 약은 마시면 몸에 흡수가 안 돼요. 그러니까 흡입해 기도 점막에 붙여서 흡수시키는 겁니다. 자세히 말하면 어린애한테도 쓸 수 있는 항바이러스약으로, 바이러스가 감염한 세포 밖으로 나오지 못하게 하는 작용을 합니다."

"아, 그러니까 그게…."

피에르가 혼란스러워하자 팔마는 그 약이 딸의 몸속에서 벌어지고 있는 미생물과의 싸움을 도와줄 거라고 정리해줬다.

"흡입 연습을 하죠. 열 살 이하의 어린애라면 못하진 않겠지만 조금 어려워서요."

팔마는 딸에게 방법을 들려주고 몇 번 연습을 시킨 뒤 가루약을 빨아들이게 했다.

"잘하는 것 같네요. 그럼 다음으로 열이 나는 건 나쁜 게 아니지만 열이 떨어지지 않으면 체력이 소모됩니다. 이건 열을 좀 낮춰주는 약이에요. 많이 떨어지진 않겠지만 고열이 장시간 계속될 것 같으면 좀 쉬게 해주세요. 그리고요…."

팔마는 전혀 망설이지 않고 피에르에게 가리켰다.

"딸의 엉덩이를 드러내고 제 쪽으로 보여주세요. 옆으로 눕히면 됩니다."

"네? 뭐, 뭐요?!"

피에르는 턱이 빠질 것 같았다. 이 세계에서는 병에 대한 민간요법으로 기도가 일반적이다. 그때 묘한 포즈를 취하게 하는 건 왕왕 있는 일이다. 하지만, 하지만. 아버지에겐 어리다곤 해도 일곱 살의 귀여운 딸내미다. 아무리 약사라고 해도 이성 앞에서 엉덩이를 보이라니, 이런 모욕은 또 없었다.

"무, 무슨 말을 하는 겁니까! 대체 그, 그런 치료 방법이 어디 있어요?!"

고통스럽게 열에 신음하며 의식을 못 찾는 딸. 그 딸을 굽어보는 소년의 시선은 오로지 그녀를 위로하려는 걸로밖에 안 보였고 그어떤 못된 의도는 찾아볼 수 없었다.

"열을 내리는 약을 항문으로 넣을 거예요. 아버지가 하셔도 되지만 요령이 있습니다."

"이건 뭐라는 약이죠?"

"아세트아미노펜 좌약입니다. 조금이라도 편해지면 좋을 것 같아서요."

"왜 그런 짓을 하는 겁니까! 처음 들어보는 건데요! 입으로 넣으면 안 됩니까??"

딸의 순결을 더럽히는 터무니없는 요법이다. 피에르가 팔마에게 딸을 보여준 걸 후회하기 시작하는데,

"점막으로 흡수된 약은 바로 정맥으로 들어갑니다. 입으로 넣어도 되지만 의식이 없어서요."

어린이 점주의 설명은 논리적이고 장난을 치는 것 같지는 않았다.

"으음… 그런가요."

피에르는 할 수 없이 딸의 엉덩이를 드러냈고 어린이 점주는 재빨리 작은 약을 항문으로 삽입했다.

"으윽?!"

이물감에 딸이 놀라 신음했다.

"아아… 이럴 수가. 이제 딸아이는 시집도 못 갈 거야…."

잠시 침대에 눕혀 안정을 취하게 하자 딸아이의 숨소리가 점점 차분해졌다. 그러는 사이에 팔마는 긴 부리가 달린 그릇에 액체를 따라 가져왔다.

"열이 오르면 땀이 많이 납니다. 건조해진 몸에 좋은 음료예요. 나중에라도 좋으니까 이걸 먹여주세요."

깨끗하게 여과한 물로 만든 경구 보수액이라고 했다.

"그럼 전 약국 영업이 있어서 이만. 무슨 일 있으면 부르세요."

팔마는 호출 종을 보여준 뒤 방에서 나갔다.

얼마 있자 딸의 열이 내리기 시작했다. 그리고 조금 편해져 아버지가 부르는 말에도 대답하게 되었다. 엉덩이로 넣은 약이 열을 낮춰주고 있는 것 같았다.

"이렇게 바로 듣다니…."

약국 영업 중에도 팔마는 몇 번 환자를 살피러 찾아왔다.

그리고 피에르와 딸이 먹을 음식 등을 가져와서는 딸을 격려하고 가게로 돌아갔다. 저녁 무렵이 되자 팔마가 약 봉투를 갖고 왔다.

"이제 집에서 돌봐줘도 될 거예요. 혹시 너무 걱정이 되거나 용태가 급변하면 야간 문지기한테 말해둘 테니까 여기로 와주세요. 제 저택으로 안내를 해줄 테니까 야간이라도 대응할 수 있습니다. 해열제를 넣어놨으니 필요하면 사용하세요."

저녁이 되어 가게 문을 닫을 거라 여기서 내쫓을 줄 알았는데 야간에도 대응해준다고 했다. 병원도, 약국도 야간 진료는 하지 않는 게 일반적인데. 그런 이유도 있어 평민들은 밤에 죽는 경우가 많다.

믿어지지 않는 서비스였다.

"고맙습니다, 요금은 얼마인가요? 호, 혹시 못 낼 정도라면 친척한테서 빌려올 테니…"

제대로 된 치료를 받았으니 원하는 대로 값을 치르고 싶었다. 그렇지만 피에르의 약국은 이세계 약국에 손님을 빼앗겨 매상이 격감한 바람에 진료비를 마련하지 못할지도 몰랐다.

"빵 하나면 돼요."

"그건 너무 싸잖아요!"

지불한 뒤에 정말로 괜찮냐고 묻자 팔마는 고개를 끄덕였다.

"어린이 요금은 싸게 책정하고 있거든요. 예전에는 어린이는 무료로 했는데 폐하의 명령으로 조금만 받고 있습니다. 그럼 몸조심하세요."

점주는 친절하게 말한 뒤 바깥까지 배웅해줬다. 피에르는 말문이 막힐 정도로 놀랐다. 이래선 돈벌이도 도외시하는 게 아닐까.

값싼 약이 잘 듣는 데다 점주가 겸허하고 가게도 청결하다.

"아아… 손님을 빼앗기는 게 당연하네."

"네?"

"아뇨, 고마웠습니다."

피에르는 패배의 맛을 곱씹었다. 산뜻할 만큼 완벽한 패배였다.

사랑스러운 딸아이를 업고서 피에르는 약국을 나와 도로 너머로 사라졌다.

◆

그 일주일 후, 산 플루브 약국 길드 본부에서는 수십 명의 약사 대표가 회의실에 모인 채 매달 여는 정례 회의를 하고 있었다.

"다들 매상이 격감하고 있네."

길드 가맹점의 영업 침체 상황을 들은 길드장 베론은 못마땅했다.

"성역인 약국…, 이세계 약국이라던가, 그 약국 때문입니다."

"화가 나는군! 귀족의 도락일지도 모르지만, 우리에게는 완전 민폐라고."

이세계 약국이라는 독특한 이름의 가게가 창업했던 당초에는 귀족 가게 따위야 금세 망할 거라고 생각해 약사 길드는 조용히 지켜보기로 했었다. 그런데 막상 뚜껑을 열어 보니 상대는 만만치 않았고, 어느새 초유의 위협이 되어버렸다.

제국 칙허점이라는 격식을 갖춘 귀족의 가게임에도 약국 안에는 늘 평민 손님들이 끊이지 않았다. 조제를 기다리며 가게 밖까지 줄이 길게 이어졌다. 그들은 불평 한 마디 않고 잡담을 나누며 기분 좋게 줄을 섰다. 가게 밖에는 차양이 달렸고, 환자용 의자가 놓였다. 기다리는 동안 물과 사탕도 나눠주었다.

반년도 채 지나지 않아 화장품, 스킨 케어에 특화한 2호점 메디크가 출범했고, 이번에는 치아 케어 상품에 특화한 3호점, 8020이라는 가게를 낸다는 소식이 있었다.

굴욕적이게도 베론의 아내도 어느새 메디크의 미백 화장품을 몰래 사서 쓰고 있었다. 요새 피부가 하얘졌다고 칭찬하자마자 발견했다. 그런 증오스러운 상품은 모두 깨서 버렸다.

"너무 빨리 영업 재개를 하던데. 신술이라도 썼나?"

"존작가 재력의 도움을 받았겠지. 브루노 드 메디시스, 그 세계적으로 고명한 궁정 약사가 뒷배잖아."

"황제 폐하도 있고. 그 일 이후로 근위사단이 매일 순찰을 돌고 있어."

거의 괴멸 상태였는데 불과 이틀 후에 영업 재개. 마차가 돌진한 바람에 가게 안도 심하게 오염되었으니 한 달은 영업을 못할 거라고 봤는데 너무 물렀다. 물론 마차로 돌진한 것은 베론이 고용한 해결사들이었다.

그걸 아는지 모르는지 황제의 칙령으로 베론의 가게에는 3주 동안 영업 정지 처분이 내려졌다. 취급 금지된 납이 들어간 약을 판 게 적발되었기 때문이었다. 그뿐만 아니라 신전까지 기습 검사를 자꾸 해대는데다 이세계 약국에는 제도 교구의 신전장이 빈번히 드나들게 되었다. 더 이상 손을 쓸 길이 없었다.

아무튼 이세계 약국이 생기면서 약사 길드 가맹점의 매상은 급감했다. 손님의 40퍼센트 이상을 빼앗겼다. 단골이던 손님도 매정하게도 이세계 약국으로 넘어가버렸다.

게다가 수은 제품, 납 제품 등 수많은 재료가 제국 칙령으로 금지되었고, 몇 가지 약은 취급을 할 수 없게 되었다. 약사 길드 안에서는 더 이상 손쓸 길이 없다는 분위기가 감돌고 있었다.

"폐하는 그 약국 점주한테 세뇌된 게 분명해."

베론은 지긋지긋하다는 듯이 말했다. 간부들도 동의했다.

"햇볕 약국 피에르 씨는 어떻게 생각하시나?"

이세계 약국에 대해 온갖 욕설을 퍼붓던 약사들 가운데 묵묵히 자리를 지키고 있던 가난한 약사 피에르에게도 베론은 의견을 요구했다. 피에르의 가게는 이세계 약국에서 가장 가까워서 그 때문인지 매상이 가장 많이 떨어진 점포였다.

피에르는 한참을 침묵했고, 그 바람에 자연스레 주목이 쏠렸다.

"무슨 의견 없나? 제일 피해를 본 게 자네 가게잖아."

"그럼 정직하게 말씀드리겠습니다."

피에르는 천천히 입을 열었다.

"이 안의 약사 중에 이세계 약국에 들어가보신 분 있습니까? 취급하는 약을 본 적은요?"

"적인데 갈 리가 없잖아."

실소하는 약사들.

"한번 가보는 게 좋을 겁니다. 그 이름대로 진짜 성역처럼 보이더군요."

피에르는 흥분해서 힘차게 자리에서 일어섰다.

"그곳에 한 번 들어가보니 손님이 다시는 우리 가게에 오기 싫어하는 심정을 뼈저리게 느끼게 되었습니다."

"피에르 설마… 그 약국에 갔나?"

접근하지 말라는 명령이 있었다. 그걸 어기고 길드의 방침에 맞서다니… 회의장 안이 술렁였다.

"네, 솔직히 말하죠. 저는 그 가게에 갔습니다. 그리고 점주는 제가 어떤 약초로도 손을 쓸 수 없었던 딸의 고열을 내리게 해주었고, 경련을 하며 의식을 잃었던 딸을 순식간에 치료해줬습니다."

피에르는 열변을 토했다. 이세계 약국의 어린이 점주가 얼마나 좋은 치료를 해주었는지. 딸이 완쾌한 후에 피에르는 과감하게 약국을 다시 찾았다. 판매 코너의 상품들을 보고 다양한 사탕을 샀다.

약국을 찾은 환자에게서 직접 평판을 들었다. 어린이 점주가 "이제 따님은 괜찮으신가요?"라고 인사를 해서 대화도 나눴다.

그렇게 그 가게에 대해 알면 알수록 업계는 이 약국을 배제해선 안 된다고, 모든 약국은 이렇게 되어야 한다고 피에르는 느끼게 되었다. 약이 싸서 돈이 안 될 줄 알았는데 손님이 많이 찾기 때문에 결과적으로 이득이 된다. 약사들은 머리를 조아리고 거기서 파는 약 제조법과 치료 방법을 배워야 한다고 역설했다.

"그에 비해 우리는 어떻소. 진단도 못하고 치료법도 모른 채 위로도 안 되는 말만 하고 환자를 고칠 수 있을지도 알 수 없는 약초를 사기꾼처럼 세 치 혀를 놀려 비싼 값에 팔아넘기고 있지 않소."

"뭐야?!"

베론이 눈살을 찌푸렸다. 피에르는 개의치 않고 계속해서 말했다.

"그중에는 나은 사람도 있지만 대부분이 요행수지. 죽은 사람도 많아. 우리는 신술도 쓰지 못하니까 팔 수 있는 건 약초에다 어쩌면 증상을 악화시킬 수도 있는 독초밖에 없어. 사기랑 다를 게 뭐야."

피에르는 목소리를 높였다.

"거긴 모든 게 우리 가게들하고는 다르다고. 합리적이고 선진적이고 정말로 환자를 걱정하고 있어!"

"아아, 됐어. 네가 무슨 말을 하고 싶은지는 잘 알았으니까 길드에서 나가."

베론은 심술궂게 내뱉듯 말했다.

"날 쫓아내겠다면 마음대로 해. 하지만 현실을 외면하다가는 약사 길드에 남은 건 파멸뿐이다!"

피에르는 길드 본부에서 내쫓겼다.

"네게 허락된 권리는 모두 몰수하겠다."

베론의 목소리가 차갑게 피에르에게 떨어졌다.

◆

그날 안에 피에르의 약국은 영업 허가증을 빼앗겼고, 약초와 약은 길드에 몰수당해 즉시 폐업에 내몰렸다. 황폐해진 가게 앞에 피에르가 멍하니 주저앉아 엉엉 울고 있는데, 빵 봉투를 안은 검은 코트 차림의 소년과 또래의 핑크색 머리 소녀가 지나갔다.

"에헤헤, 많이 사버렸네요, 팔마 님!"

"한 사람당 세 개야. 그리고 그 환자한테도 하나 주기로 약속했잖아."

"알아요! 한 사람당 세 개죠. 제가 잘 골랐으니까 맡겨주세요!"

"뭘 골랐는데?"

"건포도가 많이 들어간 맛있어 보이는 거요!"

"하하, 그거 믿음직스럽네."

소녀가 힘주어 말하자 소년은 온화하게 웃었다.

피에르는 그들을 알고 있었다. 이세계 약국의 점주와 종업원이었다. 두 사람은 좋아하는 빵집에서 쇼핑을 마친 뒤 즐겁게 돌아가고 있었다.

"어, 왜 그러세요?"

팔마가 피에르에게 말을 걸었다. 피에르는 한심한 모습에 동정을 사는 것도 싫어 팔마와 얼굴을 마주칠 수 없었다.

"약이 떨어져 있네요. 주워드릴게요."

로테가 바닥에 떨어진 약초를 가게 앞 탁자 위에 올려놓았다.

"약사 길드 영업 허가증이 없네요."

팔마가 확인하듯 말했다.

"……."

잠깐의 침묵. 가게 안이 엉망이고 허가증을 빼앗겨 영업이 불가능해졌다는 걸 팔마는 알아차렸다.

"허가증이 없어서 영업이 불가능해졌군요. 무슨 일이 있었는지 물어봐도 될까요?"

피에르는 약사 길드에서 일어난 일들을 간단히 얘기했다. 이세계 약국에서 치료를 받고 그 약국에서 파는 새로운 약, 그리고 새로운 치료법을 취급할 수 있다면 얼마나 좋을까, 생각이 들어 길드 약사들에게 말을 했다고. 팔마는 피에르의 이야기를 진지하게 듣고 있었다.

"그래요… 죄송하게 됐네요."

이야기를 다 들은 팔마는 가엾다는 얼굴로 이렇게 말했다.

"아뇨, 사과하지 마십시오. 전 당신의 약과 가게에 감명을 받았습니다. 하지만 이제 이 나라에서는 장사를 할 수 없어요. 다른 나라로 이사라도 가서 무허가 약사를 해야죠."

피에르에게 그것 말고 달리 생계를 꾸려나갈 방법은 없었다. 하지만 무허가인 경우엔 취급할 수 있는 약의 종류가 한정된다.

"다른 길드에 들어가면 영업을 할 수 있죠?"

팔마는 확인하듯 물었다.

"하지만 이 나라에서 약을 취급하려면 약사 길드에 들어가는 수

밖에 없어요. 거기에 못 들어가면 들어갈 수 있는 길드가 없죠. 당신과 달리 평민은 자유 영업을 할 수 없으니까요."

피에르는 어깨를 축 늘어뜨렸다. 이제 돌이킬 수 없다, 후회는 안 한다, 그렇게 말하며. 그 말을 기다렸다는 듯이 팔마는 밝은 목소리로 이런 제안을 했다.

"아아, 그러고 보니 마침 딱 좋은 타이밍이네요."

"……?"

"며칠 전에 신약을 취급하는 조제 약국 길드를 세웠거든요. 폐하께도 허락을 받았고요."

"그게 무슨 의미인지…?"

"황제 폐하께 길드 창설 허가를 받았다는 말입니다. 가맹하면 이 세계 약국과 제휴해 처방 연수를 받으며 점포를 영업할 수 있어요. 신약을 취급하고 싶은 약국은 약사 길드가 아니라 거기에 들어오면 될 겁니다."

팔마는 피에르에게 말했다. 그건 약사 길드를 빠져나온 약사를 받아들여줄 길드였다.

"혹시 조금 전에 말한 당신의 희망과도 잘 맞지 않나요?"

피에르는 입을 뻐끔거렸다. 그 모습을 본 로테가 조용히 고개를 끄덕였다.

"그, 그럼요! 그런데 가맹비가 비싼가요? 돈이 없어서…."

"무료예요. 탈퇴도 자유롭습니다."

"몇 년이나 연수를 받아야 합니까?"

"연수를 두 달 받은 다음에는 이쪽에서 지시서를 드릴 테니 그걸 보고 처방을 하면 됩니다. 그 외에 처방이 어려운 약은 화학과 약리

지식이 필요하죠. 그 부분에 대해서는 정기 강습회를 열 테니까 거기에 참가하거나 제가 정기적으로 지도를 하러 가게를 돌 거예요. 약사 길드에서 취급하는 약보다는 훨씬 효과도 좋고 싸게 공급할 수 있을 겁니다."

"그, 그럼…."

피에르는 믿어지지 않는다는 듯이 어깨를 떨었다.

"네, 그것들만 지켜주시면 영업은 가능합니다."

"자, 잘, 잘 부탁드립니다…!"

조제 약국 길드에 가맹점 1호가 추가된 순간이었다.

◆

이세계 약국의 점주, 궁정 약사 팔마를 길드장으로 하는 조제 약국 길드 제1호 가맹점 햇볕 약국은 두 달 후에 리뉴얼되었다.

지금 햇볕 약국은 새하얀 점포로 새롭게 태어나서 신장개업을 기다리고 있었다. 점주 피에르는 수염을 밀고 머리를 자르고 청결한 흰 가운을 입고서 등록 판매자 배지와 명찰을 달고 있었다. 오늘부터 이세계 약국과 제휴해 새로운 약을 판매하게 된다. 취급할 약에 대한 지식도 충분히 배웠고 접객 기술도 배웠다. 점포 경영 방법도 머리에 철저하게 주입했다.

이세계 약국에서 파견 나온 기사 문지기가 평복 차림으로 고용되어 엄중하게 경비를 서주었다. 약 도난 방지와 약사 길드의 영업 방해를 견제하기 위해서다.

햇볕 약국의 매상은 이세계 약국에서 매입한 다양한 종류의 목사탕과 철분과 칼슘이 들어간 웨이퍼, 해열 진통제, 안약, 각종 비타민제를 판매하는 것으로 올리게 된다. 이세계 약국은 고도의 조제가 필요한 중증 환자와 전문성이 필요한 환자를 다루고, 햇볕 약국은 감기와 비교적 패턴화된 질환, 영양 보조 식품 등을 취급해 차별화를 노렸다. 이세계 약국은 환자 수가 너무 늘어 궁정 약사 팔마와 1급 약사 엘렌만으로는 모두 진찰하기 어려운 상태였기 때문에 약 판매 업무 일부를 햇볕 약국으로 옮기기로 했다.

이세계 약국에서는 며칠 전부터 업무 제휴 약국이 오픈한다는 광고 전단을 쌓아놓고서 홍보했다. 만성 질환을 가진 비교적 증상이 가벼운 환자는 햇볕 약국으로 보내기로 했다.

"아빠…."

피에르의 딸이 평소와는 기백이 다른 아빠의 모습에 조심스레 말을 걸었다.

"필요한 건 모두 배웠어. 어떻게든 될 거다."

"응, 아빠. 멋있어."

"그래. 난 지금 최고로 멋있어. 세상에서 제일 잘 듣는 약을 취급하게 되었으니까."

그래도 문득 피에르는 불안해졌다. 손님이 와줄까. 이세계 약국이라 손님이 찾는 게 아닐까. 같은 약을 취급한다고는 해도 팔마가 없어도 괜찮을까. 팔마가 아니면 답할 수 없는 질문을 환자가 하진 않을까. 경영은 잘될까. 신약의 효능은 제대로 설명할 수 있을까.

생각하면 할수록 불안은 끝이 없었다. 피에르는 어제는 한숨도 자지 못했다.

"문을 열겠습니다, 점주님."

문지기 기사가 말했다. 점주라는 말에 피에르는 긴장했다.

문이 빼꼼 열린 순간, 피에르의 기우는 깨끗이 사라졌다.

군중의 열기에 현기증이 날 것 같았다. 햇볕 약국의 문 밖에는 도로를 가득 메울 만큼 많은 손님이 가게 앞에 줄을 서 있었다.

"내가 열게. 내가 문 열게!"

피에르는 손님의 기운을 여실히 느끼고는 정신없이 거기에 답하려 했다.

"네, 그럼 점주님. 직접 하시죠."

피에르는 콧물을 훌쩍이며 떨리는 손으로 문을 활짝 열었다. 손님을 마주했을 때 귀가 웅웅 울렸다.

"오늘만큼 해님이 눈부시게 느껴진 적이 없어…."

희망의 빛이 쏟아져 들어왔다.

"햇볕 약국에 잘 오셨습니다!"

◆

그 후, 팔마에게 매달려 기본적인 약 취급법을 배운 피에르는 팔마의 신뢰를 받게 되어 조제 약국 길드장에 취임하게 되었다. 새 길드장 피에르는 약사 길드의 방침에 불만을 가진 약사와 폐업 직전까지 매상이 떨어진 약사들을 빼내 가맹점을 일곱 점포로 늘렸다. 모든 조제 약국 길드 가맹점은 새롭게 개장되었고, 문은 활짝 열고 청결하게 관리되었으며 환자에 대한 서비스까지 신경을 썼다.

얼마 뒤 길드 집회에 참석한 팔마는 점점 조제 약국 길드 가맹점이 늘어나는 것에 기뻐했다.

"가게 경영은 어떤가요?"

약사들에게 묻자 피에르는 기쁘게 대답했다.

"조제 약국 길드 약사들은 다들 잘되고 있습니다."

"팔마 님 덕분이죠."

다른 약사도 같이 대답했다. 그들의 표정은 생기에 넘쳤다.

"지금까지 약을 처방할 때에는 개개의 약사 경험치에 따라 도박을 하는 수밖에 없었어요."

"약이 듣질 않아 가게에 불을 지르거나 약사가 살해당한 적도 있죠. 원한을 사고 도둑을 맞고 고액의 배상금을 내야 해서 약값을 올릴 수밖에 없었습니다."

"그렇죠."

약값은 필연적으로 비싸지고, 평민 의사와 약사는 돈놀이꾼과 마찬가지로 미움을 받는 악덕업자 취급을 받았다고 약사들은 절절한 심정을 말했다. 분위기가 무겁게 가라앉는데,

"그런데 지금은 말이죠, 환자에게 찜찜한 마음을 안 가져도 되지 뭡니까. 팔마 님의 두 달 연수 기간에 배운 대로 처방하면 약이 잘 들어요. 누구한테나 잘 듣습니다! 그게 당연한 일이 아니었거든요."

신장개업 이후로 조제 약국 길드 가맹점은 모든 점포에서 단골이 늘어났다.

환자는 감사의 말과 함께 약사에게 신뢰를 가졌고, 약사는 환자 위주의 처방을 하는 건전한 관계가 구축되었다.

폭리를 취하지 않아도 이익은 발생했다.

"여기에 있는 사람들은 모두 팔마 님에게 진심으로 감사하고 있습니다."

피에르는 그렇게 말했다. 그날, 그림에 걸린 딸에게도, 우연히 휴진이었던 도널드 의사에게도 감사한다고 했다.

"길드 본부 현관에 팔마 님 동상을 세웁시다."

"그러진 마세요."

피에르가 의욕에 넘쳐 제안했지만, 팔마 본인에 의해 바로 기각되었다.

 # 4화 감옥 밖으로 나온 빙의자

"팔마 님, 많이 바쁘시네요⋯."

로테가 걱정스럽게 약국에서 일하는 중에 차트를 정리하다 잠들어버린 팔마를 살펴보았다. 엘렌이 뺨과 등을 찔러보아도 일어날 기색이 없었다.

"그러게. 약국뿐만 아니라 갑자기 사업을 너무 확장했어⋯. 길드와 관련된 일도 있고."

"제가 뭐 도울 게 없을까요?"

로테는 조금이라도 팔마를 편하게 해주고 싶다는 마음만 급급했다.

"인간의 몸에 깃들었으니 약신도 지치나 봐."

녹초가 된 팔마를 굽어보며 엘렌은 로테에게 들리지 않게 작은 목소리로 중얼거렸다.

"팔마는 사람들을 치유해주는데 이러다가 본인이 쓰러지는 건 아닐까 몰라."

자기 몸에는 약이나 독도 잘 안 든다고 팔마 자신이 말했었다.

"약신을 치유할 약이 있다면 인간의 감사하는 마음일지도 몰라."

그렇게 생각한 엘렌은 속으로 고맙다고 손을 모으는 걸 잊지 않았다.

"무슨 말이에요, 엘레오노르 님?"

로테가 순진하게 엘렌에게 물었다.

"아, 혼잣말이야. 힘들어하는 환자를 생각하면 무시할 수가 없어서 무리하게 되는 거지."

엘렌은 작게 한숨을 쉬었다. 그의 일이 늘어날수록 환자를 구하게 되지만 그래선 그의 몸이 버티지 못한다. 그는 어린 몸을 혹사하고 있었다.

"일을 분담한다고 해도 재료 조달은 우리가 어떻게 해보고 팔마 님은 진료와 조제에 전념하시게 했으면 좋겠네요."

그렇게 말하는 세드릭도 팔마를 걱정하고 있었다. 세드릭의 무릎은 팔마의 약과 습포 덕분에 짧은 시간 정도는 지팡이 없이도 걸을 수 있을 만큼 호전되어 있었다.

"그런데 팔마밖에 합성하지 못하는 약이 거의 전부거든. 4층 연구실에서 혼자 합성하는 것 같은데 방법을 보여주질 않아. 몇 번 말을 해봤는데 말이지. 도울 수 있으면 좋겠는데, 분해, 그리고 나 자신이 한심하네."

"최근 며칠 동안 팔마 님은 야근에 시달리셨죠."

세드릭은 은근슬쩍 팔마의 노동 시간을 관리하고 있었다. 하지만 야근을 나타내는 빨간 선이 계속 그어졌다.

지금까지 이세계 약국에서 처방되는 약제와 관련 점포에서 사용하는 약 원료는 팔마가 혼자 생산해왔다. 주말에도 일할 때가 흔했

고, 밤늦게까지 야근하는 것에 더해 새벽같이 약국에 와서 연구실에 틀어박혀 약 재료를 생산하거나 급변한 환자의 야간 진료에 대응하는 것도 그의 일과였다.

"무한한 신력을 가진 팔마라도 몸은 지치기 마련이야."

이마에 책상의 나뭇결 자국을 선명하게 새겨진 상태에서, 잠에 취한 얼굴로 팔마가 벌떡 몸을 일으켰다. 로테가 팔마의 어깨에 스톨을 걸쳐 몸을 따뜻하게 해줬다.

"나 지금 잤어?"

"오랫동안 졸았어. 의식 없었어? 많이 피곤한가 봐."

엘렌이 자국이 난 팔마의 이마를 손가락으로 문질러줬다. 그대로 가만히 있던 팔마가 멍하니 중얼거렸다.

"이번에는 과로하지 않는 인생을 살려고 했는데 벌써 과로하고 있네."

"어? 지금 뭐라고 했어?"

"아니, 혼잣말이야."

"이세계 약국 본점 약사를 나 말고도 더 늘리거나 제자를 둘 생각은 없어? 체계를 세워서 후진 양성을 하면 너도 편해질 거야."

엘렌이 그렇게 제안했다. 신약 약학 지식이 있는 브레인이 이 세계에서 팔마 혼자뿐이라는 건 치명적이었다. 이대로는 팔마의 짐이 너무 무거워져서 쓰러지거나 죽을지도 모른다. 엘렌은 그 점을 우려하고 있었다.

"그럴 생각이긴 해. 제약 공장이 생기면 화학 합성 약을 만들 수 있을 테니까. 공장이 가동하면 국내외에서 우수한 기술자와 연구자를 모아서 제약에 필요한 약학을 조금씩 가르쳐줘야지."

팔마는 장기적인 계획을 말했다. 그때까지는 어떻게든 해나가는 수밖에 없다. 그렇게 생각했다.

제국의 자금과 존작가의 재력, 신전의 자금 원조, 그리고 이세계 약국 자체의 매상을 아낌없이 쏟아부은 마세일령의 제약 공장은 빠르게 건설 중이었다. 그게 완성되면 생산 거점을 분산시킬 수 있어 팔마도 조금은 시간에 여유가 생길 거다.

"스승님이 총장으로 계시는 산 플루브 제국 약학교에는 우수한 학생이 많아. 내가 가르치는 제자라도 괜찮고."

엘렌 자신도 세 명의 제자를 두고 있었다. 지금은 약국을 돕느라 바빠 그들에게 신경을 쓸 수 없어 브루노에게 맡겨두었지만 그들을 약국에서 고용해도 되지 않느냐고 제안했다.

"그러네, 다음에 아버지에게 말해볼게."

"그런데 제약 공장에서 필요한 건 없어? 이참에 내가 조달해둘게."

엘렌은 미리미리 준비를 해두려고 했다. 그녀는 막판에 허둥대는 걸 싫어하는 성격이었다.

"고도의 유리 세공, 그리고 세밀한 기술을 가진 대장장이 몇 명을 고용하고 싶은데."

"파는 걸로는 안 돼?"

"독특한 형태의 물건을 의뢰하고 싶거든."

"팔마의 발상을 구현할 수 있는 최고의 기술자여야겠네."

엘렌은 고민했다. 돈에 구애되지 않으니까 팔마는 좋은 기술자를 고용하고 싶을 것이다.

"최고가 아니어도 상관없는데 고도의 세공이 가능한 사람이면 좋겠어."

"멜로디 르 루 존작이라고 연금술사와 약사, 의사의 실험 도구를 전문으로 만드는 존작가의 의료 화염 기술사가 있어. 유리 기구도 만들 수 있고 금속 세공도 가능해. 스승님의 도구도 만들거든. 신분을 가려 일감을 받지만 스승님 연줄로 소개받을 수 있을 거야."

"여성 존작이구나, 특이한 거 아냐?"

팔마가 무심히 말하자 엘렌이 기가 막혀하며 대답했다.

"아마 알고 있겠지만 존작은 집이 아니라 개인에게 주어지는 최상급 칭호거든. 남자든 여자든 상관없어."

"그랬구나."

"그러니까 한 집안에 두 명 이상의 존작이 나오는 것도 아주 불가능한 건 아니야. 팔마도 성인이 되면 존작위를 받게 될지도 모르지."

"굉장하네요, 팔마 님! 만약 그렇게 되면 파티를 해요! 성대하게 음식을 차려놓고!"

로테가 존작이란 말에 자기 일처럼 기뻐했다. 음식 부분에 힘을 주는 로테였다.

"로테, 너무 성급하게 굴지 마."

브루노에 이어 팔마도 언젠가 존작이 될 거라고 엘렌은 확신하고 있었다. 참고로 말하자면 팔마가 죽은 후엔 신전에서 약신의 화신으로 열성 혹은 신격화되지 않을까, 엘렌은 예상하고 있었다. 하지만 팔마는 전혀 의식하지 않는 듯했다.

"아니, 설마…… 호들갑 떨지 마. 그럼 아버지한테 부탁해서 멜로디 존작을 소개해달라고 할까."

"납기는 여유를 갖는 게 좋을 거야. 바쁜 분이시니까."

"알았어, 그렇게 할게. 고마워, 엘렌."

◆

교외에 자리한 멜로디 르 루 존작은 지난 1년 동안 귀족들을 포함해 모든 일을 거절하고 있다고 했다. 팔마와 엘렌은 으리으리한 거성 현관에서 안내를 맡은 관리인 노인과 대화를 주고받았다.

"몸이 조금 안 좋으셔서 정양을 하고 계십니다."

관리인이 모호하게 흐리는 말에 마침 잘됐다며 팔마는 진찰을 제안했다.

"저희는 약사입니다, 단골 의사나 약사가 없다면 멜로디 존작님의 몸을 진찰해드리지요."

"아니, 그럴 수는…."

"하지만 몸이 안 좋으시다면서요? 단골 의사가 있으신가요?"

엘렌이 관리인에게 되물었다. 몸이 안 좋다고 하면 환자를 치료하고 싶어하는 게 약사의 천성이다.

"멜로디 존작의 증상이 어떻든 저희는 비밀을 지킬 겁니다."

복잡한 사정이 있을 거라 눈치챈 팔마는 비밀 엄수를 약속했다.

"그럼… 알겠습니다. 만약, 만약 당신들이 멜로디 님을 구해주신다면 그보다 바랄 것은 없지요. 놀라지 마십시오."

두 사람은 성 중앙에 있는 높은 원탑으로 안내되었다.

"이런 곳에 계세요?"

팔마가 무심코 질문을 던졌는데, 그럴 만한 것이 그곳은 아무리 봐도 감옥 탑이었기 때문이다.

긴 나선 계단을 올라 겨우 정상에 도달하자 눈앞에 펼쳐진 광경에 팔마는 숨을 삼켰다.

이중 격자가 쳐진 돌로 된 감옥이 있었다. 그 중앙에 놓인 의자에 젊은 여성이 뒤로 손이 묶인 채 쇠사슬에 단단히 구속되어 있었는데, 힘없이 고개를 축 늘어뜨리고 있었다.

그녀가 멜로디 존작이었다.

"어째서 이렇게?! 그녀가 무슨 짓을 했다고요?! 환자잖아요!"

비인도적인 대우를 본 팔마가 소리쳤다.

"아니야, 팔마. 이건… 어쩔 수 없어."

엘렌이 뭔가를 눈치채고서 팔마를 타일렀다.

"멜로디 님에게 악령이 씌인 상태입니다."

관리인의 말에 따르면 어느 날부터 그녀는 의미를 알 수 없는 말을 외쳐대기 시작했다고 한다. 손님에게 갑자기 폭력을 휘두르고, 물건을 부수고, 벽에 머리를 찧고 날뛰었다. 멜로디는 강력한 화염술사로 이성을 잃고 날뛰면 모든 것을 불태워버린다고 했다.

"신전에서 이단 심문을 받으면 고문을 당하거나 죽을 겁니다. 그래서…"

할 수 없이 그녀를 지키기 위해 이럴 수밖에 없었다고 말하며 관리인은 눈물을 글썽였다.

"하지만 신술은 쓸 수 있는 거죠? 그럼 악령이 씐 건 아니지 않나요?"

팔마는 단도직입으로 핵심을 찔렀다.

"그건 모르죠…. 어째서 그 상냥했던 멜로디 님이 이렇게 돌변해 버리신 건지… 저는 악령이 너무나 밉습니다."

관리인은 눈물을 참지 못하고 손수건으로 눈시울을 찍었다.

"저희도 편하게 쉬게 해드리고 싶지만 침대도, 이불도 무의식중에 태워버리세요, 발작 중에는 자기 몸에도 상처를 입히셔서요."

보아하니 멜로디의 매끄러운 은발은 짧게 잘려 있었다. 날뛸 때 긴 머리를 태워버렸다고 했다.

"그럼 며칠이나 계속 이렇게 있는 겁니까? 잠도 못 자잖아요."

"계속 이러는 건 아닙니다. 날에 따라 상태가 달라져요. 상태가 좋지 않을 때에는 이렇게… 오늘은 상태가 좋지 않으십니다. 그럴 때에는 화염술을 쓰면 자살 행위로 이어지기 때문에 진정이 될 때까지 격자가 쳐진 이 방에 모셔놓는 겁니다."

"이렇게 끔찍한 짓을 하면 불안해서 더 악화될 겁니다."

팔마는 관리인에게서 멜로디의 병력, 나이, 식생활과 생활 습관 등을 물어 차트를 작성한 뒤 진안을 발동시켰다. 팔마는 뇌질환을 의심했는데, 예상한 대로 뇌 부근에 파란색 빛이 밝혀졌다.

"'통합실조증 긴장형'."

병명을 맞히자 빛은 하얀색이 커졌다. 진안을 쓰며 항정신약을 조합해 몇 개 읊어보자 빛은 완전히 사라졌다. 폭력을 쓰는 타입의 통합실조증에는 약이 잘 듣는다.

"아아, 이건 고칠 수 있어요. 실례, 고칠 수 있을 것 같습니다."

팔마는 진료 가방을 뒤지며 말했다. 정신병 치료에는 절대적이란 말은 할 수 없기 때문에 고칠 수 있다고 약속할 수는 없다. 고칠 수 있다는 말에 관리인은 입을 쩍 벌렸다.

"팔마 님은 제령을 하실 수 있으십니까? 신전을 부르지 않아도요? 악령에 홀린 자는 신전 이단 심문관들의 고문으로 악령을 때려 쫓아내는 길밖에 없어 고문 도중에 죽는 사람도 있다고 들었습니다. 당신처럼 젊은 약사가 그런 일을 하시는 겁니까?"

"악령을 때려서 쫓아낼 수 있어? 약신의 힘으로?"

엘렌은 팔마에게 귓속말을 했다. 팔마는 터무니없는 말이라며 고개를 저었다.

"악령이 아니고 병이니까 고문은 안 할 거야. 치료약이 있어."

"이게 병이라고?! 제정신이 아닌데?! 아, 아니, 실례, 이성을 잃으셨는데."

거짓말하지 말라고 엘렌은 놀라면서 관리인의 앞이라 표현을 부드럽게 바꿨다.

"마음의 병이야. 이 증상이면 비교적 경증이지. 그러니까…."

팔마는 표정을 굳히며 관리인을 쳐다보았다.

"약을 먹이고 나면 쇠사슬을 풀고 감옥에서 꺼내주세요. 그리고 따뜻한 음식을 먹이고 침대에 누워 쉬게 해주십시오."

"하지만 또 날뛰면…."

"약이 들을 때까지 제가 옆에 있겠습니다. 저는 물 속성 술사이니 발화는 걱정 안 하셔도 됩니다."

그날부터 그녀에겐 최적의 항정신약이 처방되고 투약에 들어갔다.

그리고 팔마는 다시 매일 멜로디를 찾아 그녀의 이야기를 듣고 세심한 카운슬링을 했고, 재활 프로그램을 짜줬다. 멜로디는 조금씩 예전의 성격을 되찾게 되었다. 처음에는 화염을 쏴서 팔마가 물로 끄곤 했지만 어느새 폭력도 사라졌고, 머리가 조금씩 자라날 무렵이 되자 표정도 부드러워지고 웃는 얼굴도 보여주게 되었다.

지금 그녀의 증상은 위중기에서 회복기로 들어서고 있었다. 엘렌은 "정말로 악령에 홀린 게 아니라 아픈 거였구나…"라며 감탄했다. 멜로디는 관리인의 말대로 매우 온화한 성격이었다.

팔마도 완쾌를 실감하기 시작한 어느 날, 멜로디는 팔마에게 고마움을 표했다.

"고마워요, 약사님. 전 악령에게 홀려 이성을 잃어 이제 이대로 죽는 게 낫겠다는 생각을 했었어요. 제 마음이 약해져서 이런 일이 벌어졌네요."

"증상이 개선되어 다행입니다. 재발 방지를 위해 제가 계속 관찰해서 그 징후가 나타나면 적절한 약을 처방할 테니까 자책하지 마세요. 이건 원인이 없는 병입니다. 당신 잘못은 더더욱 아니에요."

"그렇게 말해주시니 마음이 편하네요. 이젠 무섭지 않습니다."

멜로디는 안도했다.

"혹시 약사님은 제게 무슨 일이 있으셔서 찾아오셨던 건가요?"

멜로디는 팔마에게 물었다. 팔마는 치료 중에 용건을 꺼내지 않았지만, 관리인에게서 팔마의 당초 목적을 들었다고 했다.

멜로디의 말에 팔마는 이튿날 그녀에게 의뢰서를 건넸다.

"혹시 기분이 안정되면, 급한 건 아니니까 의뢰를 받아주실 수 있을까요?"

"네, 그럼 의뢰를 받아들이죠. 약사님에서 손님이 되었네요."

멜로디는 의뢰서를 받아 들고 발주 내용을 확인했다. 팔마가 작성한 의뢰서에는 이세계에서는 낯설 법한 유리 기구와 금속 기구가 그려져 있었다.

일본에서는 약학 계통이나 유기 화학 계통 대학 출신자라면 간단한 유리 세공 기술을 익힌다. 하지만 플라스크와 시험관, 유리관 조인트 부분, 로트 종류, 냉각관 등의 세공은 불가능하다. 전문 기술이 필요하다. 그래서 멜로디의 힘이 필요했다.

"치수, 재료와 사양이 있으니 뭘 만들어야 할지는 알겠습니다. 아주 어려운 기구 같네요."

"네. 만들지 못하는 게 있어도 괜찮습니다."

팔마도 그녀에게 어려운 일을 맡긴다는 것은 알고 있었다. 만들 수 있는 것만 해줘도 된다고 못을 박았다. 하지만 멜로디는 아니라고 팔마에게 대답했다.

"제 화염 신술의 정수를 발휘해 반드시 의뢰에 부응하도록 하겠습니다."

멜로디는 의뢰서를 보며 자신 있게 선언했다.

"모든 발주를 도면대로 납품하겠어요."

그 후에도 팔마는 정기적인 왕진을 위해 멜로디의 저택을 찾았다. 문진과 카운슬링을 하고 진안으로 상태를 확인해 처방할 약의 종류와 양을 조절했다.

멜로디의 증상이 완화되어 마음에 여유가 생겼는지 관리인에게 차와 식사를 준비시키는 경우가 많았다. 그래서 팔마는 진료가 끝난 뒤에 멜로디와 식사를 하며 마음의 치유를 겸해 잡담을 나누게 되었다. 그런 어느 날이었다.

"발작이 없어져서 마음에 여유가 생기니까 매일이 즐거워졌어요. 외출을 즐길 여유도 생기고."

"그거 다행이네요. 관리 잘하세요. 계속해서 치료를 이어나가죠. 차 잘 마셨습니다. 그럼 전 이만."

팔마가 진료 가방을 어깨에 걸치고 인사를 하자 멜로디는 자리에서 일어나 감사의 말을 전했다.

"왕진을 와주셔서 고맙습니다, 팔마 님. 아, 의뢰한 기구는 순조롭게 제작되고 있습니다. 의뢰한 기구의 반 정도는 제작됐어요."

팔마는 멜로디에게 제작을 재촉하지 않고 있었지만, 멜로디는 왕진을 올 때마다 예의 바르게 진척 상황을 보고했다. 그래서 팔마는 기대감이 커졌다.

"고맙습니다. 속도가 꽤 빠르네요. 몸이 좋을 때 무리하지 않는 범위 안에서 제작해주시면 됩니다."

"시간이 있으시면 제작 과정을 견학해보실래요?"

"그럼요, 관심이 크답니다."

팔마는 처음으로 멜로디의 공방을 찾았다. 저택 안에 있는 돌로 된 넓은 공방은 깔끔하게 청소가 되어 있었고, 여러 명의 제자가 일하고 있었다. 공방 중앙에는 대형 노가 있었는데 그 열기가 방 전체를 휘감고 있었다. 멜로디는 겉옷을 벗고 민소매 드레스 차림이 되었다.

"경박한 모습을 보여 죄송합니다. 불꽃을 써서 제작하기 때문에 더워서요. 그리고 옷도 태우게 되고요."

"신경 쓰지 마세요. 당신은 아름답습니다."

몸매가 선명하게 드러나는 얇은 옷이 신경 쓰였나 보다.

"이 공방에서는 의료 기구 금속 가공과 유리 가공 등을 합니다."

"이 중앙에 있는 노에서 유리를 녹여 제작하는 거군요."

팔마가 묻자 멜로디는 고개를 저었다.

"용융로는 제자가 사용하는데, 저는 신술을 쓰기 때문에 거의 이용하지 않아요."

그렇게 설명하며 제작용 신장을 꺼내 들었다. 그녀가 쥔 지팡이는 모두 세 개나 되었다.

"먼저 메스실린더라는 걸 만들어 보여드리죠."

유리관 치수를 재고 설계도에 맞는 길이에 표시를 하더니 유리관을 휙 돌려 지팡이 끝에 달린 정석(晶石)으로 선을 그렸다.

'정석을 다이아몬드 커터처럼 쓰는 건가.'

팔마는 그렇게 생각하며 멜로디의 집중력에 방해가 되지 않도록 살짝 떨어져 견학했다.

"'창승의 불꽃'."

"'청류의 불꽃'."

"'금의 불꽃'."

멜로디는 안에 공동이 있는 세 개의 지팡이 모두에 신술 화염을 실었다. 정석에 신력이 고이고 거기서 신력을 조금씩 끌어내 손을 떼어도 지팡이 끝을 연소시킬 수 있는 구조였다. 세 개의 지팡이를 공방 작업대의 각 홀더에 세팅한 뒤 계속 연소시킨다.

불꽃의 온도는 화염 색과 피부에 전해지는 열기로 확인한다고 멜로디는 말했다.

"놀랐네요. 지팡이를 건드리지 않고 세 개나 동시에… 원격 조작하는 건 처음 봅니다."

팔마는 지팡이는 두 개를 동시에 쓰지 못하고 지팡이를 놓으면 고도의 신술을 쓸 수 없다고 엘렌에게서 들었기 때문에 솔직히 감탄했다.

"멜로디 님의 불꽃은 고온에서 저온까지 온도가 안정되어 있어 섬세한 온도 관리가 가능하지요. 다른 유리 세공사가 제작한 것과 비교해 매우 단단한 유리 제품이 만들어진답니다. 부서지지 않는다고 해도 과언이 아니지요."

팔마의 옆에서 대기하고 있던 관리인이 의기양양하게 설명해줬다. 성능 좋은 버너 같다며 팔마는 놀랐다. 멜로디가 선을 그은 부분에 신술 불꽃을 대자 유리관이 깨끗이 두 개로 잘렸고, 잘린 면을 가열하자 유리가 녹아 튼튼한 바닥이 되었다. 불꽃의 강도는 멜로디의 신력에 자유자재로 호응했다.

반대쪽 관 부분을 가열해 금속 주걱으로 한 곳에 칼집을 넣자 완벽한 분리가 되었다. 바닥이 완성된 유리관에 두 배 큰 관을 짧게 잘라 바닥에 끼워 이어준다. 이음매 부분을 파란 화염으로 가열해 관을 돌리며 금속 주걱으로 눌러준다. 그러자 입이 벌어져 나팔 모양이 되었고, 메스실린더 받침대가 완성되었다. 천천히 노란 불꽃으로 온도를 낮추며 냉각을 하면 완성이다. 제자가 자로 길이를 측정해 눈금을 새겼다.

"완성되었습니다. 잠시 식히면 바로 쓸 수 있어요."

"멋지네요."

팔마는 박수와 함께 찬사를 보냈다. 팔마의 좋은 반응에 안도의 미소를 지은 멜로디는 계속해서 다음 기구 제작 과정도 보여줬다.

"다음으로 메스플라스크를 제작하겠습니다."

멜로디는 달군 유리를 지팡이 끝에 붙여 틀에 끼운 뒤 천천히 공기를 불어넣었다. 유리가 빨갛게 달궈져 부풀어 올라 틀에 맞게 바닥이 동그래졌다. 지팡이에 신력을 싣고 있었다. 블로잉 공법이다. 신술의 불꽃으로 달구며 유리를 자른다. 그걸 식히는 사이에 유리관 끝을 가열한다. 메스실린더 받침대를 만든 요령대로 주걱으로 살짝 입을 벌린다. 벌린 입을 조금 전의 동그란 바닥 부분과 합체시킨다.

템퍼링용 지팡이를 이용해 서서히 냉각시키자 순식간에 완성되었다. 매우 투명한 유리 기구로, 일그러진 곳이 전혀 없었다.

"이걸 바닥에 세게 던져보세요."

막 제작한 두 기구를 팔마에게 건넨 멜로디는 우아하게 미소를 지었다.

"하지만 애써 만들어주신 건데… 부수면 미안한데요."

"후후, 걱정 마세요."

평소엔 조신한 그녀가 살짝 입꼬리를 올려 자신감 있게 단언하는 걸 보고 팔마는 그녀를 신뢰하며 힘껏 바닥에 던졌다. 유리 기구는 키잉 하고 맑은 소리를 내며 바닥을 굴렀지만 금 하나 가지 않았다.

팔마는 기구를 주워 들고 감탄했다.

"제가 제작한 유리 기구는 깨지지 않습니다."

"스승님의 유리 기구는 최고예요. 같은 도구와 재료를 써도 스승님처럼 깨지지 않는 유리는 만들 수 없죠. 그리고 스승님의 작품은 액체를 넣어도 굴절되지 않고, 액체 면이 잘 보이죠."

제자가 팔마에게 멜로디의 작품이 얼마나 훌륭한지에 대해 자랑했다.

"황송합니다. 멜로디 존작께 의뢰할 수 있어 영광입니다."

팔마는 감탄했다. 그리고 의료 화염 기술사의 이름이 허명이 아니라는 걸 깨달았다. 믿음직스러운 기술사를 알게 되었다며 팔마는 기뻐했다.

그리고 몇 주 후, 의뢰한 모든 유기 합성에 이용하는 복잡한 유리 기구가 이세계 약국에 납품되었다. 당초 약속한 납기일 대로였다. 그것은 하나같이 상상 이상으로 빼어난 완성도를 자랑했고, 팔마가 상상했던 것과 비교해도 손색이 없었다. 팔마는 멜로디의 실력에 반했다.

"앞으로도 기구를 발주해도 될까요?"

멜로디의 기술은 탁월했기에 팔마는 계속해서 도구를 조달하고 싶었다.

"네, 물론이죠. 뭐든 힘이 될 수만 있다면요."

증상이 개선되어 원래대로 돌아온 멜로디는 단골 고객에게 다시 의학 기구며 약학 기구 수주를 받기 시작했는데, 그녀의 인기는 엄청나서 순식간에 1년 뒤까지 예약이 꽉 차버렸다.

하지만 멜로디는 이세계 약국의 주문에 있어서는 남몰래, 그리고 우선적으로 받아주겠다고 팔마에게 말했다.

 5화 약신장(藥神杖)과 팔레의 귀환

"모레면 팔레 님이 돌아오신다고 합니다. 주방장님이 알려주셨어요!"

어느 날, 로테는 팔마의 방을 청소하다가 콧노래를 흥얼거리며 말했다.

"뭐?! 형님이 돌아온다고?!"

17세가 되는 팔레(환약)라는 가엾은 이름을 가진 형이 돌아온다고 했다.

"거의 1년 만이네요. 공부와 연수 때문에 바쁘셨대요. 그러니까 모레엔 맛있는 음식이 나올 거예요! 디저트도 많이 있대요."

에헤헤, 주방장님한테 들었어요 하며 로테는 환하게 웃었다. 배를 비워둬야겠다고 의욕을 불태웠다. 팔레의 귀환보다 그게 목적이었다고 팔마는 간파했다.

"주방장님은 맛난 음식을 주기 전에 빵을 잔뜩 먹이려고 해요. 하지만 이번에는 꼭 배를 비워둘 거예요!"

로테는 그렇게 경계했다. 치열한 줄다리기가 기다리고 있다며 진지한 얼굴로 말했다.

"잘됐구나, 로테. 넌 성장기니까."

팔마가 로테의 음식에 대한 정열을 흐뭇하게 생각하는데 로테가 반박했다.

"팔마 님도 성장기예요! 팔레 님에 대해선 기억하고 계시나요?"

"어땠더라."

팔마는 팔마 소년의 기억이 부분적으로 떠오를 때도 있긴 하지만 팔레에 대해선 전혀 기억하는 게 없었다.

"직접 만나면 생각날지도 모르지만. 지금까지 어땠는지 들어두고 싶네. 인상적인 에피소드도 있으면 몇 개 말해줘."

"팔레 님은 주인님을 닮은 우수한 물 신술사로 두뇌도 명석하고 팔마 님을 자주 훈련시키셨죠. 블랑슈 님도요."

무서운 일이었다고 로테는 기도하며 몸을 떨었다. 가혹한 훈련 때문에 주인님한테 너무 지나치다고 혼나기도 했다며 무서운 말을 했다.

"나랑 블랑슈가 훈련을 받았구나. 나는 몰라도 블랑슈까지 그렇게 훈련시키다니 너무한걸."

"아… 큰오라버니의 훈련은 떠올리고 싶지 않아."

지나가던 블랑슈는 팔레라는 단어 때문인지 과장되게 몸을 빼려 했다.

"팔레 님은 사랑의 채찍이라고 하셨어요. 팔마 님도, 블랑슈 님도 팔레 님 덕분에 신술이 많이 느셨죠…. 고귀한 희생과 맞바꿔서요."

노바르트 의약대에서 돌아올 때마다 연중행사처럼 힘겨루기란 이름의 훈련을 한다고 했다.

팔마는 사양하고 싶었지만 도망쳐도 소용없이 땅 끝까지 쫓아온 다는 게 로테가 준 정보였다. 참고로 제일 심했을 때에는 팔마가 골 절상을 입었다고 했다.

'그건 너무 심한 거 아냐? 기억은 안 나지만 형제간의 싸움이나 시합이라고 할 수준이 아니잖아.'

아무리 진검 승부라고 해도 도가 지나치다는 생각에 팔마는 질색 했다.

"그런데 난 신술은 엘렌한테 배우고 있잖아. 왜 형님하고도 훈련을 한 거지? 형제끼리 싸우는 거 같은 건가?"

"두 분 모두 가르쳐주셨어요. 팔레 님은 노바르트 의약대에 입학

하셨기 때문에 그때부터 엘레오노르 님이 주인님 명령으로 팔마 님의 가정교사를 맡게 되었죠. 아, 하지만 팔레 님과 엘레오노르 님은 소꿉친구지만 영원한 라이벌이랍니다. 두 사람 앞에서 서로에 대한 화제는 입에 올리지 않도록 조심하세요. 피를 볼 수 있으니까요."

"너무 무섭다!"

팔레와 엘렌은 동갑이다. 둘 다 자존심이 강해 자신이 약사로서도, 신술사로서도 더 위라고 생각해 경쟁을 하고 있다고 했다. 뜨거운 라이벌 대결이라고 했다.

"귀중한 정보를 알려줘서 고마워, 로테."

지뢰를 밟으면 큰일이다. 간과할 수 없는 사전 정보였다.

"그러고 보니 최근에 신술 훈련도 안 했고 몸이 둔해지긴 했지. 일방적으로 당하는 건 분하니까 오랜만에 개인 훈련이라도 해둘까. 전날이라 벼락치기이긴 하지만."

그렇게 정원으로 나가 은백색 지팡이로 물 계통 신기를 시험 삼아 몇 번 휘둘러보는데,

"어, 지팡이가 부러졌네?"

재수 없게도 팔마가 진료용으로 사용하던 은색 지팡이가 두 동강이 나고 말았다.

◆

"뭐? 새 신장(神杖)이 필요하다고? 은색 있었잖아. 그리고 팔마는 지팡이 쓰지도 않으면서."

이튿날 약국에서 이야기를 들은 엘렌이 입을 삐죽거렸다.

"어제 혼자서 훈련을 하는데 망가졌어. 나한텐 그거 하나밖에 없었거든."

"큰일이에요…. 이거 안 좋은 예감이 들어요."

로테는 고개를 설레설레 저었다. 그리고 팔마에게 귓속말을 했다. 엘렌에겐 비밀이다.

"지팡이가 없다는 걸 알면 어떻게 돼?"

"팔레 님한테 반죽음을 당할 거예요."

"반죽음이라니 무섭네."

로테가 진심으로 겁을 줘서 팔마도 오늘 안에 조달해야겠다는 마음에 다급해졌다.

"둘이서 뭘 그렇게 속닥대는 거야? 왜 그렇게 서두르는 건데? 하지만 상위 신술사의 전투용 신장이 아니면 또 부서질지도 몰라. 진료용도 겸하는 게 좋겠지?"

"응, 가능하다면. 두 개를 꽂고 다니는 것도 귀찮고."

"전투용으로도 쓸 거지?"

"응. 튼튼한 게 좋겠어. 가지고 다니기에도 편리하게 소형화할 수 있는 걸로."

팔마가 계속 추가 희망을 말하자 엘렌이 바로 포기했다.

"요구가 너무 많은데, 어렵겠어. 네 신력을 버틸 수 있는 지팡이는 제도에 없다고. 그런데 팔마, 왜 이제 와서 지팡이가 필요한 거야? 지팡이가 없어도 고도의 신술이나 신기도 마음대로 쓸 수 있잖아. 전투용 신장은 크고 무거워서 갖고 다니기 불편하다고."

엘렌은 늘 전투용과 진료용을 겸한 상위 신술사의 긴 지팡이를 갖고 다니긴 했다. 접이식으로 휴대하기 편하게 손을 쓰긴 했지만 허리춤이 늘 불룩했다.

"귀족은 신장을 꼭 갖고 다녀야 한다고 엘렌이 그랬잖아?"

팔마는 반대로 엘렌에게 물었다.

"신장은 신술을 쓸 때 신력의 전달과 신기의 발동을 돕는 것뿐, 마음대로 신술을 쓸 수만 있으면 필요 없어. 그냥 꽂아두기만 할 거면 장식품이라도 상관없지. 장식품이라도 괜찮다면 내가 지팡이를 빌려줄 테니 꽂고 있을래?"

엘렌은 그렇게 말했다. 장식 지팡이로는 곤란한 이유는 엘렌에겐 말할 수 없었다.

"아니, 그래도 내 지팡이가 갖고 싶어."

"그렇게 갖고 싶으면 황제 폐하의 지팡이를 만드는 신장 가게에 가볼래? 가격은 제법 하겠지만."

"점심시간에 가볼게, 어딘지 알려줄래?"

"되게 서두르네. 신장은 초조하게 고르면 안 돼. 여러 가게를 돌아보고 오랫동안 고민해서 결정하는 거라고. 나도 따라가줄까? 지팡이에는 일가견이 있는데."

왜 이러는지 엘렌은 아무래도 의문을 가진 것 같았다. 형이 돌아와서 필요하다고 말할 수는 없었다. 라이벌이니 일이 귀찮아지면 문제다.

"실례합니다. 약신님. 지팡이를 찾으시나요?"

조심스레 말을 건 것은 약국 구석에서 귀를 쫑긋 세우고 있던 수호신전의 신관장 살로몬이었다.

신전 업무 휴식 시간이 되면 매일처럼 약국을 찾는데 이날도 당연하다는 듯이 자리하고 있었다. 그리고 평소에는 뭔가 기도를 올리고 약을 사고 물을 마신 뒤 돌아간다. 약을 사기 때문에 엄연한 손님이지만 매일의 정찰과 기도가 주요 목적이란 건 엘렌과 팔마도 어렴풋이나마 눈치채고 있었다.

"아, 네. 그런데 그렇게 부르진 말아주세요."

매번 팔마가 주의를 줘도 들어주질 않는다. 물론 손님 앞에서 큰 소리로 부르진 않았지만 살로몬이 팔마를 그렇게 부를 때마다 로테가 어리둥절해했다.

"약신님께 걸맞은 비보가 저희 신전에 있습니다. 바로 가져오겠습니다."

4속성 신술의 사용을 견뎌내고 공격용, 진료용, 치료용을 겸한 '약신장(藥神杖)'이라는 비보가 있다고 했다. 수호 신전 간에는 때로 각 신전에서 모시는 비보를 교환하는 습관이 있는데 신관장은 고집을 부려 몇 개의 비보를 교환해 모아놨던 것이다. 준비성이 좋다고 팔마는 생각했다.

"빌려주실 수 있나요? 또 부수면 무서운데. 그리고 비쌀 텐데 도둑맞기라도 하면."

팔마가 머뭇거리자 신관장은 단호하게 부정했다.

"도둑을 맞다니 있을 수 없는 일입니다. 진정한 신장은 인간은 건드릴 수조차 없으니까요."

"그거 나도 못 쓰는 거 아닌가요?"

팔마는 불안해졌다. 장식이 아닌, 내일까지 신력을 실어도 형 앞에서 부서지지 않고 쓸 수 있는 신장이 필요했다. 인간이 쓸 수 없는 지팡이를 받아봤자 곤란하기만 하다. 쓸 수 없는 지팡이를 갖고 있다고 또 반죽음을 당할 거다.

"핫핫핫, 설마요. 농담이시죠? 당신이 써주신다면 약신장도 기뻐할 겁니다."

그날 안에 살로몬은 20명의 경비 신관을 이끌고 마차를 타고 약국으로 왔다. 매우 귀한 비보인지 경비 인원과 엄중함이 차원이 달랐다. 그 너무나 거창한 모습에 환자들이 무슨 일인가 싶어 웅성거렸다.

"비보, 약신장입니다."

살로몬은 뒷문을 통해 가게로 들어와 보물 상자처럼 생긴 걸 공손히 팔마에게 헌상했다. 팔마가 열어보니 보물 상자 안쪽에 기하학 모양이 빼곡하게 그려져 있었고, 지팡이에는 쇠사슬이 겹겹이 채워진 게 마치 신장을 봉인한 것만 같았다. 인간은 건드릴 수 없다고 했다.

약신장은 어른 키만 했는데, 파란색 빛이 도는 크리스털 소재로 만들어져 있었다. 아름다운 장식과 손잡이 부분에는 여러 개의 투명한 보옥, 그리고 약신의 성문이 달려 있었다.

"보기만 해도 황홀하네. 너무 예쁘다. 투명한 정석이 다섯 개나 달려 있잖아."

엘렌은 비싼 보석을 보는 것처럼 한숨을 내쉬었다.

"정석이 뭐야?"

"말 안 했나?"

팔마가 들은 바에 따르면 정석(晶石)은 신력을 저장하거나 부스트를 걸 때 편리한 신력의 배터리 같은 거라고 했다. 크고 투명한 정석이 많이 달릴수록 강력한 신술을 쓸 수 있다. 그 말을 듣고 약신장을 보니 돌이 완전히 투명했다. 순도가 높다는 걸 알 수 있었다.

"좋겠다, 이거 팔마가 받는 거야? 공짜로? 어떻게 보면 네 지팡이가 부서진 게 잘된 일이었네. 그것도 좋은 지팡이이긴 했지만."

지팡이 마니아인 엘렌은 거리낌 없이 부러워했다. 그녀는 진귀한 지팡이를 수집하는 데 여념이 없었기 때문에 부러운 것이다. 지금 그녀가 평소에 사용하는 것은 파란 정석이 두 개 달린 긴 지팡이인데, 돌 크기가 많이 작았다. 때로 기분에 따라 다른 지팡이를 들기도 했다.

팔마는 보물 상자 안에 손을 집어넣어 엄중하게 얽힌 쇠사슬을 풀고 두 손으로 꺼내 들었다.

"어, 가볍네."

팔마가 손에 들자마자 지팡이는 파란 네온처럼 선명하게 빛났다.

"오오, 역시. 이건 당신의 것입니다. 지금 지팡이가 인정했어요."

살로몬이 감격의 눈물을 흘렸다. 지팡이의 사용자가 나타난 것에 어떤 종교적인 의미가 있나 본데 팔마로선 알 리가 없었다.

"어, 그런가요? 엘렌도 만져볼래?"

"그래도 돼?! 우아, 살짝만 만져볼게!"

엘렌이 신나서 손을 내밀기에 팔마가 건네자 지팡이는 빛을 잃고 엘렌의 손을 통과해 바닥으로 떨어졌다.

"어?!"

팔마와 엘렌이 동시에 소리쳤다. 엘렌이 놀라 허둥대다 안경을 바닥에 떨어뜨렸다.

"말씀드렸다시피 인간의 손으로는 만질 수 없는 지팡이입니다."

이건 현세의 것이 아니라며 살로몬은 재미있다는 듯이 웃었다. 자유자재로 길이가 조절되어 인간 키만 한 크기에서 몇 센티미터 정도까지 줄일 수 있다고 했다. 그리고 접어서 휴대할 수도 있었다.

"그렇구나. 역시 팔마는 그랬구나….."

어색하게 지팡이를 주워 드는 팔마를 보며 엘렌은 의미심장하게 말했다. 살로몬은 팔마가 지팡이를 만질 수 있는지 시험하고 싶었던 것이다. 그리고 살로몬의 계략에 그대로 넘어간 거였고.

로테 혼자서만 아무것도 이해하지 못하고서,

"왜 인간은 만질 수 없는 지팡이인데 팔마 님은 만질 수 있는 거죠?"

고개를 갸웃거렸다. 그리고 생각해도 이해가 안 되는지 살로몬에게 낼 차를 내리기 위해서 주방이 있는 3층으로 갔다.

"살로몬 씨, 이 지팡이 혹시 갖고 있으면 공중에 떠요?"

팔마는 어떤 사실을 깨달았다. 손에 살짝 신력을 싣자 몸이 공중에 뜨는 듯한 느낌을 받았다. 그 힘에 몸을 맡기면 공중에 떠오를 것만 같았다.

"네, 강한 신력을 실으면 날 수 있을 겁니다. 고문서에는 그렇게 나와 있지요. 누구도 만질 수 없어 시험해보지는 못했습니다만. 그런 힘이 느껴지십니까?"

살로몬은 흥분했다. 비보의 진가가 발휘되어 기쁜가 보다.

'마녀가 빗자루에 올라타 하늘을 나는 것처럼 지팡이를 타고 날 수 있다고?'

팔마는 신력을 실어 조심스레 지팡이에 걸터앉아보았다. 그러자 팔마의 몸이 무게를 잃은 것처럼 공중에 둥실 떠올랐다. 손님은 없었지만 그 자리에 있던 모든 사람이 놀라 비명에 가까운 소리를 질렀다.

"지팡이를 타고 하늘을 날다니, 그런 이야기는 들어본 적도 없어. 팔마, 너 도대체 어떻게 된 거니?"

엘렌이 비틀거리며 물러섰다. 살로몬이 설명해줬다.

"인간은 낼 수 없는 출력의 신력을 실으면 공중에 뜨나 봅니다. 전례도 없는 일입니다만."

"그보다 엘레오노르 님, 안경을 밟으셨습니다."

믿어지지 않는 걸 봤다는 얼굴을 한 세드릭이 엘렌의 실수에 대해 동정하며 지적하자 엘렌은 언제나 그렇듯이 비명을 질렀다. 엘렌은 집중력을 잃으면 바로 안경을 떨어뜨린다. 어쨌든 팔마에겐 무척 신나는 아이템이었다.

"왕진을 가거나 마세일령에 가는 이동 시간을 줄일 수 있겠다."

"남들 눈에 띄지 않도록 하는 게 좋을 겁니다. 다시 소동이 일어날 수도 있으니까요."

살로몬이 충고했다.

"하긴, 또 신전에서 이단 심문관이 오면 큰일이지."

팔마가 무심히 말하자 살로몬이 면목 없다는 듯이 머리를 긁적였다.

"그보다 약사가 하늘을 날아 왕진을 오면 환자가 놀라 죽을지도 몰라. 목적지 부근까진 날아간다고 해도 직접 그 목적지에 내리면 안 돼, 팔마. 환자 심장이 멈춰버릴걸."

엘렌은 진지하게 그런 걱정을 했다.

"좋은 걸 빌려주셔서 고맙습니다, 살로몬 씨."

"기뻐해주시다니 다행입니다. 대신전에는 수많은 귀중한 비보가 있습니다. 아, 약신님이라면 대비보의 신성 문자를 읽을 수 있으실지도 모르겠네요. 그게 뭔지 신비학자 몇 명이 덤벼들어도 해독을 못했답니다."

살로몬은 팔마의 힘을 빌리고 싶은 듯했다. 문자 해독은 마치 약신장을 넘긴 데 대한 교환 조건처럼 들렸다.

"대비보…? 이 비보보다 귀중한 비보란 말인가요?"

헤에, 엘렌도 세드릭도 감탄했다. 두 사람 다 그 존재조차 몰랐었나 보다.

"언제 한 번 대신전의 대비보를 살펴보시지요. 작은 판 모양의 투명한 비보인데요, 푸른빛이 도는 검은 머리 인물의 정교한 그림에 신성 문장과 신성 문자가 새겨져 있답니다."

"카드 같네."

팔마는 흥미가 동했다. 그러고 보니 검은 머리 사람은 이 세계에 와서 만나본 적이 없었다. 그곳에 그려진 건 아시아계 인종이 아닐까. 그런 생각도 들었다.

"하지만 내가 신전 본부에 들어가면 또 죽이려 들지도 모르는데."

이단 심문은 더 이상 사양하고 싶었다. 상대를 해치지 않고 싸우거나 협박하거나 다친 상대를 치료하는 머리 복잡한 일은 피곤하다. 살로몬은 자기가 설명하면 이단 심문은 없을 거라고 전제를 두고서 말했다.

"살아 있는 약신님의 현신인 걸 안다면 대신전에 모셔질 가능성은 있지요."

"으엑, 싫어."

팔마는 반사적으로 대답했다.

약신 운운하는 건 둘째치고 대신전에는 가까이 가지 않는 게 좋겠다고 팔마는 깊이 가슴에 새겼다.

"제 수하의 대신전 기술사에게 대비보의 정교한 모사품을 만들도록 해서 보내겠습니다. 꼭 한 번 보시고 신성 문자를 판독해주셨으면 합니다."

모조품을 보내려면 몇 달이 걸린다고 했다.

"아, 그러고 보니 엘렌, 내일부터 한동안 약국을 쉬어도 될까? 볼일이 좀 있어서."

팔마는 팔레와 엘렌이 마주치지 않도록, 그리고 약국의 존재를 팔레에게 들키지 않도록 휴업을 하기로 했다.

"어, 그거야 대환영이지."

휴가가 생겨서 기쁘다는 듯이 엘렌은 흔쾌히 허락했다.

◆

"팔레입니다. 지금 돌아왔습니다."

이튿날. 세 명의 종자를 거느리고 개선장군처럼 의기양양하게 군마를 타고서 팔마의 형 팔레가 노바르트 의약 대학에서 돌아왔다. 탄탄한 몸에 남자다운 분위기, 팔마와는 거의 닮은 구석을 찾아보기 힘든, 긴 은발에 푸른 눈을 가진 소년이었다. 여성에게 인기가 많겠다는 게 팔마가 그에게 받은 첫인상이었다.

팔레는 제일 먼저 부모에게 인사를 마쳤다.

팔마가 궁정 약사로 여제께 직접 허락을 받아 독립했고 제국 칙허 약국을 창업했다는 것에 대해서는, 팔레가 노바르트 의약 대학을 졸업해 궁정 약사로서 자격을 딸 때까지는 비밀로 하겠다, 팔레는 일주일 정도 귀성할 텐데 장남인 자기를 앞질러 동생이 대학도 졸업하지 않고 먼저 궁정 약사가 된 걸 알면 면학 의욕을 잃고 대학을 그만둬버릴지 모른다고 브루노가 미리 팔마에게 말했기 때문이다. 팔마도 지당하다고 생각했기에 동의했다.

아무것도 모르는 팔레는 팔마의 방으로 찾아와 형 행세를 했다.

"잘 지냈느냐, 내 동생아!"

"오랜만이야, 형님. 여긴 여전해."

팔마는 노바르트 의약대의 기숙사 생활과 대학에서 뭘 배우고 있는지 등의 이야기를 듣고 싶었지만 먼저 형으로서 연약한 남매를 시험하는 통과의례가 있는 것 같았다.

"좋았어, 그럼 먼저 저녁 먹기 전까지 형이 훈련을 시켜주마! 조금은 실력이 늘었나?!"

"비도 오는데 날 좋을 때 하면 안 돼?"

팔마는 내키지 않았다. 밖에는 벼락을 동반한 호우가 쏟아지고 있었다. 팔마는 감기에 걸리지 않지만 팔레는 분명히 감기에 걸릴 거다. 코맹맹이 소리를 내고 있었으니까.

"핫핫핫, 좀 그럴싸한 변명을 준비했어야지. 비 정도로 봐줄 줄 아냐? 물 속성 신술사는 어차피 서로 공격하다 보면 젖기 마련이야. 엘레오노르 따위한테서 배우니까 근성까지 빈약해지는 거라고. 그 근성을 내가 새롭게 고쳐주마!"

그리고 팔레는 무서울 정도로 뇌까지 근육으로 이뤄졌달까, 열혈 사나이였다.

팔마는 호우 속에서 억지로 팔레에게 붙들려 널찍한 영지 내 들판으로 끌려 나왔다. 블랑슈는 용케 잘 도망쳤다. 평소에도 로테와 술래잡기 지구전을 한 보람이 있었다.

'호우 속에서 맞붙는 것만은 싫은데….'

팔마는 팔레가 눈치채지 못하게 조심조심 오른손의 능력을 조절하며 상공의 구름을 없애서 호우를 그치게 만들었다.

"뭐야, 비가 그쳤네. 이거 안성맞춤인데. 지팡이를 꺼내라, 철저하게 상대해주마."

팔레는 빨간 정석이 두 개 달린 비싸 보이는 전투용 긴 지팡이를 뽑아 들었고, 팔마는 어제 막 입수한 허리에 찬 약신장을 팔레의 눈을 피해 길게 뽑아 들었다. 그 가치를 모르는 팔레는,

"설마 그 그럴싸한 유리인지 수정인지 모를 것으로 장식된 지팡이를 산 거냐? 겉보기를 중요시하는 녀석이구나. 지팡이와 근성 모두 깨부숴주마."

화를 냈다. 약신장은 손잡이 부분을 두 손으로 쥐면 다섯 개의 투명한 정석을 숨길 수 있다. 팔레의 눈에는 그냥 긴 유리 지팡이로 보였다.

"간다, 팔마. 네 힘을 보여줘봐라!"

팔레는 검은 지팡이를 높이 치켜들고서 크게 회전시켰다.

"물의 장난".

팔레는 지팡이를 뽑아 들고 또렷하게 발동 영창을 외치며 신기를 발사했다. 로테의 정보에 따르면 노바르트 의약대에서도 팔레의 신술 실력은 학년 1, 2위를 다툰다고 했다.

무수한 물의 탄환이 음속을 넘어 충격파를 발생시키며 팔마를 덮

쳤다. 위력은 조절한 것 같았지만 팔마는 훌쩍 몸을 날리면서 지팡이로 방망이처럼 받아쳐 공격을 피했다. 팔마는 약신장에 신력을 실은 순간부터 상대의 공격이 매우 느리게 보였고, 신체 능력은 극한까지 높아지는 것을 느꼈다. 온몸의 모든 감각이 날카롭게 날이 섰다.

'내 주위만 시간이 빨라지는 것 같아. 전보다 힘이 세졌다. 지팡이 덕분인가.'

"제법 느낌이 있는데. 계속 간다."

날카로운 움직임을 본 팔레는 전투 본능에 자극을 받은 것 같았다.

"물의 정령'."

엘렌도 버거워했던 상위 신기를 손쉽게 사용한다. 지팡이에서 발사된 물은 물의 거인이 되어 팔마를 짓뭉개려 들었다.

"물의 소용돌이'."

팔마도 엘렌에게서 배운 발동 영창으로 신기를 발동해 팔레가 보낸 거인의 공격을 소용돌이로 흡수시켰다. 그러면서 만들어낸 물을 그대로 조정해,

"물의 성역'."

팔마는 팔레를 물의 결계로 포위했다. 이러면 움직임을 봉인할 수 있을 줄 알았는데, 내부에서 물의 포탄을 만들어 물량으로 포위를 부수는 그의 실력도 대단했다.

"근성이 좋은데, 팔마! 기술도 늘었구나, 재미있어! 오늘은 끝까지 가보자!"

"이제 그만하자, 형님."

굳이 따지자면 강제 종료하고 싶은 팔마였다.

"팔레 님, 팔마 님. 저녁 식사 시간입니다."

해가 저물어 관리인인 시몬이 말을 타고 그들을 부르러 왔을 때엔 형제는 여전히 흠뻑 젖어 서로를 공격하고 있었다. 한 시간쯤 전투를 이어나가고 있는 상태였다.

팔레는 상처투성이였지만 팔마는 깨끗했다.

"제법이… 구… 나. 동생아… 형은 기쁘…."

팔레는 팔마를 가리키며 초원에 큰 대자로 쓰러지더니 그대로 뻗어버렸다.

딱 봐도 고열이 난 상태였다. 흠뻑 젖은 채 훈련을 하는 바람에 본격적으로 감기에 걸리고 만 것이다. 팔마는 그 자리에서 상처 치료를 했지만 형의 감기는 치료하지 않고 그대로 열이 나게 두는 게 좋다고 판단했다.

"호오, 이번에는 팔마 님이 이기셨군요."

시몬은 수염을 만지작거리며 눈을 가늘게 모았다. 팔마 님도 많이 성장하셨네요. 이렇게 덧붙였다.

"아직 결판은 안 났다고 할걸."

팔마는 백마에 타고 팔레의 말을 끌고서 저택으로 돌아왔다. 팔레는 마차를 타고 뒤따라 도착했다.

흠뻑 젖어 돌아온 팔마에게 로테가 달려왔다.

"어서 오세요. 팔레 님과 신술 훈련을 하시느라 고생이 많으셨습니다. 무사하셔서 다행이에요. 그런데 아직 목욕 시간이 멀었는데 옷을 갈아입는 걸 도와드릴까요?"

"아, 응. 고마워. 부탁할게."

"알겠습니다."

팔마의 젖은 옷을 벗긴 로테는 몸을 닦아줬다. 백금색 머리를 그 손길에 맡기고서 팔마는 침대에 앉았다. 귀족 자제는 하인이 옷을 입혀주기 때문에 로테는 팔마의 젖은 몸을 수건으로 닦아주었다. 최근엔 로테도 부끄러워하는 기색이 있었다.

"후훗."

"왜 그러지?"

"이런 말을 하면 실례될지 모르지만, 팔마 님, 강해지셨네요."

"그런가. 형님은 매우 강했어. 놀랐다고."

'약신장과 맞붙다니 대단한 거 아냐?'

"팔레 님과 훈련한 뒤에 아무렇지 않아 하시는 건 이번이 처음이에요."

"그렇구나? 헤에, 내가 운이 좋았나 보네. 형님이 감기에 걸리셨어서."

로테는 기쁜 듯했다.

"로테는 형님 편을 들지 않는 거야? 같은 메디시스가 사람인데."

"팔레 님은 너무 완벽하세요. 공부도, 신술도 모두요. 팔마 님은 팔레 님과 비교당하는 게 늘 분하다고 하셨으니까… 그러니까 전 팔마 님 편이에요."

'천재인 형에 비교당하는 동생이라, 힘들겠네.'

팔마가 빙의한 팔마 소년에게 동정을 보낼 무렵, 팔마의 방문이 열렸다.

"아, 작은오라버니. 무사했어?! 큰오라버니한테 당했어? 다치지는 않았어?"

블랑슈가 머뭇거리며 다가왔다.

"오늘은 무사했어."

팔마는 쓴웃음을 지었다. 반응이 로테와 같았다.

"블랑슈 아가씨, 팔마 님은 지금 옷을 갈아입는 중이시니까 잠시만 기다리세요."

블랑슈는 혼자만 도망치며 팔마를 배신했지만 혼자서 팔레를 상대한 팔마를 걱정하긴 했던 것 같다. 팔마는,

"블랑슈, 너 형님에게 잡히기 싫어서 도망쳤지? 하여간…."

"응, 미안해요."

양심의 가책을 느끼긴 했는지 블랑슈가 눈을 질끈 감았다.

"하지만 다치지 않았다니… 신기를 썼는데?"

블랑슈는 믿어지지 않는 걸 본 사람마냥 팔마를 쳐다보았다.

"응? 무사한데."

"어째서? 평소엔 늘 다쳐서 돌아왔었는데."

블랑슈는 팔마의 뺨에 두 손을 댔다.

"형님이 열이 났거든. 폭우가 쏟아졌었으니까. 아아, 형님 상태가 정상이 아니라 다행이었지 뭐야."

"잘됐네, 작은오라버니."

그런 걸로 해두기로 한 팔마였다.

"큰오라버니는?"

"아까 약을 먹었어. 작은 상처는 입었더라."

"큰오라버니가 다쳤어?! 세상에!"

"긁힌 상처는 내가 처치해뒀는데 지금은 자고 있으니까 금방 좋

아질 거야."

"다행이다… 아, 큰오라버니는 더 오래 감기 걸려도 돼!"

블랑슈는 입을 잘못 놀리긴 했지만 솔직하긴 했다.

이튿날, 로테는 주방장의 작전에 그대로 당했다며 의기소침해했다. 예상한 그대로라며 팔마는 웃음을 터뜨렸다.

"하아, 또 주방장님한테 당했어요."

"당했구나. 식사 전에 빵을 먹었어? 그것도 많이?"

"너무해요. 맛있는 걸 만들었지 뭐예요! 꿀까지 발라줬다고요!"

로테는 애절한 표정으로 말했다. 줄다리기에서 진 것이다.

"그래서 맛있는 음식을 배불러서 못 먹었다고?"

"그렇다니까요. 전부 다 먹긴 했는데 한 그릇 더 먹진 못했어요!"

"풀코스를 즐기긴 했네."

"아앙, 어제의 난 바보야. 생각 좀 하고 살아야지…. 다양한 음식을 먹고 싶었는데! 알면서도 넘어가다니…!"

"알았어, 다음에 같이 단거 먹으러 가자."

팔마는 비탄에 젖은 로테를 달콤한 음식으로 유혹했다. 로테에겐 이 작전이 먹힌다. 약간 먹이로 길들이는 것과 비슷한 모양새이긴 하지만.

"우아, 정말요? 팔마 님, 좋아해요!"

로테는 최고의 미소를 팔마에게 보여줬다.

◆

팔레의 귀성 3일째 저녁, 식당에서 긴 압박을 버티고 있던 팔마의 미간에 점점 주름이 깊어졌다.

"그래서 마리아가 애원을 해서 나도 사귀어보기는 했는데…."

아홉 번째 애인을 찬 이야기를 듣다가 팔마는 이제 그만하면 됐겠다 싶어서 이야기를 끊었다. 아마 앞으로도 계속 이런 이야기가 이어질 테니까.

"알았어. 마리아에 대해선 이제 알았다고."

"웅? 듣기나 해. 아직 모두 다 말 안 했으니까."

"이다음은 내일 하면 안 될까? 전부 다 한 번에 듣는 건 아깝잖아."

"너 설마 귀찮아서 그러는 건 아니겠지?"

'귀찮아! 이야기 좀 끊으라고! 몇 시간이나 듣고 있는 줄 알아? 게다가 블랑슈는 또 도망쳤잖아.'

블랑슈는 슬쩍 자기 방으로 돌아가 잠들어버렸다.

"나 졸려서. 이제 노바르트 의약대 강의에서는 어떤 걸 배웠는지 알려줘."

팔레의 대학교에서의 우등생다운 생활과 여성 관계에서의 무용담을 세 시간쯤 한밤중까지 꾹 참고 들은 뒤에 팔마는 제일 듣고 싶었던 걸 물었다. 뇌가 근육인 팔레는 미남이기도 해서 팔마 입장에서 볼 때에는 부러워서 코피가 나올 만큼 진정한 인싸였다. 이름이 좀 특이하게 환약이란 정도의 페널티는 있어도 좋지 않나 싶을 정도로.

이 세계에서는 신술을 잘 쓰고 뇌까지 근육질일수록 남자답다, 멋지다! 며 여성들이 칭송을 하는 것 같았다. 그렇게 따지면 팔마는

약학 이외의 사적인 부분에서는 적극적인 성격이 아닌 것과 골격이 가늘기 때문에,

'난 어른이 되어도 인기가 없을 거야.'

이런 회색 미래를 예상할 수 있었다.

'하지만 로테와 엘렌이 한 직장에서 같이 일해주는 것만으로도 충분하지, 뭐.'

팔마의 희망은 매우 소소했다.

"아! 강의. 너도 궁금하지. 나는 세계 최첨단 학문을 배우고 있으니까. 너한텐 수준이 높아서 이해 못할 거야. 형님, 전 아무것도 모르겠어요 하며 징징 울걸. 으하하하, 동생은 바보인 게 귀엽지."

"알았으니까 좀 가르쳐줘."

이제 지겨웠다. 팔마는 시비를 걸어도 신경 쓰지 않는 성격이라 다행이었지만,

'엘렌이 팔레한테 바보 취급을 당해 날려버린 것도 이해가 가네.'

그걸 계기로 서로 얼굴만 봤다 하면 신술 전투를 벌이고 있다고 했다. 로테의 이야기에 따르면 본인들도 즐기는 것 같긴 하지만.

"이게 노바르트에서 지금 제일 뜨거운 화제야."

팔레는 한참 애를 태우다가 두꺼운 책을 꺼냈다. 「신비원소학」이라는 제목이었다. 팔마는 그걸 받아 들고 휘리릭 넘겨보았다.

"…굉장한데!"

"그렇지, 너도 알겠냐?"

"모르겠지만! 느낌상!"

팔마는 감동했다. 세계 최첨단의 두뇌가 모인 노바르트 의약대에서는 신술의 기본인 기존의 4원소설을 일단 해체해 연금술에서 쓰

이던 화합물의 신비 언어를 좀 더 단순한 기호의 나열로 치환해서 사색이 아니라 현상의 관찰에 기초한 학문을 확립하려는 시도를 하고 있다는 게 팔레의 이야기였다.

신화와 전설, 신술과 과학은 그때까지는 하나였지만 그것들을 개별적으로 이해를 키워가는 게 자연계의 현상을 설명하는 데 더 도움이 된다고 생각하는 학자들도 생겨나고 있다고 했다.

노바르트의 천재 학자들, 의료 연금술사들은 물질의 최소 단위인 원소를 탐색하고 있었다.

'연금술에서 화학으로라. 이제 싹이 보이는구나. 지구의 과학사 같네. 노바르트 의약대, 제법인데. 역시 세계 최첨단의 두뇌가 모인 곳이야!'

"뭘 그렇게 기분 나쁘게 웃고 있어?"

"아, 그냥."

팔마는 화학의 싹이 튼 것을 환영하고 싶었다.

그리고 그 움직임을 가속시켜 전 세계에 보급하고 싶었다.

화학 반응식을 쓸 수 있게 된다면 물질의 합성 과정을 팔마가 적어 먼 곳까지 보낼 수 있다. 그것들은 사본으로 만들어져 레시피를 남기기만 하면 세계 각지에서 현대 의약품을 합성할 수 있게 된다.

"지금 26개의 원소를 찾았고 그에 대응할 기호가 발명되고 있어."

"헤에!"

'지구에선 118개가 발견됐는데 26개를 찾은 것만 해도 대단한 거야.'

책 첫 장에는 원소 기호 일람과 이름이 적혀 있었다.

'아, 그런데 열자와 광자가 들어가 있잖아. 그건 원소도 아닌데. 그리고 이 네 개는 원소가 아니고 화합물이야. 아쉽다! 20개를 찾아낸 거구나.'

팔마는 지구의 화학사와 같은 실수를 발견했다. 잘못된 부분을 수정한다면… 팔마는 안타까웠지만 너무 고칠 곳이 방대해서.

'이거면 내가 처음부터 교과서를 쓰는 게 빠르겠는데. 그럴 경우에는 이 세계에서 정한 기호를 써서 쓰는 게 더 잘 받아들여지겠지. 필요할 만한 부분을 필사해둘까.'

그래서,

"형님, 이 책을 필사하고 싶은데 괜찮지?"

"뭐? 너한텐 아직 일러. 기초적인 것도 모르니까. 기본을 소홀히 하면 응용을 할 수 없다고."

팔마가 기본을 잘 알고 있는 줄은 꿈에도 모른 채 팔레는 동생을 무척 얕잡아 보고 있었다.

'그렇지, 기본은 중요해. 그러니까 기본을 바로잡고 싶은 거라고.'

"부탁해, 형님. 나도 열심히 공부할게. 형님처럼 똑똑해지고 싶어."

"할 수 없지. 더럽히진 마라! 손때나 잉크 묻히면 안 돼!"

팔레는 거들먹거리며 책을 빌려줬다.

'추켜세우니까 쉽게 넘어오는구나.'

지구에서는 과거 의학, 약학에 관련한 새로운 지식의 중심은 유럽이었다. 하지만 시대가 내려오면서 그 거점은 미국으로 옮겨졌다. 그래서 팔마도 똑같이 되어도 괜찮다고 생각했다.

'그래, 의학, 약학의 연구 거점이 노바르트 의약대에서 제도로 옮

겨 와도 괜찮을 거야.'

그런 대담한 생각을 품었다.

'브루노 씨가 총장을 맡고 있는 산 플루브 제국 약학교에 우수한 인재를 모아 현대 약학을 가르쳐 전문가를 양성하는 거지. 그러면 나한테만 지식이 집중되지 않을 거고, 내가 없어진다 해도 창약 연구를 여러 전문가에게 맡길 수 있어. 일도 넘길 수 있고. 과학 분야는 맨 파워가 많은 게 발전하기 좋으니까.'

팔마는 산 플루브 제국을 의학과 약학의 개발 거점으로 삼겠다는 구상을 세우고 있었다.

"내 말 듣고 있냐, 팔마?"

"듣고 있어. 형님의 활약에 나도 자극을 받았다고."

"그래, 그래야지. 그리고 획기적인 발견 하면 현미경이라는 게 있지. 그 장치가 발명되어서 지금까지 눈으로 보지 못했던 작은 생물을 볼 수 있게 되었어! 너, 상상이나 되냐!"

"헤, 헤에…."

'어떻게 반응해야 되지. 속을 떠보는 건가? 아니면 내가 만든 걸 모르는 거야?'

"반응이 약하네. 넌 그 가치를 모르는 거냐, 아니면 미소 세계가 상상이 안 가는 거냐. 핫핫핫. 그렇겠지…!"

"굉장하다. 어떤 세계가 보일까…."

팔마는 약간 국어책 읽듯 뻣뻣하게나마 반응을 보였다. 전생에서는 광학 현미경부터 전자 현미경까지 온갖 성능의 현미경을 다루고 마음만 먹으면 원자까지 관찰했던 약학자를 상대로 형은 깔보며 비웃고 있었다.

'그나저나 저 반응을 봐선 안 들킨 것 같네.'

팔마가 이 세계에서 단식 현미경을 만들었다는 걸 팔레는 모르는 것 같았다. 아마 브루노와 궁정 의사 클로드가 노바르트 의약대에 발명자의 정체를 알리지 말라고 압력을 가했을 것이다.

"하나 더 특급 뉴스가 있어. 백사병 특효약이 존재한다는 소문이 있더라."

팔마는 깜짝 놀랐다.

"레시피는 미공개라지만. 완전 엄청난 발명 아니냐? 불치병이었던 백사병을 치료할 수 있을지도 몰라!"

"헤에, 대단하다⋯."

이리저리 캐보았지만 산 플루브 제국 황제가 백사병을 앓았다는 이야기는 노바르트의 학생 수준까지는 알려지지 않은 것 같았다. 상층부만 아는 비밀인가 보다.

환자의 개인 정보는 유출되지 않은 것이다.

팔레는 그 후에도 노바르트 의약대의 공적을 자기 일처럼 자랑해 댔다.

모교에 자긍심을 가지는 건 좋은 거라고 생각하며, 팔마는 꾸벅꾸벅 졸며 이야기를 들었다.

◆

"어, 오늘은 로테가 안 보이네."

팔레가 귀성한 지 며칠이 지났을 무렵, 평소엔 잡무를 마친 뒤에 팔마의 방을 찾아와 이야기를 하는 로테가 보이지 않았다.

'바쁜가? 뭐, 그런 날도 있긴 하지.'

점심 식사를 마친 팔마가 서고에 가기 위해 저택 안을 걸어가는데 저택 복도에 진열된 강철 갑옷 뒤에서 로테가 고개를 반만 내밀고 있었다.

"팔마 님, 팔마 님!"

작은 목소리로 팔마를 부른다. 팔마는 방심하다 심장이 터질 만큼 놀랐다.

"우왓, 왜 그래, 로테? 심장에 안 좋으니까 나와."

"도와주세요, 팔마 님."

말을 걸어도 로테는 나오려 하지 않았다.

"블랑슈랑 술래잡기라도 하는 거야?"

"팔레 님한테 쫓기고 있어요."

상당히 무서웠는지 눈물을 글썽이며 어깨를 떨고 있었다.

"왜 로테까지 형님한테 쫓기는 거야? 신술 특훈에 끌고 가려고 우리를 쫓아다니는 거면 몰라도."

로테는 그녀의 어머니인 카트린과 함께 팔마와 블랑슈를 돌보는 일을 하고 있는데, 팔레는 관할 밖이다. 로테가 팔레와 접촉할 기회는 거의 없다. 그런 로테가 전력으로 팔레를 피한다는 것은 팔마가 이해할 수 없는 상황이었다.

"무슨 실수라도 했어? 만약 그런 거면 내가 잘 말해둘게, 같이 사과도 하고."

"아무 짓도 안 했어요… 앗!"

복도 끝에서 팔레의 인기척을 느끼자마자 로테가 도망쳤다.

"앗, 저기 있었구나, 샤를로트! 거기 꼼짝 마, 꼼짝 말라고 했지!"

팔레는 완전히 사냥감을 쫓는 사자처럼 위압감을 내뿜고 있었다. 그리고 빠르게 로테를 쫓아 뛰어왔다.

"꺄악! 용서해주세요!"

로테는 몸을 움츠리고 비명을 지르며 팔레가 쫓아오는 방향과 반대 방향의 계단을 뛰어 내려갔다. 그리고 잠시 동안 로테는 팔레를 피하는 블랑슈의 가르침 덕분에 저택 안을 이리저리 도망쳐 다녔다. 팔마도 로테를 찾았지만 로테는 저택 내부를 잘 알고 있어서 도저히 잡을 수가 없었다.

"로테, 어디 간 거야? 도대체 형님하고 무슨 일이⋯."

하지만 결국 잠복해 있던 팔레에게 목덜미를 붙잡혀 방으로 연행되었다.

"으핫핫, 잡았다! 자, 각오해라!"

"용서해주세요, 팔레 님!"

그 모습을 본 팔마는 화를 참다 못해 팔레에게 따졌다.

"그만 좀 해, 형님. 왜 로테한테 겁을 주는 거야. 그것도 그렇게 집요하게. 로테가 무슨 짓을 했는데?"

신술사인 귀족이 폭력을 쓰면 평민은 꼼짝을 못한다. 게다가 팔레의 완력에 목이 잡힌 로테는 아파하고 있었다.

"뭐야? 나랑 붙어보겠다는 거냐? 덤벼!"

팔레는 마치 물건처럼 로테의 목덜미를 잡고서 팔마를 도발했다.

"일단 그 손을 놔. 남의 목을 그렇게 난폭하게 잡으면 어떻게 해."

"무슨 소리야. 치료하려는 거지!"

팔레는 뻔뻔하게 말했다.

"아침부터 딸꾹질이 멈추지 않아 힘들어하는 것 같아서 치료를 해주려는 거다. 하인을 치료하다니 아버지한테 혼나겠지만 말이지. 그런데 샤를로트 녀석이 도망치지 뭐야. 이것 봐, 아직도 하고 있잖아. 단박에 멈추게 해줄 테니 이리 와!"

귀족 약사는 평민을 봐선 안 되게 되어 있다.

팔마도 궁정 약사가 되기 전에는 브루노가 금지를 했었다. 지금은 마음대로 하라고 해서 저택 안에서 자유롭게 진료를 하고 있었다. 고용인들의 차트를 작성해 약을 처방하고 건강 관리에도 힘쓰고 있다.

하지만 팔레는 아직 수습 약사이기 때문에 브루노에게서 진료 허가를 받지 않은 상태다. 그래도 아버지의 명령을 어기고 로테를 치료하려 드는 것 같았다.

"하지만 팔레 님…. 거꾸로 매다는 건 너무… 딸꾹."

거꾸로 매달아 물을 먹이려 했다고 로테는 호소했다. 설명하는 도중에도 딸꾹질은 멈추지 않았다. 아무래도 로테의 딸꾹질이 멈추지 않는다는 팔레의 말은 사실인 것 같았다.

"너희는 모르겠지만 딸꾹질이 멈추지 않으면 중대한 병에 걸릴 수 있어. 때로는 죽을 수도 있다. 죽고 싶냐!"

'식도암이나 전이성 간암 외에 중요한 병에 걸렸을 경우가 있기도 하지만. 로테는 아닐 거야. 그리고 거꾸로 매달다니…. 딸꾹질을 그치는 방법으로 이론상 맞기는 하지만 팔레가 하면 너무 거칠어서 무서웠겠지. 분명히 설명도 부족했을 거고.'

"거꾸로 매달지 않아도 되니까 나한테 맡겨줘. 이렇게 무서워하잖아. 형님도 약사라면 환자가 무서워할 태도는 버리도록 해."

"팔마, 너 보자보자 하니까 건방지게…."

팔레는 흥분하기 직전이었다. 팔마에게서 설교를 들을 줄은 생각도 못했을 것이다.

"팔마 님… 제발… 딸꾹."

로테는 재빨리 팔마의 뒤로 몸을 숨겼다.

"샤를로트, 이 은혜도 모르는 것아! 그래, 좋아, 팔마. 네가 그치게 할 수 있겠지."

'팔레는 너무 드세서 좋은 사람인지 나쁜 사람인지를 모르겠단 말이야….'

"이리 와, 로테. 금방 멈출 거야."

팔마는 로테를 식당 의자에 앉히고 달랬다.

"하나만 물어볼게. 혹시 아침에 급하게 밥을 먹지 않았니? 아니면 재미있는 일이 있어서 폭소를 터트렸거나."

팔마는 로테의 평소 모습을 돌이켜보며 물었다.

"오늘 늦잠을 자서…. 그래서 블랑슈 님을 챙기는 데 늦어선 안될 것 같아 서둘러 식사를 했어요. 그걸 어떻게 아세요?"

"얼굴에 쓰여 있어."

팔마는 장난스럽게 웃었다. 그러자 그걸 진지하게 받아들인 로테는 "팔마 님에겐 아무것도 숨길 수가 없네요"라며 부끄럽다는 듯이 뺨에 손을 대고 얼굴을 가렸다.

"딸꾹질의 원인은 다양하지만, 그런 경과가 있다면 형님이 말하는 악성 딸꾹질은 아닐 거야. 과식이나 흥분으로 인해 그렇게 된거지. 참고로 딸꾹질 소리는 호기근이 경련을 일으키고 성문이 갑자기 수축되어 나는 소리야. 오래 지속되면 항경련약을 처방하기도 하는데… 뭐, 그런 거다."

팔마는 팔레가 있다는 사실을 깨닫고 평소처럼 해설하는 걸 자제했다.

"양쪽 귀에 검지를 힘껏 찔러 넣고 내가 됐다고 할 때까지 참아봐."

"귀에 손가락을요? 부끄러워요."

"저기 가서 혼자서 하면 돼. 끝나면 문 열게."

로테는 수줍어하며 옆방에 숨어 팔마가 시키는 대로 따랐다.

"아, 아직 멀었나요···."

팔마는 시간을 쟀다. 딱 1분이다. 팔마는 신호로 문을 열었다.

"자, 다 됐어. 어때, 그쳤지?"

옆방에서 로테가 팔짝거리며 나왔다. 민간요법 같긴 하지만 귀 안쪽에 있는 미주 신경을 물리적으로 자극하는 방법이었다.

"뭐··· 그렇게 쉽게 멈추다니···?"

팔레는 팔마가 로테에게 손가락 하나 대지 않고서 딸꾹질을 멈추게 한 것을 보고 깜짝 놀랐다.

"책에서 보고 배운 거지만."

"어느 책에 있었어? 처음 들어보는데!"

팔레가 재빨리 따지고 들었다.

"글쎄, 어디서 봤더라."

팔마는 애매하게 둘러대곤 로테를 감싸듯이 팔레의 앞을 떠났다. 로테는 목숨을 부지했다는 듯이 그날은 팔마에게 간식을 잔뜩 가지고 왔다.

"팔레는 대인 관계가 서투른 거야. 지금은 악역 같아 보이지만 사실은 어떨지."

팔마는 팔레의 성격을 분석하고 그렇게 결론을 내리기로 했다.

◆

"오늘은 일요일이다, 수호신님에게 일요 예배를 드리러 가자!"

팔레는 팔마와 블랑슈를 데리고 이른 아침부터 산 플루브 제도 교구의 전 속성 수호신을 합사한 수호신전으로 향했다.

'그러고 보니 브루노 씨가 나를 수호 신전 예배에 데리고 간 적은 없었지. 그런데 팔레는 보기와 달리 신앙심이 깊구나.'

팔마는 이 세계에 와서 처음으로 신전 내부에 들어서게 되었다. 블랑슈는 오랜만이라고 말하며 주위를 두리번거렸다.

"수호신님의 가호가 없으면 신술도, 공부도 안 되니까!"

'아아, 자신만만한 팔레가 우수한 신술사인 건 성실하게 예배를 드린 결과일지도 모르겠네.'

그러고 보니 약신장을 소유하면서 신체 능력이 향상된 자신과 열이 오른 몸으로도 장시간 맞서 싸우고 나쁘지 않은 결과를 보였었지, 팔마는 기억을 떠올렸다. 팔레의 노력을 조금 엿본 기분이었다.

신전 성당에서는 일요 예배가 열리고 있었다. 신전은 귀족과 평민 모두가 찾는다.

제단에 있는 것은 친숙한 약국의 단골 신관장 살로몬이었다.

제의에서는 성전 낭독이 이뤄지고 신관장의 설법과 축복 의식이 있었다. 제의를 마친 살로몬은 팔마를 보고 기쁜 얼굴로 달려왔다.

"드디어 와주셨군요, 팔마 님. 잘 오셨습니다!"

평소에도 살로몬은 팔마에게 신전에 오라고 권유를 했었다. 팔마

가 수호신전에 들어오기만 해도 신전이 정화된다느니, 성역이 된다
느니 하는 말을 했었다. 그 발언을 증명하듯, 신전 바닥에 박힌 문
장이 팔마가 바닥을 밟을 때마다 창백하게 빛났다.

'으아아… 빛나고 있어. 기분 나쁘다.'

무슨 일이 일어나는지 이해하지 못하는 팔마는 자신이 신전에 일
으킨 변화를 봐도 그저 기분이 안 좋고 형용할 수 없는 두려움만 느
낄 뿐이었다.

"야, 너?! 왜 신관장님이 너를 님이라고 부르며 말을 걸어주시는
거냐?!"

팔레는 제도에서 가장 권위 있는 수호신전의 신관장이 팔마를 공
손하게 대하는 것을 보고 당황해 귓속말을 했다. 팔마는 자칫 '약신'
이라는 단어를 꺼내려는 살로몬을 막고 다른 방으로 도망쳤다.

"형님은 모르시나요?"

살로몬이 눈치 빠르게 물었다. 머리가 잘 돌아가는 사람이라 다
행이었다.

"맞아요. 말하지 말아주세요."

"알겠습니다. 약신장은 어떤가요, 궁금했었는데요."

살로몬은 약국이 팔레의 귀성에 맞춰 며칠간 휴업에 들어가 직접
물어보지 못했다고 했다. 매일처럼 찾았나 보다.

"엄청 손에 잘 익어서 마음에 들었어요! 갖고만 있어도 신체 능력
이 높아지는 느낌이 드는 게 궁합이 잘 맞네요. 다른 지팡이하고는
손맛이 달라요."

"그거 다행이네요. 지팡이는 적극적으로 써주십시오."

비보라 불리는 지팡이를 무료로 주다니 너무 시원시원한 거 아닌

가. 무슨 다른 꿍꿍이가 있는 게 아닐까 팔마는 생각했다.

'혹시 골절 치료를 해준 걸 고마워하는 걸까.'

"제가 수호신전의 비보를 써도 되나요? 비보를 잃어버렸다고 상부에 혼나는 거 아니에요?"

"저희에게도 이점이 있지요. 당신 주위에는 작은 성역이 발생하는데, 약신장은 신력을 더욱 확산시키기 때문에 성역도 확대됩니다. 그게 제대로 비보를 쓰는 방법이지요."

"성역이 발생해? 성역이 뭔데요?"

팔마는 처음 듣는 이야기였다.

"약국에는 매일처럼 환자가 찾아오는데도 직원들은 감기 한 번 걸리지 않지요. 작은 부상도 입지 않고요. 약국 주변에 사는 사람들도 그럴 겁니다."

살로몬의 이야기에 따르면 팔마 주위에는 악령이 접근하지 못하고 인간은 병에 잘 안 걸리게 된다고 했다. 살로몬은 단순히 약을 사러 온 것만이 아니라 그걸 관찰하고 있었던 것이다.

"감기에 안 걸리는 건 우연일걸요. 그리고 악령이 존재하나요?"

악령이라니, 팔마에겐 오컬트로밖에 보이지 않았다. 그런데 살로몬은,

"무슨 말을 하시는 겁니까? 악령은 실존합니다. 설마 모르셨습니까? 아, 직접 본 적이 없으셔서… 그건 당신이 성역의 중심에 계시기 때문이지요."

오히려 놀라워했다.

팔마는 진지하게 받아들이고 싶지 않았다. 신술이 존재하는 세계이니 완전히 부정해서도 안 될 것 같긴 하지만 그래도 심정적으로

허용할 수가 없었다.

"앞으로도 약신님의 힘으로 제도를 악귀로부터 지켜주십시오."

"저기요, 난 정말로 그렇게 거창한 존재가 아니에요."

팔마는 당황스러웠다. 살로몬은 약신장을 쓸 수 있다는 게 그 증거라는 것 같았지만, 그것과 이건 다르다고 팔마는 변명하고 싶었다. 무엇보다도 팔마 소년에게 빙의한 건 신이 아니라 지구의 인간이니까. 그건 그 자신이 누구보다도 잘 알고 있었다.

"제겐 아무것도 숨기실 필요 없습니다. 저는 신관입니다."

살로몬은 그 나름대로 배려하며 쳐다보았다.

"하아… 아니, 아니에요."

"그렇게 정체를 숨기신다면 마음껏 신력을 쓰지 못해 답답하지 않으신가요?"

이리저리 말을 돌리는 팔마를 살로몬은 걱정하는 것 같았다.

"저도 신학을 배운 신관입니다. 작은 근심이라도 있으시다면 제게 말씀해주십시오."

어떤 조언을 할 수 있을지도 모른다며 살로몬은 그렇게 덧붙이고 물러났다.

"부정한 것이 많은 세상이지만 최대한 오랫동안 당신이 현세에 계실 수 있도록."

전설에 따르면 신들과 그 화신이 현세에 나타나는 건 아주 잠깐이라고 했다. 부정을 꺼려해 숨어버리는 거라고 살로몬은 해석했다.

팔마는 이 세계에서 평생 살아갈 생각이었다. 하지만 살로몬의 그 말에 세계의 이물질인 그의 존재가 언젠가 소멸하게 될 가능성을 떠올렸다.

'나, 생각보다 빨리 사라지게 되는 거 아닐까…'

뭐라 형용하기 힘든 기분으로 팔마는 팔레와 블랑슈에게 돌아왔다.

"무슨 말을 했어? 무슨 사고 쳤냐?"

팔레는 평소의 놀리는 말투가 아니라 진지하게 물어왔다. 팔레는 신관장을 존경하고 있었다.

"별 이야기 아니었어. 형님, 악령이 있다고 생각해?"

"당연히 있지. 너도 여러 번 만났잖아."

"어, 그랬나?"

"그러고 보니 제도에 돌아온 뒤로는 못 봤네. 신관님이 악령을 물리쳐주시는 거겠지. 새 신관장님에게 감사해야겠다."

팔레는 소위 보이는 체질이었나 보다.

'뭐야, 팔레도 그쪽 인간이었구나…'

"최근엔 악령이 없어. 하나도 안 보이더라."

블랑슈도 동의했다. 악령은 검은 그림자로 곳곳에 존재하는데, 사람에게 접촉하면 불행한 일이 일어난다고 했다. 악령과 접촉하자마자 죽은 사람을 봤다고 블랑슈가 말해줬다.

'블랑슈, 너도냐. 이런 영적인 남매라니… 뭐, 내 존재도 영적이라고 할 수 있겠지. 몰랐네.'

팔마는 아무리 그래도 반신반의하는 심정이었다.

"이것도 모두 신관님들과 수호신 덕분이야. 수호신께 기도를 올리자."

"네."

블랑슈도 바로 손을 모았다.

셋이 함께 신상이 모셔진 예배당으로 들어갔다. 넓고 어두컴컴하고 조용한 기도실로 스테인드글라스의 빛이 환상적이었다.

팔레는 약신 신상 앞에서 눈을 감고 열심히 기도를 올렸다. 팔레의 수호신은 약신이다. 블랑슈의 수호신은 수신이라 조금 떨어진 신상 앞으로 갔다.

팔레가 기도하는 소리에 호응하듯이 숨겨진 팔마의 두 팔에서 낙뢰 상흔의 약신문이 근질거리고 약신장이 빛을 발했다.

'뭐야?! 이게 무슨 일이야?!'

마치 팔레의 기도가 팔마의 양식이 되는 것 같았다. 약신과 팔마의 정체 사이에 약간의 상관관계가 있는 것 같다는 사실을 팔마도 인정하지 않을 수 없었다.

'난 도대체 이 세계의 뭘까?'

팔마는 자신의 정체성을 규정하지 못하고 정체도 알 수 없다는 사실에 강한 고독을 느꼈다.

사람들을 치유하고 싶어하다 죽어서 이세계의 약신과 관계된 뭔가가 된 걸까.

'하지만 의식은 인간이야… 난 어쩌면 좋지?'

"자, 이제 가자."

팔레가 고개를 들어 팔마는 생각을 뒤로 미뤘다.

"집에 가기 전에 들르고 싶은 곳이 있어."

팔레를 따라 팔마와 블랑슈가 제도 대로를 걷고 있는데, 팔레는 이세계 약국이 있는 거리로 가려고 했다. 팔마가 자연스레 다른 길로 이끌려고 해도 "아니, 이리로 갈 거야"라며 말을 듣지 않았다. 팔마는 하얗게 질렸다.

"새 약국이 생겼다던데 궁금하더라고."

"헤에…."

'뭐, 약국은 닫았으니까 괜찮겠지. 가게 안을 볼 걱정도 없고.'

이세계 약국 문은 굳게 닫혀 있었다. 문지기 기사가 팔마를 보고 인사했지만 팔마는 모르는 척 무시했다.

"이 약국은 오늘도 쉬네. 으리으리하게 꾸며놓고서 의욕이 없구먼. 도대체 언제 열 거야?! 게다가 언제부터 영업을 재개한단 쪽지도 없고…."

"오늘도라니, 매일 여기 왔었어?"

"그래, 어제도 왔는데 닫혀 있더라. 도대체 어떤 녀석이 운영하는 가게람."

'우왓! 이거, 팔레가 제도에 있는 동안은 영업을 안 하는 게 좋겠는데….'

팔마는 식은땀을 흘렸다.

"형님은 그 약국에 무슨 볼일이 있는데?"

처음 생긴 제도 칙허점 약국이라고 해서 어떤 약을 파는지 궁금한 것 같았다. 제도에 돌아온 뒤로 점찍어뒀었는지 팔레는 주변 가게들에 언제부터 영업을 재개하는지 물어보려고 했다.

'내가 가게를 닫은 거니까 열 리가 없잖아.'

"조만간 열지 않을까? 약사가 출장이나 왕진이라도 갔나 보지."

"그렇게 여러 날을 쉬면서 대리 약사도 안 세워놔? 도대체 점주가 누구야?"

"그, 글쎄… 난 잘 몰라서."

팔마는 오늘만큼 약사 명찰을 가게 밖에 걸어두지 않길 잘했다고 생각한 날은 없었다. 약국 직원 명찰은 가게 안에 걸어두었다. 건물 밖에서는 누가 점주인지 알아볼 수 없다. 경관을 해치기 때문에 그렇게 한 거였는데 결과적으로는 큰 도움이 되었다.

"환자가 기다리고 있을 텐데 점주 녀석도 참 한심하군. 어차피 3급 약사겠지?"

팔레는 여전히 장사는 평민 약사가 하는 것이라는 생각을 갖고 있는 듯했다. 반대로 말하면 그 확신이 고마웠다. 귀족인 팔마가 운영하는 가게라고 의심할 걱정이 없어지는 거니까.

"하하하…."

팔마는 팔레의 말에 맞춰서 애매하게 웃었다.

"큰오라버니, 이 약국 점주는 있지…."

두 사람의 대화를 묵묵히 듣고 있던 블랑슈가 중대한 폭로를 하려고 들었다.

'하지 마, 블랑슈. 말하지 마!'

팔마가 블랑슈의 입을 손으로 가리자 우물거린다.

"너희 뭐하냐? 점주가 뭐?"

"으음, 비밀이야…."

블랑슈는 한쪽 눈을 찡긋하며 팔마에게 눈짓했다.

"쉬는 거면 어쩔 수 없지. 시간이 비는군. 이제 신술 훈련하러 가자. 방심했지? 으핫핫, 너희는 정말이지 물러 터졌어! 설탕과자보다 무르다!"

약국 방문을 중단한 팔레는 신술 훈련으로 스케줄을 변경했다.

"지금부터?! 준비도 안 됐는데, 무리야."

"으앙! 죽을 거야!"

"자, 가자, 강제 연행이다!"

그 말이 채 끝나기도 전에 블랑슈는 전력으로 도망쳤다.

"야, 거기 서. 야, 블랑슈! 오늘은 안 놓친다!"

"살려주세요! 누가 좀! 살려줘요! 날 죽이려고 해요!"

제도 대로를 울먹이며 뛰어가는 어린아이, 그 뒤를 필사적으로 쫓아가는 덩치 큰 청년. 딱 봐도 흉흉한 상황에 헌병대가 달려와 팔레를 붙잡았다.

"야, 너! 어린애를 쫓아가서 어쩌려는 거야!"

"무례하다! 내가 뭘 어쨌다고 그래!"

대귀족의 장남인 팔레는 헌병을 상대로도 한 발자국도 물러서지 않았다.

"자세한 이야기는 초소로 가서 듣도록 하지, 이 범죄자야."

"쟨 내 동생이야! 동생을 쫓는 게 뭐가 나빠! 범죄는 무슨 범죄냐!"

"그래, 아가씨?"

헌병이 묻자 블랑슈는 입을 삐죽 내밀고서 눈물을 글썽이며 고개를 저었다.

"야, 블랑슈, 너. 무슨 짓이야!"

"자, 이리로 와!"

"으앗…?! 야, 블랑슈. 배신하기냐! 팔마! 뭐라고 말 좀 해봐!"

팔레는 헌병대에게 포위된 채 초소로 끌려갔다. 존작가의 장남이

란 걸 알면 바로 풀려나겠지만 팔마와 블랑슈는 손뼉을 마주쳤다.

"신술 훈련은 피할 수 있겠네. 오늘 밤까지 잡아뒀으면 좋겠다."

"응."

팔마와 블랑슈는 개구쟁이처럼 서로를 보며 웃었다.

◆

팔레가 1주일간의 귀성을 마치고 노바르트 의약대로 돌아가는 날이 되었다.

팔마와 블랑슈와 베아트리스, 그리고 고용인들이 배웅을 했다. 브루노는 진료 때문에 일찍 집을 비웠다.

"그럼 어머니, 다시 면학에 힘쓰겠습니다."

'연애놀음에도 힘쓰진 말고.'

팔마는 속으로 핀잔을 줬다.

"열심히 공부하렴. 기대하고 있단다, 너는 장남이니까."

어머니는 훌륭하게 성장한 팔레를 배웅하며 눈시울을 붉혔다.

"팔마, 블랑슈, 너희도 잘 있어라. 난 빨리 돌아가봐야 해."

"어디 볼일이라도 있어?"

팔마가 묻자,

"일주일이나 날 못 만나면 그녀가 외로워서 울 테니까! 너무 인기 있는 것도 괴롭다니, 아핫핫."

'제길, 역시. 진짜 인싸네. 나한테도 한 명 정도는 소개해줘!'

팔마가 후회하는 심정으로 애써 평정을 가장해 손을 흔들어 말을 배웅하려는데,

"참, 팔마. 다음 달엔 산 플루브 대시가 있지."

문득 팔레가 생각이 났다는 듯이 진지하게 말했다.

산 플루브 대시(大市)는 1년에 한 번 제도의 상업 지구에서 열리는 장으로 전 세계 상인들이 모여 한 달에 걸쳐 밤새도록 여는 도매 시장이다.

"조심해라."

"뭘?"

뭘 조심하라는 건지 전혀 짐작을 못하는 팔마는 몸을 젖혔다. 약국 평판이 국외에도 퍼지기 시작해 의약품을 도난당하지 않게 주의하기는 해야겠지만, 팔레는 팔마가 약국을 경영하는 걸 모른다.

"네데르국의 식민지 중 한 곳인 큰 섬에서 유행병이 발생했대. 죽을병이야. 천 명 정도의 주민이 전멸했다더라."

"향토병이야? 중독 가능성은?"

"자세한 건 몰라. 노바르트의 최고 학술 조사단이 시료를 가져와 대학에서 검사를 했는데 검사를 하던 학자도 둘이 죽었어. 감당할 수준이 아니다."

'그럼 역시 감염성 병인가?'

팔마는 경계를 높였다.

"학자의 시신과 시료를 소각해서 더 이상의 희생은 없긴 해. 도민도 전멸해서 종식되긴 했는데 조심해. 대시에는 전 세계에서 상품이 모여드니까. 그 섬과 교역했던 물건을 실은 네데르국의 배가 산 플루브 대시에 갈 거란 소식을 들었다."

네데르국의 무역선 중에 섞여 병원체를 실은 짐이 제도에 올지도 모른다는 말이었다. 네데르국의 무역선이 취항할 수 있는 건 제국에선 마세일 항구뿐이다.

"조심하라니, 어떻게?"

"정화 신술밖에 없지. 그거로도 막을 수 있을진 모르겠지만. 그것도 걱정이라 신전에서는 약신님에게 기도를 올렸다. 제도를 지켜달라고."

'신술로 죽을병을 막을 수 있을까?'

팔마는 등골이 오싹해지는 걸 느꼈다.

"무슨 일이 있으면 나도 돌아올게. 가족이 걱정이니까. 하지만 무슨 일 있으면 네가 가족과 집안사람들을 지켜라."

"알았어."

'물가에서 막아야 해.'

팔마는 조급해졌다.

"형님, 그 환자한테서 채취한 시료는 완전히 소각해서 남은 게 없는 거야?"

"없어, 화염 신술로 소각했으니까. 시신의 뼈도 안 남았다. 작업하던 시료실도 바람 신술로 정화하고 봉인했대."

이 세계의 최고 의학, 약학 연구 기관인 노바르트 의약대도 감당하지 못한다고 판단한 것이다. 샘플을 소각하면 확실히 안전해지긴 한다. 바이러스도, 세균도 전체적으로 가열에 약하다. 그걸 확산시키지 않고 봉인할 수 있다면 말이지만.

"좀 더 자세히 알 수는 없을까, 형님?"

팔마는 팔레에게 죽은 학자의 증상과 경과를 물었다. 그 증상을 들을수록 불길한 예감은 커져만 갔다.

'설마….'

"그러고 보니 채취된 시료에 많이 존재한 생물을 현미경으로 스케치한 게 남아 있었지."

팔마의 단식 현미경이 의도치 않게 머나먼 노바르트에서 바로 활약을 하고 있었다.

"형님, 그 스케치를 어떻게든 필사해서 전서구로 보내줄 수 없을까?"

"너한테? 왜?"

"아버지랑 같이 조사를 해볼게. 나도 알아보고 싶어."

"그래. 아버지라면 뭔가 아실지도 모르지."

팔레는 존작인 아버지를 매우 존경했다. 그의 명성은 노바르트에도 퍼져 있다고 했다.

약신장을 타고 노바르트로 날아가기엔 거리가 너무 멀었다. 팔마는 아직 지팡이를 타고 공중에 뜨는 게 고작이었기 때문에 장거리 비행용 전서구를 이용하는 게 더 빠르다.

"대학장 허가를 받게 되면 필사해줄게."

"부탁할게, 형님."

팔마는 팔레에게 중요한 정보의 수집을 부탁했다.

산 플루브 대시의 개최까지 앞으로 2주. 여제에게 지금부터 대시 개최 중지를 진언한다고 해도 전 세계에서 짐이 모여들게 된다. 그게 기우라 하더라도 사전에 쓸 수 있는 모든 감염증 대책을 강구해둬야 한다고 팔마는 생각했다. 감염이 종식된 것처럼 보여도 짐이 도착하는 동시에 제도에서 아웃브레이크가 발생하면 큰일이다.

팔마는 통상적인 약국 업무로 돌아가 중증 환자만 진찰하고 경증 환자는 길드 제휴 약국으로 보내며 마세일 항구에 검역소를 설치하도록 대행 영주인 아담에게 지시했다. 세균 검사 방법을 배운 엘렌의 제자를 먼저 검역소로 보내고 팔마 일행도 나중에 찾아갈 예정이었다. 한편으로 기초 화학, 현대 약학 서적의 편찬을 서둘러야겠다고 생각했다. 팔마가 이 세계에서 사라진다 하더라도 책만 있으면 이 세계 사람들을 계속 치료할 수 있을 테니까. 그리고 멀리 떨어진 곳에 있는 약사에게 입문서로 쓰일 수 있을 것이다.

고대하던 팔레의 전서구는 바로 찾아왔다. 팔마는 기도하는 심정으로 편지를 열었다. 그걸 본 순간, 팔마는 그대로 굳어버렸다.

'이 세계에도 이 녀석이 있었구나…'

확정할 수는 없었다. 병원체 시료는 소각해버렸다고 했고, 비슷한 형태의 세균도 있는데다 이세계의 병원체이니 다른 종류일지도 모른다. 진안을 해보기 전까지는 단정할 수 없다. 하지만 팔마에겐 낯익은 상대였다. 몸이 차갑게 식고 온몸의 털이 곤두설 만큼.

팔레에게서 들은 환자의 증상을 종합적으로 추측해볼 때 편지에 그려진 기다란 막대기 모양의 세균 스케치는….

페스트균.

과거에 지구상에서는 흑사병이라 불리며 공포의 대상이 되었던 병원체다. 14세기 중세 유럽에서 크게 유행해 당시 인구의 30퍼센트를 죽음으로 이끌었던, 역사상 가장 많은 인류를 괴롭힌 악몽 같은 병원체.

선 페스트의 사망률은 50~70%. 그리고 심각해져 폐 페스트가 발병하면….

그 사망률은 100%였다.

 ## 6화 흑사병의 상륙

"뭐라 하든 대단한 위업이야, 아직 1년도 지나지 않았는데 말이지."

산 플루브 제도의 황제 엘리자베스 2세는 궁정 안의 대회의장 자리에서 측근들로부터 제도의 출생률, 사망률의 연차 통계 보고를 듣고 감탄했다. 여제는 매우 만족했다. 제도의 올해 사망자 수가 전년에 비해 20퍼센트 가까이 줄었기 때문이었다.

각 지방도시의 사망자 수 통계는 예년과 같은 수치였는데 제도만 격변했다.

"이 숫자는 이세계 약국과 업무 제휴한 조제 약국 길드의 성과가 아닌가?"

호의적으로 보지 않아도 명확하지 않은가, 이렇게 엘리자베스는 말하고 싶어했다.

팔마가 궁정 약사가 된 뒤로 현미경 발명을 비롯해 1년이 채 안되는 기간에 해온 일들을 보면, 이세계 약국 본점 창업과 수많은 신약 발명, 수은이나 납 등의 독극물을 포함한 제품의 인체 사용 규제, 약용 화장품 전문점 '메디크', 오럴 케어 전문점 '8020' 개점, 조제 약국 길드 설립과 길드 가맹점의 신약 판매, 정기적인 공중위생 강좌 개최.

나아가 제국이 운영하는 시료원을 왕진해 환자들에게 약을 처방하고 의사들에게 치료 지도도 했다. 어느 하나를 보더라도 작위를 수여하기에 충분한 공이었다. 그런 일들을 불과 1년 남짓한 기간에 동시에 해내는 건 인간의 수준을 뛰어넘은 업적이었다.

그리고 공중위생 강좌와 현미경의 발명으로 미생물의 개념이 생겨난 덕분인지 사람들은 청결에 신경을 쓰게 되었고, 제도에서 유행병이 발생하는 건수는 현저히 줄었다. 매년 돌던 유행성 감기도 고민거리였는데 이것도 올해는 소규모에 그쳤다.

"네, 섣불리 말씀드리긴 힘들지만 저도 동감입니다."

까다롭고 보수적인 노신 국무경도 결국 팔마의 업적을 인정했다.

"경들도 그렇게 생각하지 않나?"

"지당하신 말씀입니다. 제도에서의 성공이 각 지방 도시에도 확산된다면 제국의 번영은 확고해질 것입니다."

내무경도 여제의 질문에 전적으로 찬성했다. 어린이 점주가 경영한다는 약국에 제국 칙허를 내리는 것에 못마땅해하던 대신이다.

여제의 시동에서 준기사로 승격한 노아는 지금까지는 여제에게 강하게 진언하던 측근들의 미움을 사던 팔마의 공이 일단 공공연하게 인정받은 것에 통쾌함을 느꼈다.

그렇다면 또 상을 줘야겠다고 여제는 회의는 뒷전으로 미루고서 고민에 빠졌다.

"팔마에게 존작위를 주는 건 너무 이른가?"

"팔마 님은 아직 성인이 아니니까요. 제국법에 따르면 미성년자에게 작위를 수여하는 것은 인정되지 않고 있습니다."

올해 취임한 미모의 여성 사법경이 황급히 여제에게 간언했다. 제국 법을 경솔히 바꿔대면 곤란하다고. 참고로 이 여성 사법경은 은밀히 메디크의 약용 비누를 애용하고 있었다.

"음, 역시 이른가. 그럼 다음 기회로 미루도록 하지."

여제는 자기가 너무 성급했나 반성하는 것 같았다.

"그 약국에 대해선 제도 시민들의 평판도 아주 좋습니다."

국무경은 시정의 평판을 듣고 있었다. 이세계 약국을 찾은 환자는 빈사의 중병인을 제외하고는 죽은 사람이 거의 없었다. 그리고 그 자신도 통풍이라는 지병이 있어 단골 약국으로 삼고 있었다. 매주 약을 가지러 가는 환자의 입장에서 주치 약사를 비평할 수는 없는 노릇이었다.

'팔마에겐 역시 인간이 아닌 뭔가가 붙어 있는 것 같아.'

엘리자베스는 서서히 그런 확신을 확고히 해갔다. 엘리자베스는 브루노를 따라 수업을 위해 궁정을 드나들던 팔마를 여덟 살 때부터 봐왔다. 하지만 그때의 그와는 아무리 봐도 인격 자체가 달랐다.

뭐가 썬 건지 굳이 밝힐 필요는 없다는 게 엘리자베스의 생각이었다. 그에게 숨겨진 규격외의 신력은 결코 사악한 것이 아니라고 보장할 수 있었고, 신이나 성령이 썬 거라면 인간에게 정체가 들통 나길 꺼려할 터다. 정체가 들통 난 바람에 인간계를 떠나기라도 하면 큰일이다.

그래서 엘리자베스는 팔마가 제도에서 활동하기 쉽도록 모든 편의를 꾀해왔다. 그의 의향에 따라 지원을 하다 보니 벌써 이런 성과를 얻게 되었다. 이대로 계속되길 바랐다.

"자, 산 플루브 대시 준비는 잘되고 있나?"

"네, 예년대로 되고 있습니다. 제도의 길드와 상인들은 상품 준비에 여념이 없습니다. 외국 상인들도 속속들이 모여들고 있고요."

대장경이 검은 테 안경에 손을 올리며 부하인 대시 감독관과 함께 준비 상황을 여제에게 고했다. 그 말을 들은 여제는 문득 떠오른 생각에 확인을 했다.

"제도의 풍기를 어지럽히지 않도록 애쓰게. 그리고 문제를 일으킨 자는 신분을 불문하고 제도에서 내쫓도록."

"네, 엄격히 단속하겠습니다. 하나 마음에 걸리는 게 있습니다만."

대장경은 사전에 예년에는 없었던 징후를 간파하고 있었다.

"사전 행상인 등록부를 보니 올해는 외국의 약 도매상과 상급 약사 수가 많은 것 같습니다."

"이세계 약국과 그 제휴 약국에 의약품을 사러 오는 거겠지. 말 안 해도 뻔해."

의약품을 자기 나라로 가져가 왕후 귀족에게 비싸게 파는 게 목적일 것이다. 하지만 팔마를 점주로 하는 이세계 약국은 조제 약국이기 때문에 환자를 진찰하고 직접 처방을 내린다. 환자가 아니면 처방을 내리지 않고 팔지도 않는다. 그걸 모르는 약사는 허탕을 치게 될 거다.

한편 조제 약국 길드에서는 본점인 이세계 약국만큼 효과는 높지 않지만 잘 듣는 신약을 취급하기 때문에 그걸 사서 돌아갈 속셈일 거라고 여제는 추측했다.

"대시가 열리는 동안 이세계 약국의 약은 각국의 약사의 표적이 될 거다. 그 약국은 우리 제국의 보물이자 재산이야. 팔마도 그렇고 둘 다 절대로 내줘선 안 된다. 팔마 개인에겐 최고의 호위를, 약국 직원 개개인에게도 경비를 붙이도록. 들키지 않도록 조심해라."

황제는 팔마를 품에 끼고 자유롭게 의약품을 제조하게 만들면서 제국의 대외 경쟁력과 국익을 유지할 속셈이었다. 이세계 약국과 그 관련 약국의 의약품은 제국에 거대한 부를 가져올 것이다.

"그렇게 하겠습니다."

측근들은 전면적으로 여제의 의견에 찬성이었다.

◆

"흑사병이 산 플루브 대시 짐에 섞여 쳐들어올지도 모릅니다."

그 무렵 팔마는 산 플루브 제국 약학교의 총장실로 쳐들어가 브루노에게 다가올 대역병의 위기를 전하고 있었다. 브루노는 총장으로서의 사무 작업과 연구에 쫓겨 저택에 돌아오지 못하고 있었다.

"음, 네데르국의 식민지 섬이 수수께끼 역병으로 인해 전멸했지. 나도 들었다. 아직 노바르트에서도 병원을 알아내지 못했는데 넌 흑사병이라고 생각하는 거냐."

페스트, 이 세계에서 말하는 흑사병은 210년 전에 유행한 게 마지막이라는 걸 팔마는 조사했다. 브루노는 브루노대로 과거의 문헌을 읽고 흑사병이 얼마나 무서운지 인식하고 있었다. 환자의 피부에 흑자색 출혈반(出血斑)을 남기는 것 때문에 흑사병으로 불린 그 병의 감염력은 어마어마해서 여러 도시를 환자와 함께 통째로 화염 신술로 태우고 바람 신술로 정화한 뒤에야 겨우 종식되었다고 했다.

"저는 흑사병이라고 생각합니다. 그게 아니라 하더라도 대책은 세워야겠죠."

팔마는 강하게 말했다. 아무 일도 없으면 좋은 거고요, 이렇게 덧

붙이면서.

"흑사병은 뿌리가 깊어. 종식된 것처럼 보여도 계속해서 재연된다고 문헌에 나와 있다. 죽을병에 걸린 섬과 거래한 배에 실린 짐의 일부는 육로를 통해 제국으로 들어올지도 모르고. 식민지에서 직접 산 플루브 대시에 판매하러 오는 상인의 배는 마세일 항구에 정박하겠지."

"사후 보고가 되었지만, 마세일 항구에 검역소를 설치하라고 지시했습니다. 검사 방법을 가르친 엘레오노르 선생님의 제자 몇 명을 파견해 검역을 시작하고 있습니다."

"음, 좋은 판단이야. 잘했다."

브루노는 팔마의 조치를 좋게 평가했다. 알았으면 브루노도 그렇게 했을 것이다.

"흑사병이 들어오면 제도는 끝이야. 흑사병에 듣는 약은 없으니까."

의사나 약사가 할 수 있는 일은 사망자의 숫자를 세고 제도에 정화 신술을 거는 것 정도라고 브루노는 말했다. 인구 밀집지인 제도에서 흑사병이 발병한다면 제국 멸망도 더욱 현실적이 된다. 제도의 재앙을 신술의 불길로 태워버려야 할 거라고 우려하고 있었다.

"결국 우리는 사람들을 신술로 죽이는 것 외에 흑사병과 싸울 방도가 없어."

"아뇨, 싸울 수 있습니다. 흑사병이라면 구할 수 있어요."

팔마는 즉답했다.

"정말이냐?! 아무도 그 본성을 모르는 불치병인데."

브루노는 팔마의 말에 전율했다.

"싸울 수 있습니다. 백사병 때처럼 무기는 있어요."

유사 이래 인류를 괴롭혀온 페스트에 효과적인 약은 항생 물질(항균제)로, 지구에서는 여러 종류의 약제가 개발되어 있어 선택지도 많다. 하지만 마세일 제약 공장이 완성되지 않은 상황에서 불과 며칠 안에 준비하거나 이 세계의 실험실 수준에서 대량으로 합성할 수 있는 약은 현재는 없었다. 항생 물질은 곰팡이와 균 등의 미생물에서 추출하는 거라 이 세계에서도 배양 기술이 갖춰지면 어느 나라에서든 취급할 수 있게 될 거다. 그 체제는 나중에 갖추기로 하고 이번 준비 기간은 겨우 며칠이니 팔마의 물질 창조 능력으로 대비하는 수밖에 없었다.

"어, 어떻게 싸우지…."

브루노는 전혀 짐작도 가지 않아 팔마에게 물었다. 흑사병이 뭘 매개로 확산되는지조차 이 세계의 어느 학자도 알지 못했다.

"특효약은 이미 준비했습니다."

팔마는 이미 합성 항균제를 준비한 참이었다.

그가 선택한 것은 스파르플록사신(SPFX)이다.

페스트균의 DNA 합성을 저해해 세균 증식을 막는 약제다.

주사가 아니라 입으로 먹을 수 있는 게 편리했다. 주사는 다루는 데 위험 부담이 크기 때문에 팔마로선 기술 기반이 갖춰지기 전까진 쓰고 싶지 않았다. 이 약은 하루에 한 번 먹으면 된다. 부작용이 있을 수는 있지만, 광선 과민증이라고 햇볕에 노출되면 발진이 나는 증상 정도로 최대한 햇볕에 닿지 않도록 신경 쓰면 약제사가 복약 관리를 하는 한 그렇게 심각한 상황이 벌어지진 않는다. 이거라면 매일 공부해온 조제 약국 길드의 약사들에게 복약 지도를 맡길 수도 있다.

팔마는 사전에 이 스파르플록사신을 물질 창고로 만들어두었다.

구조가 복잡해 집중력이 필요했기에 녹초가 되었지만, 환자 천 명을 완치할 수 있을 정도의 양을 마련했다.

당장 조제 약국 길드에서 신약 처방 연수회를 갖고 환자 진단 방법, 처방 방법을 약사들에게 교육했다. 모든 약사를 대상으로 할 수는 없었다. 길드에 가맹한 지 얼마 안 되어 지식과 기술이 미숙한 약사에겐 취급을 금지했다.

그들에겐 만약 페스트가 발병할 경우, 신약 스파르플록사신을 무상으로 제공하라고 엄명을 내렸다. 페스트만큼 강력한 감염증에는 예외로 단호하게 모든 사람에게 처방하는 게 중요하다.

현재 관련 약국에 약을 배포하고 포장을 맡긴 상태였다. 만약 페스트가 발병하지 않아 이번엔 필요하지 않게 되더라도 다른 감염증에도 폭넓게 적용할 수 있는 약이라 절대로 헛수고로 끝나지 않을 약이었다.

조제 약국 길드 약사들은 과거의 악몽, 흑사병이 재래할지도 모른다는 말을 듣고서 전전긍긍하고 있었다.

◆

산 플루브 대시를 위해 예년대로 제도 성문 밖에는 전 세계 육지를 장시간 이동해 와 판매 허가를 기다리는 상인, 대상이 속속들이 모여들고 있었다. 제도가 흑사병 발발 위기에 처한 줄은 전혀 알지도 못한 채로. 그들은 성문에서 관리에게 짐 검사를 받고 제도로 들어오게 되어 있었다.

그런 상황을 앞둔 가운데, 팔마와 브루노는 흑사병 예방책을 정리해 여제에게 진언했다.

"제도의 약국에 치료약을 준비해두었습니다. 감염자가 나오지 않도록 하는 게 가장 먼저 할 싸움입니다."

팔마에 이어 브루노가 말했다.

"폐하께 아룁니다. 산 플루브 제도의 성문을 제한하고 제도에 들어오는 대상의 육로를 몇 곳으로 한정해주십시오. 그리고 성의 관문에 현미경 미생물 검사부를 갖춘 검역소를 두고 제도의 시민에겐 물 신술사가 생성한 물을 배급해 그걸로 손을 닦고 목욕을 해 청결을 철저히 지키도록 해주십시오. 그리고 각 가정이나 점포 등의 쥐와 벼룩은 신속하게 구제하셔야 합니다. 이런 명을 내려주실 수 있으실까요?"

"음, 오늘 안에 칙령을 내리도록 하지. 국무경, 준비하도록. 지금 당장."

"네, 즉시 시행하겠습니다, 폐하."

팔마, 브루노와 여제의 평소의 신뢰 관계 덕분인지 여제는 즉시 칙령을 선포했다. 애초에 엘렌이 강사를 맡은 이세계 약국 공중위생 강좌 덕분에 계몽 및 개선되고 있었던 제도의 위생 환경은 위기의 순간에 극적으로 개선되었다. 쥐 구제는 지하 용수로 물까지 샅샅이 체크하며 실시되었다. 고양이들도 빠짐없이 쥐를 잡았다.

검역소에는 평소에 강습을 받은 조제 약국 길드의 약사와 엘렌의 제자들을 번갈아 파견했다. 그들은 제국에 임시로 고용되어 팔마가 준비한 간이 검사 키트와 현미경으로 페스트균을 발견할 수 있도록 훈련을 받았다. 조제 약국 길드 가맹점 점포 수는 이때 19개에 달했다. 그들은 행상인들과 그 짐을 검사하고 제도에 병원체가 침입하는 걸 저지해왔다. 길드장으로서 피에르가 선두에 서서 그들을 감독하며 검사를 도왔다.

팔마에게서 사정을 들은 신관장 살로몬은 정화술 실력이 우수한 바람 신술사를 인근 수호신전에서 모아 제도를 구석구석 정화했다.

그리고 팔마와 엘렌은 마세일령을 지켰다.

네데르국의 배가 입항하는 건 마세일 항구뿐이었지만, 산 플루브 대시에 맞춰 전 세계에서 배에 실린 짐이 모여들고 있기 때문이었다.

그 마세일 항구에서는 선주와 선원들의 불만이 폭발하고 있었다. 팔마가 마세일 항구에 입항하려는 모든 선박을 해상에 잡아두고 접안을 막고서 검역을 실시했기 때문이었다.

지구에서는 상식으로 실시되는 해상 검역이었다.

팔마는 해상에 정박한 각국, 각지의 대형 선박에 작은 배를 타고 올랐다. 선원 전원에게 진안을 실시해 페스트에 감염되지 않았는지 살피고 미리 항균제를 예방 복약한 엘렌과 그 제자인 1급 약사, 나아가 빌려온 브루노 수하의 화염술사가 보호복을 입고 짐들의 미생물 검사를 실시했다.

그리고 네데르 국적의 선박을 중심으로 약 2%의 배에서 페스트균이 검출되었다. 이미 발병한 승무원도, 사망한 사람도 있었다. 팔마는 즉시 제도에 전서구를 보내 브루노에게 이 소식을 알렸다. 검역을 강화하고 감염을 막으라고.

페스트균이 발견되면 화염 신술사가 소각을 실시하고, 팔마가 약신장에 신력을 실어 페스트균을 사멸시킨다.

보균자는 즉시 격리되고 항균제가 투여되었다.

"세상에, 정말로 흑사병이 되살아나다니⋯."

"특효약이 있어서 다행이야."

진지한 팔마의 말에 엘렌은 등골이 오싹해지는 것을 느꼈다.

"그러게 말이야. 팔마의 항균제와 진단 방법이 아니었다면 마세일 항구는 벌써 죽음의 관문이 됐을 거야. 생각하고 싶지도 않네⋯⋯. 제국은 끝났을 거야."

팔마는 거의 줄다리기를 하는 상태로 아슬아슬하게 감염 확대를 막고 있었다.

하지만 그들의 분투와는 달리 무엇을 위한 검역인지조차 뱃사람들은 이해하지 못하고 있었다. 이틀이나 정박한 배와 빨리 짐을 내리고 싶어 조바심이 난 사람들에게선 거친 비난의 목소리가 쏟아졌다.

"어서 짐을 내리게 해줘. 작년까진 검역이 없었잖아. 올해의 마세일 영주는 제정신이야? 이래선 짐이 망가지잖아!"

"오늘 안에 짐을 부려야 해. 마차 수배를 해놨다고. 그 돈을 어떻게 할 거야!"

"여길 먼저 해줘야지! 과일이라 썩어!"

"왜 검역하는 약사에 애가 포함돼 있는 거야. 산 플루브 제국은 제정신인가?!"

"순서를 지켜야지! 우리가 먼저야!"

팔마 일행은 거의 쉬지도 못하고 검역 작업을 했지만 검역은 하루에 20척을 하면 잘하는 축에 속했다. 그런데 산 플루브 대시를 노리고 온 대형 선박은 계속해서 늘어만 갔다. 마세일 항구에 입항하려는 선박은 폭발적으로 늘어났고, 선원들의 불만은 마침내 억누를 수 없는 지경이 되었다.

"그래…. 입을 막아줘보실까."

엘렌이 지팡이를 쥐고 이기적으로 구는 배에 물의 신기를 선사하려는데 해상에 포탄이 떨어져 커다란 물기둥이 치솟았다. 아직 신기를 쓰기도 전이었다.

"어?"

엘렌은 안경을 고쳐 썼다. 팔마도 큰 소리에 귀를 막았다.

"군소리들 그만해! 제국의 항구에 들어오려면 제국의 법도에 따라라!"

큰 소리로 떨어진 일갈. 포격이 있던 방향으로 시선이 쏠렸다.

그러자 제국의 문장과 '산 플루브 제국 칙허 동이돈 회사 연합 함대(S.I.O)'라고 새겨진 심홍색 함기를 내건 아름다운 네 척의 대형 선박이 유유히 모습을 드러냈다. 돛대 위에서는 저격수가 총구를 겨누고 있었고, 포문은 활짝 열려 있었다.

수십 문의 포문을 탑재한 기함의 함수에서 제독으로 보이는 노인이 팔짱을 꼬고서 굽어보고 있었다. 엘렌은 그 목소리의 주인에 놀라 소리쳤다.

"세상에, 저 단골이 동이돈 회사의 장 앨런 개번 제독이었구나?! 어디서 봤다 싶었더니. 평소에 그러고 다녀서 전혀 알아차리질 못했네."

"뭐어, 장 노인 말이야?! 그랬구나!"

팔마는 귀를 의심했지만, 갑판에서 무시무시하게 노려보고 있는 제독으로 보이는 남자는 분명히 약국의 단골이자 뱃사람 사탕의 애호자인 장 노인이었다.

그는 우는 애도 이름을 들으면 뚝 그친다는, 동이돈 회사의 제독이었다.

"주제넘게 굴어서 미안하네, 점주 양반. 하지만 다른 건 몰라도 바다 위에서의 일이라면 나도 가만히 있을 수가 없어서 말이야."

장 노인의 목소리는 바다 위에 쩌렁쩌렁 울려 퍼졌다. 작은 배에서 그를 올려다본 팔마는 제독 제복을 입은 장 노인을 알아보지 못했다. 평소엔 낡은 셔츠만 걸치고 훌쩍 나타나는 성격 좋은 단골이 도깨비 제독으로 변모했으니 말이다. 반듯한 허리에서는 그냥 서 있기만 해도 위압감이 느껴졌다.

"다들 잘 들어라. 귓구멍 잘 파고서 들어. 약국 점주가 해상 검역을 하고 있다. 얌전히 검역을 받으면 되는 거야. 마음에 안 든다면 … 짐을 바다에 내던지고 싶은 배부터 앞으로 나와라…! 어서…!"

고함과 함께 포문이 불을 뿜었고, 위협 사격에 물기둥이 치솟았다.

마침 팔마가 홍차를 실은 배의 검역을 하려던 위치였다.

'우와아아아, 보스턴 티파티가 아닌 마세일 티파티가 일어나는 건가?!'

팔마는 장 노인의 전혀 다른 모습을 보고 두려움을 느꼈다. 대전함의 제독에게 반항적인 태도를 보이는 배는 더 이상 없었다.

이렇게 해서 제국 함대의 감시 속에서 각국의 중소 선박들은 얌전히 검역을 받게 되었다.

"장 씨… 아니, 장 제독님. 고마웠습니다."

팔마는 적당한 때에 장 제독의 배에 올라타 고마움을 표시했다.

"뭘, 이런 것쯤이야. 그보다 약국은 언제까지 쉴 건가? 난 외롭다고."

장 제독은 뱃사람 사탕을 다른 제휴점이 아닌 이세계 약국에서 사고 싶다고 했다.

"자네 사탕 덕분에 괴혈병에 걸리는 선원이 줄었어. 이번에 긴 항해를 나서는 배에 탄 선원들을 위해 사탕을 대량 발주하려고 하는데."

시원스레 웃으며 말한 장 제독은 단순히 취미로 사탕을 사던 게아니었다. 장기 항해에 나선 소수의 선원에게 사탕을 주어 그 예방효과를 확인했던 것이다.

"대량 주문, 기다리고 있겠습니다."

하지만 산 플루브 대시가 끝난 뒤에 해주세요, 이렇게 팔마는 말했다.

◆

마세일 항구로 들어오는 배도, 해상 검역도 고비를 넘길 무렵,

"팔마 님, 에스타크 마을 사람 중에 고열이 나타난 사람들이 다수라고…."

마세일 영주관의 대행 영주 아담이 보고서를 갖고 찾아왔다.

관문 격인 마세일 항구 입항이 늦어지는 걸 보고 작은 어촌 항구

로 야간에 밀입국해 짐을 부린 네데르국의 배가 있었다는 것이다.

처음엔 마을 사람들도 단순한 고열이라고 생각했지만, 사망자가 한두 명 나오기 시작하더니 마침내 유행병이 돌기 시작했다. 첫 사망자가 발생했다는 소식을 듣고 촌장이 아담에게 보고하러 달려왔다.

짐 안에 섞여 있던 쥐에 붙은 벼룩에게 물린 걸까. 감염 루트는 이제 특정할 수 없게 되었다.

"알고 있었는데 막지 못하다니…."

팔마는 너무나 분했다. 그를 전력으로 지원해온 엘렌도 지칠 대로 지친 팔마에게 뭐라 해줄 말이 없었다.

"나 지금 당장 그 마을로 갈게."

"흑사병에 오염된 마을에?! 너도 감염되어 죽을지도 모르는데?!"

엘렌은 팔마가 조금도 망설이지 않고 마을에 들어가려 하는 데에 놀라 소리쳤다. 팔마는 조용히 대답했다.

"갈 거야. 나는 아마 감염되지 않을 테니까… 걸린다 해도 스스로 치료할 거야."

"안 돼. 내가 갈게. 팔마가 알려준 대로 약을 처방하면 되는 거잖아? 나한테 맡겨, 제대로 해낼 테니까. 이 대재앙 앞에서 약사로서 외면하고 도망치고 싶지 않아."

엘렌은 솔직한 감정을 팔마에게 털어놓았다.

"흑사병을 정확하게 구분할 수 있는 건 당신뿐이잖아. 이곳의 검역은 팔마 말고는 할 수 있는 사람이 없어."

"아니, 엘렌도 할 수 있어. 엘렌은 여기에서 검역을 계속 해서 바다의 현관을 지켜줘. 내가 하는 것보다 시간이 걸리긴 하겠지만 꾸

준히 검사하다 보면 찾을 수 있을 거야. 부탁할게."

팔마는 그 말을 남기고서 약신장에 신력을 실어 하늘로 날아올랐다.

"팔마! 안 돼!"

엘렌이 그를 부르는 소리가 마세일의 파란 하늘에 울려 퍼졌다.

이렇게 페스트균은 산 플루브 제국에 상륙하게 되었다.

첫 유행지는 마세일령의 어촌이었다.

 # 7화 각광을 받은 방선균과
에스타크 마을의 기적

팔마와 엘렌이 해상 검역에서 첫 흑사병 환자를 발견하기 며칠 전의 일이다.

브루노는 산 플루브 제국 약학교에 있었다.

제국의 각 도시, 세계 각지의 의약 대학에 보낼 흑사병 방역 및 검역 지도서를 밤새 작성하고 있었다. 각지의 실정에 맞는 내용으로 지형, 인종, 생활 문화, 풍습, 종교 등을 고려해 각각에 따라 내용을 바꿔 간결하게 정리했다. 팔마가 한 말을 중심으로 만약 흑사병이 발생하면 어떻게 해야 하는지, 격리 구획을 설치하는 방법, 환자와 접촉하는 방법, 현미경이 있을 때와 없을 때의 흑사병 판별 방법, 환자를 안락사시키는 방법, 시체 처리 방법 등.

이러한 흑사병 대책안에 더해 전 속성의 우수한 신술사가 방역에 적극적으로 참가하도록 강하게 요청했다. 지도서를 만드는 건 평소에도 각지의 연구 기관, 병원, 유력자들과 신뢰 관계를 구축하고 각

지의 의료 사정을 잘 알고 있던 브루노만이 할 수 있는 일이었다.

팔마는 치료약을 갖고 있지만 제도에 공급하는 게 한계로, 전 세계에 공급할 만한 생산 능력은 없다고 했다.

그렇기 때문에 제국 이외의 나라들은 약 없이 전염을 막아야 했다.

"팔마는 그렇게 말했지만 정말로 210년 전에 끝난 흑사병이 과연 다시 올까…."

그런 의심도 있었다. 하지만 팔마가 가진 위기의식은 보통이 아니었다. 브루노는 팔마를 믿기로 했다. 그에겐 약신의 힘이 깃들어 있다. 인간은 보지 못하는 것도 볼 수 있다.

팔마와 엘렌, 제자들이 마세일령에서 검역을 계속하고 있다는 건 알고 있었고 그들을 돕고 싶은 마음도 굴뚝이었지만, 유사시에 국가의 중추에 역병의 손이 미쳐 국가가 붕괴하지 않도록 제도에서 자리를 지키며 대처하는 것이 궁정 약사의 본래 업무다. 브루노는 제도를 떠날 수 없었다.

"총장님, 캐스퍼 교수가 오셨습니다."

브루노의 비서가 총장실 밖에서 말했다.

"음, 모시게."

브루노는 총장실에 독특한 노년의 여교수를 긴급 호출한 참이었다.

캐스퍼 교수는 온몸을 시커먼 천으로 가린 마녀 같은 바람 속성의 신술사로 곰팡이와 포자 연구를 해왔다. 도움이 안 되는 연구를 하며 변변한 업적도 내지 못한다고 손가락질을 당하는 그녀는 대학

내에서도 연구비를 거의 받지 못했다. 그녀의 연구는 햇빛을 보지 못한 채 내년이면 정년으로 퇴임을 앞두고 있었다.

그녀의 연구는 곰팡이를 중심으로 한 필드 워크 채집과 분류학이 었다. 하지만 노바르트 의약대에는 좀 더 수준 높은 곰팡이 연구실 이 있는데 미래가 없는 분야라 여겨지는지 연구실에는 학생이 거의 없었다. 지금 그녀는 불과 두 명의 학생만을 거느리고 있었다.

다른 교수와 사무장이 이제 그만 없어도 되는 거 아니냐고 압력 을 가하는 그녀의 연구실에 예산을 주어 어떻게든 명맥을 유지시킨 사람이 바로 브루노였다.

도움이 안 되는 연구지만 언젠가 생각지 못한 성과를 낼 거라고 그는 믿고 있었다.

"총장님, 저는 이제 쓸모가 없어 해고되는 건가요. 지금부터 연구 실을 정리한다고 해도 한 달은 있어야 하는데….."

당장 연구실에서 나가라는 게 아닐까 싶어 그녀는 잔뜩 겁에 질 려 상처를 입고 눈물을 글썽였다. 깊이 주름진 두 손을 모아 답을 기다리며 몸을 움츠리고 있었다.

"아니, 그게 아니네. 당신은 해고가 아니야. 큰일을 해줬으면 하 네."

"제게… 지금 일을요?"

늙은 여인은 무슨 말인지 이해하지 못한 채 코에 얹은 노안경을 고쳐 썼다. 도대체 누가 창가족(주) 교수인 그녀에게 큰일을 맡기려 한단 말인가. 브루노는 힘차게 그녀를 격려했다.

"이 제국에서 당신만이 할 수 있는, 세계를 구하는 일이야!"

"오오, 오오… 세상에. 어쩜 좋지. 전 못해요."

주) 창가족: 일본의 기업이나 단체에서 한직으로 내몰린 직원을 가르키는 말.

노교수는 세계라는 말이 가진 장대한 어감에 휘청거렸다. 브루노는 언제나 세계를 의식해서 일해왔지만 그녀가 언제 세계를 의식해 연구를 한 적이 있을까. 그녀의 시선은 오직 제국 내의 곰팡이에만 쏠려 있었다.

"신종 미생물을 찾아줬으면 하네. 그리고 그걸 대량 증식시켜 약효 성분을 추출해줘야겠어."

팔마가 찾고 있던, 하지만 찾아내지 못했던 항균제를 생산한다는 미생물.

방선균(액티노마이세스).

균사를 방사상으로 뻗어 곰팡이처럼 성장하기 때문에 그런 이름이 붙은 세균이다.

브루노는 완전히 메말라버린 그녀의 공명심과 지적 호기심을 일깨우기 위해 말했다.

"그 생물종의 일부가 흑사병과 무서운 불치병을 죽이는 약이 된다."

"네? 아니, 설마!"

그렇게 말하고서 캐스퍼 교수는 그대로 굳어버렸다.

"이걸 잘 읽어주게."

팔마가 남긴 방선균 자체의 특징 메모, 현미경으로 보면 어떻게 보일지에 대한 스케치도 보여줬다. 팔마가 남긴 정보는 브루노를 계속해서 계몽해주고 있었다.

"이건 어느 대선생님이…? 그, 그렇게 대단한 약의 원료가…."

캐스퍼 교수는 팔마의 스케치와 메모를 꼼꼼히 읽었다. 안경을 들었다 내렸다 움직이고 몇 번이고 입으로 중얼거렸다. 그녀의 오랫동안 축적된 지식과 하나씩 대조해보기라도 하듯이.

그리고 그녀는 침을 삼키고서 떨리는 목소리로 대답했다.

"이, 이, 이 곰팡이라면 며, 며, 몇 년이나 전부터 제 연구실에, 프, 플라스크 안에서 키우고 있… 어요. 틀림없습니다. 그거예요."

정년을 코앞에 둔 비루한 노교수가 오래전부터 역병에 쓸 비장의 카드를 갖고 있었던 것이다.

"잘했어, 캐스퍼 교수!"

대학의 총력을 기울여 그 미생물에서 신약을 만들어내기로 결정되었다.

캐스퍼 교수 연구실에는 즉시 학내 최고액의 연구 예산이 주어졌고, 유기 화합계 설비를 갖춘 세 개의 연구실이 캐스퍼 교수를 위해 확보되었으며, 여러 학자, 연금술사, 기술자가 동원되었다.

이날부터 항균제 테스트 제조가 이뤄졌고, 캐스퍼 교수는 그 프로젝트의 지휘를 맡게 되었다.

"캐스퍼 교수의 퇴임 강연은 요란해지겠는데."

브루노는 격려의 말을 던졌다.

"그렇게 될 수 있게 만들고 싶습니다."

흑사병 극복이 현실이 된다면 그렇게 꿈에도 그렸던 학회의 갈채를 받는 날도 머지않을지 모른다. 천재일우의 기회였다. 캐스퍼 교수는 브루노의 기대에 부응하기 위해 온 힘을 쥐어짜기로 결심했다.

"지금 당장 착수한다고 해도 바로 생산에 들어가긴 어려울 거야. 하지만 지금 바로 연구에 들어가지 않으면 구할 수 있는 목숨을 잃게 되지. 우리 대학이 먼저 창약 방법을 발견해 각지의 대학에 알리도록 합시다."

"꼭 그래야지요. 맡겨주십시오."

캐스퍼 교수는 입을 굳게 다물었다.

브루노가 마세일령에서 '흑사병을 발견했다'는 소식을 전한 전서구를 받은 건 그 무렵이었다.

◆

팔마는 진료 도구와 약, 마스크 등이 든 커다란 자루를 어깨에 지고 마세일 항구에서 서쪽에 위치한 에스타크 마을로 중고도 비행을 하고 있었다.

약신장에 신력을 보내 추진력을 얻어 부력인지 양력인지는 모르겠지만 아무튼 컨트롤해 뜻대로 자세 제어를 하는 데에는 상당한 집중력이 필요했고, 팔마는 몇 번이나 높은 나무와 하늘을 나는 새와 부딪칠 뻔했다.

지상의 사람들이 상당한 속도로 날아가는 미확인 비행 물체를 보고 놀라 비명을 질렀다. 팔마의 약신장은 투명해서 가시광이 투과하기 때문에 지상에서 지팡이는 보이지 않고 그저 사람이 하늘을 나는 것처럼 보일 것이다. 약신장의 전 소유자가 누구였을까, 팔마는 의문을 가졌다.

사람이 하늘을 날면 이단으로 신전에 밀고를 당할지도 모르지만, 검역용 흰 로브 같은 보호복 후드를 단단히 뒤집어쓰고 있으면 누가 나는 건지 알아보지 못할 거다. 눈에 띄느니 마느니 하는 사소한 문제는 나중에 걱정할 일이다.

그런 생각을 하는 사이에 마세일령의 어촌 마을인 에스타크 상공에 도착했다.

팔마는 높은 고도를 유지한 채 공중에 떠 있었다. 바다를 보니 잔교에는 요트와 작은 어선밖에 없었다. 밀입국한 걸로 보이는 대형 선박은 난바다 쪽에는 없었다. 바위 지형에 숨었거나 네데르국으로 돌아갔을 것이다.

네데르국에 돌아갔다면 그것도 문제다. 거의 확실하게 선원들이 전멸해 난파선이 될 거다.

'제길, 배는 어디 있지? 배째 정화해서 안에 있는 선원들도 구해야 하는데….'

"이럴 때를 위한 성역인가…."

살로몬 신관장이 고대 문자로 작성된 약신장의 취급 설명서를 번역해준 덕에 팔마는 전부는 아니지만 간단한 몇 가지 신술을 익혔다. 그중 하나로 성역의 확대라는 게 있었다. 지팡이를 신력으로 채워 지팡이 끝을 들고 투포환을 던지는 요령으로 몇 번 휘두르면 된다. 그러면 지팡이 전체에서 정화 신술이 발휘되어 동심원 모양으로 방사된다. 팔마가 성역을 발동시키자 파란 충격파가 공기를 흔들며 폭발적으로 주위로 확산되는 게 보였다.

"이거 편리한데."

팔마가 쏜 것은 약신장 고유의 '역멸성역'이라고 하는, 쉽지 않은 이름의 신기다.

참고로 신술 중에서도 기술명이 달린 발동 영창을 필요로 하는 고도의 기술을 신기라고 한다. 무영창이 가능해서 팔마는 신술도,

신기도 구분하지 않고 쓸 수 있었지만, 원래는 장황한 발동 영창이 필요하다. 팔마가 몇 번 해본 느낌으로는 역멸성역 내에서는 병원체는 공중을 떠다닐 수 없게 되고 미감염자에게 병원체가 감염되는 것이 매우 힘들어지는 것 같았다. 살로몬은 그걸 악령의 침입을 막는다는 말로 표현했다.

팔마는 에스타크 마을 전체를 역멸성역으로 보호했다.

그러고서 약신장에서 뛰어내려 손에 쥔 채 낙하 속도를 조절해 에스타크에 내려섰다.

"뭐, 뭐야…?!"

하늘에서 햇빛을 등지고 내려온 흰 가운 차림의 소년에게 마을 사람들의 시선이 고정되었다.

에스타크 마을에서는 시료원에 중증 환자를 모아놓았는데, 마을 사람 대다수는 환자를 버리고 역병에서 도망치기 위해 서둘러 마을을 벗어나려던 참이었다. 모든 사람이 필사적이었다.

"기다려주세요!"

팔마는 마을 출구에 서서 두 팔을 벌려 그들의 앞을 막았다.

그리고 힘차게 지팡이를 지면에 꽂자 신기가 발동해서 에스타크 마을은 두꺼운 얼음벽에 완전히 포위되었다.

"우와아앗…! 얼음벽이다! 넌 뭐야!"

마을 사람들은 도망치려고 했다. 하지만 도망칠 길이 막히고 말았다.

"하, 하늘에서 날아왔어! 괴물이다!!"

"얼음벽에 갇혔다! 나갈 수가 없어! 어쩌면 좋지!"

괴물이 하늘에서 살육을 하러 내려왔다고 오해한 마을 사람들은 패닉에 빠졌다.

'하늘을 나는 모습을 보이긴 했지만 할 수 없지. 얼굴을 드러내자.'

나는 모습을 보였기 때문에 웬만하면 얼굴을 감추고 싶었지만 이대로는 너무 수상해 보일 거다. 팔마는 마스크를 쓴 뒤 보호복 후드를 벗고서 그들에게 말했다.

"전 제도의 약사입니다. 당신들을 구하러 왔어요."

"괴물이 아니라 사람이야?!"

"어, 어린애잖아. 어떻게 믿어."

"구하다니 무슨 소리야? 벽 안에 가둬놓고서!"

팔마는 대답했다.

"병을 치료할 겁니다. 진정하세요."

"이, 이봐. 말 좀 해줘. 이 병은 무슨 병이지?!"

"흑사병입니다."

팔마는 바로 단정했다. 일단 최대한의 위기의식을 안겨줘야 했다.

"역시 그렇구나! 전해들은 대로 우린 모두 죽을 거야!"

210년 전의 악몽을 구전을 통해 알고 있는 마을 사람들이 공황에 빠지려 하자, 팔마는 큰 소리로 그들을 질타하고 격려했다.

"살고 싶다면 지금부터 제가 하는 말을 들으세요!"

팔마는 마을 사람들을 둘러보며 단호하게 말했다.

"흑사병은 눈에 보이지 않는 작은 생물이 몸속으로 들어가 걸리는 병입니다. 방치해두면 사망자가 늘어나요. 흑사병에 걸린 채 여기서 도망친다 해도 죽습니다. 마을 밖으로 나가도 흑사병을 가진 벼룩에 물리면 흑사병에 걸립니다."

"어쩌면 좋지! 뭘 해도 죽는 거잖아! 그리고 넌 왜 우리를 가둬놓은 거야?!"

반광란 상태에 빠진 사냥꾼 남자가 팔마에게 칼을 들이대며 소리쳤다.

"그러니까 흑사병과 싸울 약을 가져왔어요."

"흑사병 약이 있다고… 처음 듣는 말인데."

제일 먼저 도망치려 했던 마을의 3급 약사가 믿어지지 않는다는 듯이 비틀거리며 앞으로 나왔다.

"아주 잘 듣는 신약이에요. 하지만 모두 다 살 거라고 약속할 수는 없습니다. 사망자를 최소한으로 줄이기 위해 함께 싸웁시다. 이 마을을 빙벽으로 포위한 건 당신들을 가두기 위해서가 아니라 구하기 위해서이기도 합니다. 죽을병은 누구에게나 무서운 것이지만 도망치지 말고 치료를 받아주세요. 도망치면 죽습니다."

팔마는 마을 관리의 도움을 빌려 마을 전체의 인원을 파악했다.

에스타크 마을의 인구는 524명.

마을의 두 시료원으로 옮겨진 사람이 93명.

사망자는 15명.

이미 마을 밖으로 도망친 사람이 8명.

마침 마을 밖에 외출했다가 돌아오지 않은 사람이 18명.

이 자리에 있는 마을 사람이 390명.

팔마는 얼음으로 포위한 마을 안을 다시 빙벽으로 구분해 세 구획으로 나눴다. 빙벽 일부를 소거해 작은 출입구를 만들었다.

"감염자와 비감염자로 나누고 중증 구획, 감역 구획, 비감염 구획으로 구분하겠습니다."

선별, 즉 치료 우선순위를 매기는 것이다. 진안을 통해 그 자리에 있는 390명의 마을 사람들을 진찰하고 감염 유무와 중증도별로 각 구획으로 나눈다. 그때 마스크를 나눠주고 생성수로 손을 닦도록 했다. 비감염 구획에 들어간 사람들은 기뻐했고, 감염 구역에 들어가게 된 사람은 침울해했다.

"구획을 나눈 건 감염 확대를 방지하기 위한 조치입니다. 어느 구획에 들어갔다고 해서 걱정하지 마세요. 모든 사람에게 치료약을 배포할 겁니다."

팔마는 미리 싸서 준비해둔 스파르플록사신을 구획별로 마을 관리와 마을 약사의 힘을 빌려 한 사람씩 나눠줬고, 팔마가 건네준 매뉴얼에 따라 복약을 지도했다.

"임산부, 어린아이, 영유아는 제게 데려오세요. 용량을 확인해야 하니까."

팔마는 복약에 주의가 필요한 마을 사람들을 모아 직접 상대를 보고 양을 조정해줬다. 이렇게 약 처방이 시작되자 특효약을 먼저 차지하려고 다툼이 벌어졌고, 흉기까지 등장했다.

"이 자식들아, 제도의 약사님이 약을 나눠주고 계신데 적당히 좀 해! 당장 죽고 싶은 녀석은 누구냐!"

흥분한 마을 관리들이 검을 뽑아 들자 다툼은 진정이 됐다.

"진정하세요. 약은 사람 수대로 준비되어 있습니다. 아직 발병 안 한 사람도 먹을 거예요."

팔마는 그들을 격려하고 진정시켰다.

그는 그 자리에 있는 전원에게 약을 나눠준 뒤 약을 먹이고 마을 인원을 파악했다. 일단 약을 받은 그들은 정신을 차렸다. 팔마는 신술로 만든 생성수를 물독에 담아 그 물로 몸을 씻도록 했다. 그리고 페스트균이 묻은 옷을 벗겨 소각하고 예전부터 서랍에 넣어둔 낡은 것이나 페스트균이 이 마을에 들어오기 전의 옷으로 갈아입도록 시켰다. 접촉한 곳은 소독하도록 했다.

그다음으로 팔마는 중증 환자를 모아둔 시료원으로 가 중증 환자 처치에 들어갔다. 큰 공간에 침대가 놓여 있었고 그 위에 환자들이 누워 있었다. 바닥에도 환자들이 가득했다. 자선 봉사를 하던 신전의 의료 신관과 신관이 시료원에 몇 명 남아 있긴 했지만, 고열에 시달리는 감염자와 출혈반이 나타나기 시작한 환자 앞에서 어찌할 바를 몰라 하고 있었다.

그들은 무섭게 생긴 새 모양의 마스크를 얼굴에 차고 두꺼운 후드가 달린 흰색 보호복에 장갑을 끼고 있었다. 새 부리에는 향기가 독한 허브를 악령 퇴치용 필터를 대신해 차고 있었고, 눈 부분은 유리로 덮여 있었다. 지팡이를 쥐고 환자에게 직접 닿지 않게 진찰을 하고 있었다. 지구상에 과거에 있었던 중세 페스트 의사와 비슷한 기이한 모습이었다. 이 복장은 팔마가 볼 때에는 절대 충분하지 않았지만, 페스트균 대책으로 다소 합리적인 의상이긴 했다. 다만 옷은 일회용이 아니면 의미가 없었지만.

팔마는 시료원에 들어서서는 말없이 약신장에 힘을 실어 그 자리를 성역으로 채워서 더 이상의 공기 감염을 막았다. 갑자기 성역이 출현한 것을 깨닫고 반응한 신관도 있었다.

"공기가 정화된 느낌이… 어째서."

"앗! 약신님이잖아요!!"

전에 제도 외곽 언덕에서 일전을 벌였던 이단 심문관 한 명이 우연히 그 자리에 있었다. 마세일 교구에서 역병이 발생했다는 소식을 듣고 파견되었나 보다.

"어린애는 오지 마! 밖으로 나가라!"

하지만 그런 경위를 모르는 다른 신관이 팔마에게 주의를 주려 하자 전직 이단 심문관은 그 말을 잘랐다.

"무례하다! 이분은 어린애가 아니야!"

그가 설명해준 덕분에 이야기는 원활하게 흘러갔다.

"그랬군요."

그들은 팔마의 지시에 따라 분담해 환자 전원에게 약을 먹였다.

"아직 감염됐는지 알 수 없는 사람도 있습니다."

"그분은 단순한 발열이네요, 옷을 갈아입고 나면 밖으로 나가도 됩니다. 이분은 감염자예요."

팔마는 그대로는 살 가망이 없어 보이는 환자에겐 신술로 생성한 물을 이용해 약 효과를 높여 복약시켰다. 먼저 중증 환자부터 처치에 나섰다. 패혈증을 일으킨 환자에겐 항생 물질 투여와 함께 다양한 처치를 해줘야 한다. 대량의 수액과 괴사 조직의 외과적 절제 등도 필요하다. 전신에 대한 여러 관리도 필요하다.

이성을 잃은 환자, 난리를 칠 기력도 없이 축 늘어져 의식을 잃은 환자. 신음 소리, 울음소리가 곳곳에서 들려왔다.

시료원 안은 그야말로 지옥이 따로 없었다. 성역임에도 불구하고 죽음의 기운이 가득했다.

진안으로 그들을 살펴보니 전신을 뒤덮은 새파란 발광이 마치 도깨비불처럼 보였다.

팔마는 생성수로 수액을 만들어서 패혈증 환자에게 대량 수액을 제공했다. 생성수는 무균이었고, 수액의 용질은 물질 창조로 만들어냈다. 팔마는 주사를 비롯해 환자에게 바늘을 꽂는 걸 꺼려했지만 이 상황에서는 모든 방법을 총동원해야 했다. 하지만 설비가 잘 갖춰진 근대 일본의 병원이라 해도 중증 패혈증 환자의 30%는 사망한다. 팔마는 잔인한 사실에 직면했다.

'안 돼…. 내 힘으로는 구할 수 없어!'

약 처방으로 어떻게 할 수 있는 문제가 아니었다. 일개 약학자가 감당할 수준을 뛰어넘은 상황이었다.

팔마는 자신의 약사로서의 능력의 한계, 현대 약의 한계를 알고 있다. 하지만 그는 한 가지 사실을 잊고 있었다.

그는 약신장을 가진, 약신의 힘을 쓸 수 있는, 인간의 영역을 초월한 약사라는 사실을.

'약으로 어떻게 할 수 없다면… 그걸 해볼까.'

그는 약신장을 두 손으로 잡고 환자 쪽으로 치켜들어 살로몬이 번역해 가르쳐준 '원시의 구원'이라는 비술을 영창 없이 시도했다.

그것은 환자가 원래 갖고 있는 면역력을 일깨우고 처방한 약의 효과를 최대한도로 높이며 부작용을 없애는 치트키 신기라고 이해하고 있었는데, 뭐가 어떻게 작용해 면역력을 높이는지까지는 이해하지 못했다. 이것은 먼저 특효약을 줘야만 발동하는, 투약이 안 된 상태에서는 쓸 수 없는 신기라고 들었다. 팔마는 그 신기의 효과를 의심했기 때문에 한 번도 시험해본 적이 없었고, 지금까진 환자의 생사가 걸린 상황도 없었다.

그래도 마지막 수단으로 모두에게 약신장을 이용해 비기를 썼다.

팔마가 환자에게 신기를 쓰자 환자의 체표면에 약신의 성문이라 불리는 것이 나타나더니 온몸이 하얀 베일로 감싸인 것처럼 흐릿하게 빛나기 시작했다.

팔마의 주위에 모인 의료 신관들이 의아한 표정으로 그 광경을 지켜보았다.

"그 신기는… 도대체 뭘 하시는 겁니까? 처음 보는 신기인데."

"감염자의 생존 확률을 높인다는 신기입니다."

팔마는 약신장에 대한 이야기는 생략하고 대답했다.

'이 대단해 보이는 신기가 효과가 있을까?'

바로 효과가 보이는 게 아니라 언뜻 봐선 알 수 없었다.

주술 같은 것과 동일한 수준일지도 모르지만.

'효과가 있으면 좋겠다. 그나저나….'

팔마는 점점 초조해졌다. 이렇게 중증 환자를 한 명씩 상대하는 사이에도 밀입국자와 그 짐은 페스트균을 뿌리며 제도로 향하고 있다. 브루노에게 흑사병이 발견됐다는 소식은 전했지만, 제도의 검역소를 돌파하지 못한다 해도 제도로 가는 도중에 있는 마을과 도시, 그리고 야산을 감염원이 통과하게 된다. 그 과정에서 수많은 사람과 동물이 감염될 거다.

신관들은 눈앞에서 일어난 기적에 아연실색하며 놀랐다.

"이 신기는… 인간의 기술이 아니야. 약신의 성문이 감염자 몸에 떠오르다니. 어떻게 된 거지?"

"아아, 역시 이분은… 약신이시구나."

그들은 팔마의 정체를 알아차린 것 같았다. 숙덕거리는 소리가 들렸다.

그리고 마침내 팔마는 그들에게도 약신이라 불리게 되었다.

"약신님, 저희가 도와드릴 게 없을까요?"

신관들은 자발적으로 팔마에게 말을 걸었다.

"고마워요, 그럼 물과 불 신술을 쓸 수 있는 사람이 있을까요?"

"접니다."

"제게도 뭐든지 말씀만 하십시오."

두 명의 신관이 자진해 앞으로 나왔다. 팔마가 진안으로 살펴보니 그들은 비감염자라는 게 판명되었다.

"이 병을 들여온 밀입국자와 그 짐이 제도로 향하고 있습니다. 제도로 가는 길을 추적해 감염자를 발견하면 얼음벽으로 포위한 뒤 짐을 완전히 소각하고 감염자에게 약을 먹이세요. 죽이지 말고 치료해야 합니다. 저도 이곳의 환자를 모두 처치하고 나면 뒤따라가겠습니다."

감염자와 감염원과 접촉하게 될 테니 그들에겐 예방 복약을 했다. 그렇게 해서 화염술사와 물 신술사를 중심으로 한 네 개의 토벌대가 구성되었다.

◆

에스타크 마을에서의 필사적인 구호 처치가 있은 지 반나절이 지났다.

한밤중이 지난 시각, 팔마는 신관들과 함께 지친 몸을 이끌고 시료원을 나왔다. 마을 사람들은 감염된 사망자를 묻기 위해 여러 개의 무덤을 마련했지만, 시료원 밖으로 나온 시신은 93명 가운데 불과 세 명뿐이었다.

그들은 팔마가 보기 전에 심정지를 일으켜 제때에 약을 줄 수 없었던 환자다. 출혈반이 사라진 환자가 여럿 나와 음식과 물을 요구했다.

"살아… 있다니."

"살아 있어!"

"약신님, 세 명 말고는…… 저희 아버지는, 어머니는…… 무사한가요?"

"모두 살아 있습니다. 아직 방심해선 안 되지만요."

팔마는 생존을 알렸다.

군중에서 환성이 터졌다. 환희의 파도가 점점 확산되었다.

현대 의약품과 팔마의 신술이 상승효과를 일으켜 희생자를 최소한으로 막았고 여러 환자를 구할 수 있었다. 시료원에서 팔마의 신기를 받은 사람은 모두 치유 징조를 보이기 시작했고 출혈반도 흐릿해졌다. 거의 죽어가는 중증 환자는 더 이상 존재하지 않았다. 당장 죽을 것 같았던 환자도 일단은 위기를 넘겼다.

빙벽 밖에서 작은 출입구를 통해 밖으로 나가 있던 마을 사람들이 돌아왔기에 그들에게도 예방약을 주었다.

팔마는 심각한 상황은 일단락되었다고 판단하고서 마을 사람들 앞으로 나가서 브리핑을 했다.

빙벽 내부는 성역이니까 며칠 동안 그 안에 있을 것. 빙벽이 녹아 밖으로 나갈 수 있게 되어도 쥐나 작은 동물들과는 최대한 접촉하지 말 것. 마을에 들어온 쥐를 비롯한 나쁜 짐승, 벼룩 등의 해충은 만지지 말고 구제할 것.

"다시 돌아오겠습니다. 여러분, 몸조심하세요."

기타 주의 사항을 전달한 뒤, 팔마는 약신장을 들고 그의 도움을 기다리고 있을 다음 땅으로 날아갔다. 마을 사람과 신관들이 팔마가 떠난 곳을 향해 손을 모으는 것이 작게 보였다.

 ## 8화 표적이 된 산 플루브 제도

"밀입국을 한 척도 허락해선 안 된다! 밀입국선은 가차 없이 짐과 함께 침몰시켜라!"

장 제독은 전함을 띄워 해안을 순찰했다. 그리고 제국 각지의 동이돈 회사 지사를 중계해 여러 마리씩 대형 전서 바닷새를 날려 연안 경비를 강화하도록 지시했다. 나포한 선원이나 작업원이 발병했을 때에 대비해 전서 해조에는 특효약을 싸서 같이 날렸다.

"제독님, 수상한 배가 발견됐습니다. 사망자로 가득합니다."

항해사가 장에게 보고했다.

"뭐야? 그 배에서 쥐 한 마리 놓치지 마라. 배를 엮어."

난바다에서 표류하던 네데르 국적의 대형 선박이 조난 상태로 발견되었다. 팔마가 찾지 못한 배였다. 그 배는 예상보다 더 멀리 바다로 나가 있었다.

배에 있던 선원은 모두 흑사병에 걸려 곳곳에 쓰러져 죽어 있었다. 네데르국으로 돌아가려고 했지만 결국 배를 조종하지 못하게 됐을 것이다.

"이게 그 밀입국선인가? 그럼 침몰시켜라!"

장 제독은 난파선을 난바다로 끌고 가 선내에 대량의 화약을 싣고 배째 폭파시켰다. 그렇게 해서 배를 해구에 침몰시켰다.

"얌전히 검역을 받았으면 거의 다 살 수 있었을 것을. 어리석기는."

장 제독은 해상에 피어오르는 폭염을 지켜보며 분해했다.

상인의 자유를 빼앗거나 감독하기 위해서가 아니라 인명을 구하기 위한 면역이라고 팔마는 말했었다. 그들은 너무나 무지하고 가여웠다. 장은 고개를 저었다.

네데르국의 깃발을 내건 돛대가 크게 기울더니 바다 속으로 가라앉았고, 그렇게 긴 항해를 마쳤다.

장 제독은 갑판에서 모자를 들고 악병의 원흉이 되어버린 그것이 해상에 큰 소용돌이를 일으키는 광경을 조용히 지켜보았다.

◆

그 무렵, 마세일 항구의 검역소에 남겨진 엘렌은 세심하게 주의하며 그녀의 제자와 화염술사들과 함께 검역을 계속했다. 각 선박에서 모아 온 샘플과 기사가 뽑아온 검사 결과를 비교했다. 신중하고 신속한 판단이 요구되는 작업이었다. 엘렌은 현미경과 염색법을 구사했다.

"전원 합격, 20번까지 입항해도 좋아."

"스승님, 검역에도 익숙해지셨네요."

시중을 들던 엘렌의 제자가 감탄했다. 엘렌은 안경을 천으로 닦고 한숨 돌렸다.

"모르겠어, 놓쳤을지도 모르고. 팔마 같은 특수 능력이 없으니까 완벽하게 알아볼 수 없거든."

"특수 능력이요?"

"아, 아니, 혼잣말이야."

열이 난 사람은 최우선으로 치료하며 한 척씩 검사에 시간이 걸려 입항이 늦어져도 놓치는 것이 없도록. 엘렌은 조바심을 내지 않고 팔마가 시킨 대로 검사법을 지키며 하적 샘플을 가지고 검사를 했다. 감염자가 발견되면 격리해 투약을 실시했다. 초기에 투여한 사람은 살 수 있었지만, 중증 환자는 구할 수 없었다. 하지만 그게 흑사병이다. 백 퍼센트 전부 구할 수는 없다, 할 수 있는 일을 하자고 팔마는 말했다. 엘렌은 팔마가 남긴 말 하나하나에 힘을 얻었다.

팔마의 특수 능력으로 검역하는 게 속도는 빠르지만, 엘렌이 꼼꼼하게 검사해 결과를 얻은 경우와 흑사병 병원체 발견율은 크게 다르지 않았다.

"팔마 님의 약은 정말로 효과가 있네요."

"실제로 우리도 보호복을 입고는 있지만 이렇게 환자들과 접촉하고 있는데 발병하지 않고 있잖아. 분하긴 하지만 지금까지 이렇게 하나의 약이 인간의 목숨을 구한다는 걸 실감한 적이 없긴 하네."

"팔마 님은 같은 효과가 있는 걸 미생물에서도 추출할 수 있다고 하셨잖아요."

"응, 그건 나도 관심이 있어. 하지만 지금은 착실하게 처리해가자. 끝이 보이기 시작하잖아."

엘렌은 이마에 맺힌 땀을 닦았다. 남은 배는 앞으로 여섯 척. 집중력을 요하는 작업이었다.

"팔마도 애쓰고 있으니까… 그 아이, 괜찮을까."

엘렌은 죽을병에 걸린 마을에 혼자 찾아간 팔마를 걱정했다. 자신이 그 자리에 가지 못한 게 너무나 분했다. 하지만 엘렌이 그들에게 뭘 해줄 수 있었을까.

그날 밤, 엘렌과 대행 영주 아담은 에스타크 마을에서 일어난 기적 소식을 들었다.

"나도 그렇게 되고 싶어. 팔마는 제자였는데 어느새 나를 뛰어넘었네."

엘렌은 약사로서 능력이 부족하다는 걸 강하게 느끼고 있었다. 최근 들어 팔마가 개발하는 완전히 새로운 약과 별세계에서 왔다고밖에 보이지 않는 그의 지식에만 기대왔기 때문이었다. 그 때문에 팔마 한 사람에게만 부담이 집중되고 있었다. 그는 뭐든지 혼자서 하려고 든다. 그런 상태에서도 엘렌은 그를 도와주지 못했다. 제일 가까이에 있었으면서도 말이다.

"좀 더 탐욕스럽게 가장 기초적인 단계에서부터 팔마의 약학을 배워서 그에게 힘이 되어줘야 하는데."

엘렌은 새삼 그렇게 생각했다. 팔마의 약학과 신술의 스승이었던 엘렌은 전직 스승이라는 입장도 있어 한 발 더 나아가 그에게 모든 것을 가르쳐달라는 말을 못하고 있었다.

'흑사병의 위기에서 벗어나면 학생이 되어 배우는 수밖에 없겠어.'

그리고 그걸 제국뿐만 아니라 각국의 약사에게 널리 알리는 건 자기도 할 수 있는 일이라고 엘렌은 새삼 자각했다.

지식은 힘이다.

그것은 산 플루브 제국 약학교의 정문에 새겨진 교훈이었다.

◆

한밤중에 에스타크 마을을 떠난 팔마는 마을에서 탈주한 여덟 명의 가족을 제도로 가는 길가 폐옥에서 발견했다. 그들 중 셋이 고열이 난 바람에 아이까지 그 자리에서 움직일 수 없어져 어둠 속에 몸을 맡기고 있었다. 아이들은 깊이 잠들어 있었다. 그들은 발열이 시작된 것에 겁을 집어먹고 마을을 도망쳐 나왔을 것이다.

팔마는 폐옥 안에 성역을 만들었다. 정화된 구역은 각다귀나 작은 날벌레도 몰아낸다. 그들은 팔마의 발소리를 듣고 눈을 떴다. 그리고 팔마의 인기척을 알아차렸다.

"너, 넌 병에 걸린 우리를 쫓아온 거지?!"

아버지는 겁에 질린 목소리로 비틀거리며 일어나서 단검을 들고 고통에 신음하며 팔마에게 물었다.

그들의 눈에 팔마는 빛나고 있었다. 약신장을 쥐면 특히 그는 어두운 곳에서 빛나 보이게 된다. 팔마도 그걸 알고 있었지만 숨길 수가 없었다. 살로몬에게서 받은 부적은 이번에는 두고 왔다.

"죽이러 온 거야?! 그렇지?!"

어머니가 필사적으로 아이들을 감쌌다.

"싫어, 죽고 싶지 않아!"

아이들이 울부짖었다. 그들의 긴장이 한계에 도달했을 무렵, 팔마는 겁을 준 것을 사과하며 말을 걸었다.

"구하러 왔습니다."

"뭐?"

"에스타크 마을의 에르마 씨죠? 전 약사예요."

팔마는 생성수와 함께 전원에게 치료약을 주고 만약의 사태에 대비해 '원시의 구원'을 썼다.

술법을 마쳤을 때, 팔마는 비틀거리다 썩어가는 의자에 걸터앉았다.

"약을 먹고 몸이 좋아지면 에스타크로 돌아가세요. 날이 밝은 뒤에라도 괜찮으니까 최대한 다른 사람이나 동물은 건드리지 말고요. 걸어서 가기 힘들면 길가에서 짐마차를 빌리세요."

팔마는 여비로 쓰라며 금화를 건넸다.

"에스타크 마을은 어떻게 됐지?"

"열여덟 명이 사망했습니다. 하지만 다들 약을 먹었으니 며칠만 있으면 안정이 될 거예요."

"너, 넌 뭐야…."

"약사입니다."

팔마는 조용히 대답했다. 그때 굉음이 밤의 숲에 울려 퍼지며 몇 킬로미터 앞에서 화염 술사의 불기둥이 피어오르는 게 보였다. 팔마는 벌떡 일어나 폐옥을 나와 지팡이를 한 손에 들고 급부상해 충분한 고도를 유지하며 불꽃을 향해 집중해 날아갔다.

"저기구나."

팔마는 급강하해 그 자리로 뛰어갔다. 에스타크에서 나온 제3토벌대 신관들이 짐마차와 운반인들을 포위하고서 소각하고 있었다.

시신과 짐은 이미 재가 되어 불똥을 튀기고 있었다.

"이미 죽었나요?"

"네, 약신님. 이미 숨이 끊긴 뒤였습니다. 오래되진 않은 것 같습니다만. 그래서 시신째 짐을 소각했습니다. 국적은 네데르국입니다."

부대의 리더로 보이는, 키아라라고 자신을 밝힌 불 속성의 여신관이 팔마에게 보고했다.

짐을 그 자리에 두고 네데르국 운반인들은 흑사병에 쓰러져 죽은 것이다. 운반 증서가 남아 있어서 신관은 그것을 팔마에게 보여주었다.

"짐은 뭐였지?"

"증서에 따르면 식민지에서 가져온 고급 모직물과 진귀한 염료입니다. 하지만 안의 짐만 빠지고 없네요. 다른 짐마차에 모아놨겠죠."

"이걸로 끝이 아닐 겁니다, 다른 운반인이 있을 거예요. 토벌대를 먼저 보냈습니다."

"알겠습니다. 여기도 정화해두죠."

팔마는 공중으로 떠올라 신기 '역멸성역'을 썼다. 술법을 발동시키자 파란색 빛의 파도가 공중을 오로라처럼 달려 나갔다. 이걸로 반경 몇 킬로미터는 커버할 수 있다.

신기를 발동한 뒤 지상으로 내려온 팔마는 털썩 무릎을 꿇었다. 숨이 가빴다. 키아라가 말을 걸었다.

"몸이 안 좋으신가요?"

"아, 아뇨, 그건 아마, 아… 닐…."

'피로도가 올라갔어? 뭔가 평소랑 다르네.'

팔마의 호흡이 불규칙했다. 약신장으로 신기를 써도 이렇게까지 지친 적은 없었다. 하지만 뭔가가 달랐다. 만에 하나를 대비해 예방 복약은 했지만 페스트에 감염된 건가 하는 일말의 불안이 스쳤다.

"신력이 떨어진 게 아닌가요? 지금 큰 신기를 쓰셨으니까…."

"어? 그런가요?"

키아라는 막대기처럼 생긴 기구를 슬쩍 팔마의 등에 댔다.

"응? 뭘 한 거죠?"

팔마는 은밀히 신력을 잰 것을 알아차리지 못하고 얼어붙은 표정을 짓는 그녀를 의아하게 바라보았다.

"실례, 신력계가 넘어섰습니다. 신력은 전혀 바닥나지 않았네요. 잠시 쉬시죠. 피곤해서 그럴 겁니다."

신력은 전혀 줄어든 느낌이 안 들어서, 팔마는 신력이 무한하다고 생각했었다.

'가만히 따져보면 에너지를 쓰는데 무한할 리가 없잖아.'

물리적으로 생각하면 당연한 거다. 힘을 쓰면 어디선가 줄어드는 법이다.

'살로몬 씨의 협력을 받아 본격적으로 신술 연구도 해야겠네. 마구 써대다가 덜컥 죽어버릴 수도 있으니까.'

한 번 과로사했는데 또다시 죽는 걸까. 팔마는 그게 의문이었다.

'뭐, 죽는다고 가정하고.'

제도에서 서민에게 약을 보급하며 동시에 신술을 연구하느라 자기 일은 자꾸 뒤로만 미뤘었다. 약과 잘 조합한다면 팔마가 약으로 치료할 수 없는 사람들에게도 치료 효과를 발휘할 수 있다는 건 오늘 하루 만에 배웠다. 이 난국을 극복하고 나면 해볼 가치는 있었다.

"약신님에게 바치는 공물로 이런 건 너무 하찮을지 모르지만."

키아라가 빵과 물, 사과를 팔마 앞에 바쳤다. 거의 하루 종일 그는 아무것도 먹지도 않고 쉬지도 못했다.

"받아도 되나요? 고맙습니다."

딱딱한 빵이었지만, 다른 사람의 친절이 담긴 빵은 무척 맛이 있었다.

팔마는 너무 지쳐 날 수가 없었기에 키아라의 말을 타고 제도로 향했다.

"인간이라면, 이란 주석이 붙지만요."

키아라는 그녀의 뒤에 올라타 등에 힘없이 기대 있는 팔마에게 말을 걸었다.

"대신기는 연속해서 쓸 수 없습니다. 신기는 신력도 그렇지만, 정신도 소모하거든요. 실례지만 어린이는 일단 대신기는 쓸 수가 없어요. 좀 쉬셔야 합니다. 오늘 몇 번이나 대신기를 쓰셨죠?"

그녀는 젊지만 어머니 같은 말투를 쓰는 신관이었다. 팔마는 환자의 보조적인 치료를 위해서와 '역멸성역'에 상당한 횟수를 썼다는 사실을 떠올렸다. 그건 비술이니까 소모되는 걸까.

"백 번쯤? 더 썼을지 모르지만 기억이 안 나네요."

"대신기를 그렇게나 많이 썼어요? 어쩜 좋아! 무모한 짓이에요. 어린애가 무슨 생각을 하는 겁니까! 누가 그렇게 써도 된다고 했어요? 그러다 죽는다고요!"

흥분했다가 주위의 신관에게서 "약신님께 무례한 말을 하지 말라"고 꾸짖음을 들었다.

"어머, 나도 참… 죄송합니다."

"걱정해줘서 고마워요, 키아라 씨. 그렇구나, 대신기를 많이 썼구나."

말은 강해도 배려심 있는 여성이라고 팔마는 감사하며 말 위에서 잠시 잠을 청하기로 했다. 키아라는 로브로 팔마와 자신을 단단히 묶었다.

팔마는 잠시 의식을 잃었다가 따뜻한 기운을 느끼고 일어났다.

앞에 새로운 불길이 치솟고 있었다.

"발견한 것 같네요."

말을 타고 달려가보니 생존한 운반인 네 명이 제2토벌대에 붙잡혀 있었고, 짐은 불태우는 중이었다. 운반인들은 얌전히 밧줄에 묶여 있었다. 이미 열이 나 반항할 만한 체력이 없어서였다.

"우, 우린 고용주랑 계약해 고용됐을 뿐이야!"

"짐에 대해선 아무것도 몰라!"

밧줄에 묶인 운반인들은 변명을 늘어놓았다.

네데르국 억양의 남자들이었다.

팔마는 말에서 내려 그들에게 다가갔다. 그들은 어린애가 등장한 것에 의아하다는 표정을 지었다.

"제도에는 몇 대의 짐마차가 떠났고, 안에 실린 짐은 뭐지? 말하면 약을 주겠다, 말 안 하면 이대로 죽을 거야."

담담한 말투로 협박했다.

"제도에는 네 대가 더 갔어. 두 대엔 모직물이, 한 대엔 향신료가,

그리고 마지막은 동물이다."

그들은 목숨이 아까워졌는지 순순히 불었다. 중간에 짐말을 사서 썼으니 제도에는 내일이면 도착할 거라고 했다.

"동물…?"

팔마는 불길한 예감이 들었다. 그것도 최악에 가까운 예감이.

"판테섬에 있는 하얀 다람쥐야."

'설치류구나. 만약 그렇다면 페스트 매개체가 될 거야.'

팔마의 직감이 경종을 울렸다. 페스트균은 쥐나 다람쥐 같은 설치류에 붙은 벼룩을 매개로 해서 인간에게 감염된다. 그러니까 그게 이번 짐의 주요 감염원이 됐을지도 모른다.

"판테섬 주민은 전멸했다. 그건 알고 있었지? 왜 역병 걸린 섬의 동물을 가져왔지? 너희도 그 병이 옮았어. 동료도 죽었잖아!"

팔마는 조용한 분노를 억누르며 네 명의 운반인들에게 물었다.

"모, 몰라. 그게 무슨 관계가 있는데. 그 녀석들은 긴 항해를 견디다 못해 죽은 거지, 육지에 올라오면 아무 상관도 없어!"

운반인들은 되레 화를 냈다. 장기(瘴氣)나 악병이 병을 일으킨다고 믿고 있는 세계다.

동물에서 동물로 작은 병원체가 병을 감염시킨다는 발상은 제도 사람들이라면 몰라도 다른 나라 서민들에게는 전혀 알려지지 않았을 것이다.

비싸게 팔릴 상품을 가져왔을 뿐이라며 그들은 당당하게 말했다. 그들 때문에 열여덟 명의 사람이 죽었다고 해도 이해하지 못하겠지. 그들도 피해자였다.

"제도로 간 건 몇 명이지?"

"운반인이 스물네 명, 성기사가 다섯 명이다."

'성기사는 왕가나 대귀족과 주종 관계를 맺은 신술사 기사겠지. 전투에 특화되었다고 들었는데….'

팔마는 기억을 떠올렸다. 실제로 드 메디시스가에도 몇 명이 고용되어 있었다.

"바람 속성이 세 명, 물 속성이 두 명이야. 왕국의 기사다."

"왜 평범한 대상을 왕국의 성기사가 경비하고 있는 거지! 귀족이 평민 상인을 경호하다니 있을 수 없는 일이잖아!"

신관이 거칠게 힐문했다.

"중간 항구에서 올라탔어… 몰라."

"이거… 뭔가가 있군요. 보통은 죽을병이 걸린 섬에서 짐을 실어 사연 있는 상품을 강제로 팔지는 않습니다. 그 나라의 대상은 내년엔 산 플루브 대시에 들어오지 못해요. 신용 문제가 되니까요."

키아라는 음모의 기운을 느꼈다. 팔마도 동감이었다.

'제국에 역병을 퍼트리는 게 네데르국 성기사의 임무였나? 그렇다면 왜….'

생각해보면 전에 이상하다고 생각한 게 있었다. 여제 엘리자베스는 혼자만 결핵에 걸렸었다. 통상적으로 혼자만 결핵에 걸린다는 건 부자연스러운 일이다. 감염원을 알 수 없었다. 팔마는 여제에게 바친 공물에 결핵균이 섞여 들어온 게 아닐까 의심했다. 그 계략이 깨지자 이번에는 확실하게 제도에 역병을 창궐시키려는 게 아닐까, 그렇게 추리했다. 페스트균에 감염된 대량의 다람쥐가 제도에 풀린다면….

설마 네데르국이 고의로 페스트를 퍼트려 제국을 없애려 하는 게

아닐까, 팔마가 초조해하는데,

"이제 충분히 말했잖아. 먼저 약을 줘. 있지?"

운반인이 목숨을 구걸했다. 그들은 총알받이다. 흑사병을 운반하는 데 사용된….

"약신님, 이런 쓰레기들에게 약을 줄 필요는 없잖습니까."

키아라가 열변을 토했다.

팔마도 약을 주고 싶지 않다는 마음이 전혀 없다고 하면 거짓말일 거다. 그래도 그는 약사인 한 어느 누구에게나 동등하게 치료를 해야 한다고 자신을 타일렀다. 그래서 팔마는 그들에게 약을 줬다.

그들의 증언은 감염된 짐의 물류 흐름을 파악하고 밀입국 재발 방지에 도움이 될 것이다.

"완쾌되면 제국에 넘겨 제국 법에 따라 심판해 처벌해주세요. 사사롭게 벌을 줘선 안 됩니다."

팔마는 그렇게 말을 하고서 약신장을 쥐었다. 말 위에서 잠깐 잠을 잔 덕분에 다시 날 수 있을 것 같았다.

부력을 조종해 아침 해가 떠오르는 하늘로 날아올랐다.

"새벽은 아직 멀었군."

◆

제도를 지키는 브루노에게 마세일령에 있는 대행 영주 아담의 전서구 두 마리가 도착했다. 전서구가 가져온 것은 하루 전 날짜의 편지였다.

편지에 따르면 흑사병에 감염된 배가 하적한 사실과 감염된 선원이 발견되었다고 했다.

흑사병은 검역으로 상륙을 막고 있었는데, 다른 나라를 경유해 육상으로 제도에 침입할 것은 확실하다. 제도의 검역 강화를 꾀하고 성벽 밖에서 돌아온 자는 며칠간 격리 구획에 격리하라는 팔마의 지시가 적혀 있었다.

"왔구나! 팔마, 엘레오노르… 무사한 거냐."

팔마와 엘렌은 흑사병에 감염되지 않았을까. 브루노는 그들의 안부가 걱정되었다. 하지만 그 두 명이 쓰러진다 하더라도 브루노는 움직이지 않고 산 플루브 제국의 공복으로서 의무를 다해야 한다. 브루노는 그렇게 생각했다. 그 바로 직후에 팔마가 에스타크 마을로 갔다는 추가 소식도 들어왔다.

흑사병이 발생했다는 것을 브루노가 고하자 궁정에 있던 엘리자베스는,

"악몽이 현실이 되었구나. 징조를 알아차리고 공자들과 함께 잘 대비해줬네."

브루노의 활약을 위로했다.

"어떻게 할까요, 폐하. 당장 제도로 들어오는 모든 성문을 닫을까요?"

국무성이 여제에게 의향을 물었다. 산 플루브 제도에는 세 개의 큰 강이 흐르고 있으며 제도로 들어오는 성문은 열두 곳, 수문은 여덟 곳이 있다. 모든 성문에 검역소가 설치되어 있으며 엄격하게 검역이 실시되고 있었다. 수문을 통과하는 배도 엄격히 제한되었다.

"황송하오나 성 수문을 완전히 닫으면 성문 밖이 역병으로 가득

차게 될 겁니다."

브루노는 주저했다. 성문과 수문을 닫으면 제도는 피할 수 있겠지만 성문 밖에는 상인들과 그들이 가져온 짐이 가득하다. 성문 밖에서 감염자가 늘어나면 제도의 물류는 끊기게 된다. 제도의 식량은 거의 다 성문 밖에서 들어온다. 문을 닫으면 열 수 없게 된다.

인구 밀집지에서 페스트가 만연하는 게 문제다. 제도의 성벽 내부는 신관들이 정화해주고 있고 페스트균에 감염되지 않은 게 확인된 자와 짐부터 차례로 제도 안으로 들여야 한다고 브루노는 고했다.

여제도 브루노의 의견에 동의했고, 그 지시는 검역소에 즉각 전달되었다.

◆

이세계 약국 총본점, 메디크, 8020, 그리고 약사 길드 가맹점 직원들은 검역소를 지키고 있었다. 로테와 세드릭, 도우미 약사들은 제도에 들어오는 상인들에게 보호용 마스크를 나눠주었다.

"여러분…! 나쁜 병을…! 예방합시다…!"

로테는 목소리를 높였다. 목소리는 갈라진 지 오래였지만 그녀는 멈추지 않았다.

"미소한 생물을 들이켜지 않도록 막아주는 마스크입니다."

"미소한 생물…? 그게 어떻게 생긴 생물인데?"

상인들은 이해하지 못했지만 제도 위병들 앞이라 순순히 따랐다.

중앙 검역소를 담당하는 조제 약국 길드장 피에르는 제6검역소에서 보내온 검사 결과를 확인하고 눈살을 찌푸렸다.

"으음…?! 이건 설마?!"

"네… 피에르 님, 이건."

기사의 목소리에 긴장이 배었다. 두 사람은 서로를 쳐다보았다. 피에르의 입술이 떨렸다.

"틀림없어. 양성이다!"

하얀 다람쥐를 실은 대상이 검역에 걸렸다. 아무도 보지 못했던 흑사병 병원균. 팔마가 알려준 검역법에 양성으로 판정되었다.

피에르는 망설이지 않았다. 검역 결과와 팔마를 믿었다. 상인들은 모두 양성, 그리고 호위는 신술사였는데 열이 나고 있었다.

"양성이다! 즉각 격리…! 제6검역소로 서둘러 가라!"

하지만 피에르 일행이 검역소로 달려온 그때,

"물의 창'."

제6검역소에서 네데르국 성기사가 신기를 발동시켰다.

 # 9화 어떤 사악한 남자의 이야기

"적의 공격이다! 외문을 닫아라!!"

문지기가 소리치며 문을 닫고 도개교를 올리려고 했지만, 침입자가 도개교가 올라타는 바람에 실패하고 말았다. 격자를 내리려고 해도 물 속성 성기사는 바위 정도 얼음 덩어리를 격자 사이에 끼워 몸을 슬라이딩하듯 날려 성문을 통과했다. 다섯 명의 성기사들은 흑사병에 감염되었지만 상당한 역량을 가졌는지 줄지어 무장한 기사들을 바람 신술로 내벽으로 날려버렸다. 그 신력의 양과 부대로서의 숙련도는 왕국 친위대급이었다.

"강한 자들이다!"

제도의 평민 위병은 총을 들었고, 산 플루브 성기사단은 지팡이를 뽑아 들어 통솔하에 각 속성의 신기를 구사했다.

"사격 준비! 제1대, 발사!"

장총 부대가 문 위에서 발포했지만 즉각 시전한 얼음 방벽에 막히고 말았다.

"제2대, 발사!"

실제로 일반 물도 총탄, 포탄으로 뚫을 수 없는데 상위 신술사의 물은 얇아도 충분한 방어력을 가지고 있었다.

"제길, 고위 물 속성이구나!"

네데르국의 성기사 중 세 명은 마침내 성문 내부로 포장된 우리를 갖고 들어와 포장을 벗기고 문을 열었고, 제도 내부로 하얀 동물 떼가 쏟아져 나왔다.

반이 흑사병을 견디지 못하고 죽었지만, 살아남은 것들은 순식간에 대시가 있는 시가지로 흩어졌다.

"다람쥐가 날았어?!"

사람들은 다람쥐의 예상치 못한 행동에 비명을 질렀다.

그중 몇 마리는 홈통을 타고 올라가 지붕을 날아 이동하기도 했다.

네데르국 상인들은 하얀 다람쥐라고 했지만 그 생물은 날다람쥐였다. 그리고 날다람쥐도 설치류다.

산 플루브 대시에서 제일 먼저 취급되는 상품은 직물이다. 페스트에 감염된 날다람쥐에게 붙은 벼룩이 거기에 들어가면 순식간에 감염 매체가 된다.

"안 되겠어, 비상사태다! 제2문을 닫아라!"

문지기가 큰 소리로 지시를 내렸다.

제도는 광대한 성채 도시로 성 아래쪽 거주지와 확연하게 구분되지는 않지만 황제, 귀족 군인들이 사는 중요 구획과 평민들이 사는 일반 구획으로 나뉜다. 교외에 거처를 둔 귀족도 있지만 군인은 제도의 중요 구획에 살고 있다. 방어상의 관점에서 골목은 일부러 전체를 굽어볼 수 없는 구불구불한 모양으로 이뤄져 있다. 외곽 제1문이 돌파되어도 이중 문이 적을 막는다.

궁정, 중요부에 도달하는 제2문은 즉시 닫혔다.

"집으로 들어가 문과 창문을 닫아! 역병을 가져오는 동물이 안으로 들어오지 못하게 해라!"

제6문 탑에서 적의 공격을 알리는 통신용 불꽃이 하늘로 발사되었고, 산 플루브국 궁정과 제도 육군에 일제히 전달되었다. 제도 곳곳의 종탑지기들이 요란하게 경종을 울리기 시작했다.

경종이 울리자 제도 안의 가게는 문을 걸어 잠갔고, 사람들은 가게 안에 머무르게 되었다. 통행인들도, 걸인도 가게 안으로 들어가야 하는 게 규칙이었다. 사람들은 신속하게 대피 행동에 들어갔다.

◆

"제길!!"

성기사의 신술로 무너진 검역소 텐트 아래에서 기어 나온 길드장 피에르는 생체기투성이 몸으로 소중히 지킨 약 상자를 열었다.

"지금이구나!"

나누어 포장된 특효약, 스파르플록사신을 열 때가 왔다.

팔마가 말했었다.

신분의 귀천을 불문하고, 죄인이라 하더라도 살아 있는 환자에게는 반드시 약을 주고 격리할 것. 한 명이라도 치료하지 않고 남기거나 감염자를 자유롭게 돌아다니게 하면 감염원이 되어 흑사병을 퍼트리게 된다.

"얘들아! 다들! 일단! 약을 먹어!"

피에르는 그 자리에 있던 사람들에게 소리쳤다.

그는 문지기와 구경꾼, 상인에게까지 모조리 약을 처방하고 도구상자의 잉크병에 펜을 꽂아 그 자리에 있는 위병과 상인을 포함해 모두의 뺨에 잉크를 묻혀 표식을 했다. 팔마가 지급해준, 며칠 동안은 지워지지 않는 잉크로 감염자가 나타났을 때나 의심스러운 상황에서 식별하기 위해서였다. 그리고 그들을 격리 구획으로 데리고 가야 했다.

"신술로 여기에 얼음 방벽을 만들어줘! 이 이상 확대되지 않게 방벽을 세워야 한다!"

피에르는 신술사에게 지시를 내리고 매뉴얼에 따라 격리 방책을 강구해나갔다.

무너진 방어선을 다시 세운다.

적의 공격보다 먼저 흑사병의 침입부터 막아야 했다. 이 적은 인간보다 훨씬 무섭다. 팔마의 예상에 따르면 만약 제도 사람이 한 명이라도 감염되면 60퍼센트가 넘는 제도의 인간이 죽게 된다.

"흑사병한테 당할 것 같으냐! 살 거야!"

그것은 피에르의 영혼에서 나온 절규였다.

제도 내부에서는 페스트를 매개로 하는 쥐, 그리고 벼룩 대부분은 구제되었다. 사람들도 청결을 신경 썼다. 그렇기 때문에 제도 안은 전 세계 어느 도시와 비교해도 청결하다.

주민들은 손을 씻고 양치질을 했으며, 보호복과 마스크도 나눠줬다. 흑사병은 그렇게 쉽게 퍼지지 않을 거다. 감염이 확대되게 놔두지 않을 거다. 그래도 무서운 역병이었다.

"지금이 중요해! 서둘러 대책에 나서라!"

피에르는 아낌없이 약을 써서 제6검역소에서 91명분의 약을 소비했다.

"약이 부족해진다, 오염 구획을 최소한으로 막아!"

피에르 자신도 잊지 않고 약을 복용했고, 팔마가 멜로디에게 의뢰해 만든 간이 가스 마스크 장비를 착용했다.

성문 밖에 방치된 네데르국 운반인들은 이 혼란을 틈타 짐을 그자리에 내던지고 왔던 길로 도망치려 했다.

"꼼짝 마라!"

하지만 이미 에스타크를 출발한 신전 제1토벌대가 따라잡은 뒤였다.

기마에 퇴로가 막힌 상인들은 잔뜩 두려움에 찬 얼굴들이었다.

"히익, 살려주세요!"

"밀입국자들은 항복하라! 항복하면 목숨만은 살려주겠다. 하지만 항복하지 않으면 가차 없이 공격한다!"

신관의 목소리는 단호했다. 겁에 질린 상인들은 무릎을 꿇고 포박되었지만, 죽음의 공포에서 정상적인 판단 능력을 잃은 몇 명의 상인은 정면 돌파를 하려고 큰 소리를 지르며 칼을 휘두르다가 그 자리에서 신관들의 손에 죽임을 당했다. 신전의 교의에 따르면 참회하는 자는 살려주지만 죄인은 단죄하게 되어 있다.

모두 열이 난 상태라 항복한 상인들은 신관들에 의해 약을 투여받고 그 즉시 격리되었다. 그리고 그들이 가져온 짐과 반항한 상인들의 시신은 소각되었다.

◆

"비켜…! 길을 비켜라…!"

성문 안으로 침입한 네데르국 성기사단을 공격하기 위해 제국 육군의 성기사단과 황제 직속 근위사단이 달려왔다. 네데르국 성기사단을 향해 말 위에서 선제공격에 나섰다.

"'작열의 연소'."

붉은 불꽃이 네데르국 정예들을 덮쳤고, 주위는 불기둥과 열파에 휩싸였다. 신술의 불꽃은 공격 대상에 휘감겼다.

"'바람의 방벽'."

침입자는 그것을 바람의 신기로 없애고 반격에 나섰다. 둘 다 한 발자국도 물러서지 않는 사투가 벌어졌다. 제국 기사단도 도시가 입을 피해를 고려하지 않고 노도와 같은 대신기를 연속해서 날렸다.

제국의 체면을 걸고 반드시 네데르국 성기사들을 없애야 한다.

하지만 사방을 제국군에게 포위당해 궁지에 몰려 죽음을 각오한

네데르국 성기사들은 마지막 저항을 시도했다. 그리고,

 "분노의 폭풍'."

 네데르국 성기사들은 날다람쥐 우리를 완전히 개방했고, 그 사체를 향해 바람 속성 성기사 전원이 바람의 대신기를 날렸다. 사체가 하늘 높이 날아올랐다.

 제도 시민들 사이에 페스트균이 담긴 폭풍이 휘몰아쳤다. 폭풍은 가옥의 문과 창을 부수고 집 안으로 쳐들어갔다. 쓰러진 상가가 파편을 날렸다.

 네데르국 기사단은 폭풍을 더욱 확대시켜 제도 안에 페스트균을 뿌리려 했다.

 "정화의 바람'."

 "대지의 불제'."

 뒤늦게 쫓아온 산 플루브 제도 교구의 성기사단이 신관장 살로몬의 호령에 맞춰 바람 속성, 흙 속성의 정화 신술로 반격에 나섰다. 신력이 실린 바람은 윙윙거리며 회오리바람을 일으켰다. 제도의 골목은 주위 수십 미터에 걸쳐 역병이 접근할 수 없는 정화 구역이 되었다.

 "너희들은 이제 신의 술법을 쓸 수 없다. 신맥을 박탈하겠다!"

 살로몬이 단호한 목소리로 단죄했다. 신전이 가진 특권으로 신술사의 신맥 개폐를 관장하는 권한이 있다. 그것은 교구 신관장에게만 주어지는 비밀 의식으로, 상대의 이름을 모르면 신맥을 닫을 수 없지만, 간이 방법으로 일시적으로 신술을 쓸 수 없게 할 수는 있다. 신맥이 닫힌 신술사는 일개 평민으로 전락한다.

 "우아!"

살로몬 수하의 무장 신관들은 진형을 짜 성기사들을 포위했다.

살로몬은 신맥을 절단하기 위해 긴 영창을 외웠다. 그를 시작으로 네데르국 성기사들은 신관장에게 일제 공격을 퍼부었다. 신전의 정예 부대와 제국 기사단이 신관장의 영창을 원호했다.

"'화염의 감옥'."

제국 근위 사단의 상위 화염 신술사들이 대신기를 발동시켜 네데르국 성기사들을 화염의 벽으로 에워쌌다.

"'성스러운 샘의 물방울'."

살로몬의 비밀 의식이 완성되었다. 지팡이에서 나온 빛의 고리가 침입자들을 덮치더니 그들의 몸속으로 흡수되었다. 무수한 얼음 화살이 그곳에 추가 공격을 하듯 쏟아졌다.

신술을 잃은 네데르국 성기사는 방어도 하지 못한 채 그대로 얼음 화살을 몸으로 맞았다. 흑사병 증상이 가장 심각하게 진행된 성기사 한 명이 그대로 바닥에 쓰러져 숨을 거뒀다.

화염 벽을 만들었던 불길이 시체를 삼키더니 뼈도 남기지 않고 태워버렸다.

◆

"폐하! 제6검역소가 뚫려 네데르국 성기사가 공격해오고 있다고 합니다."

"병력은?"

여제는 조용히 물었다. 적이 공격해왔단 말을 여제는 왠지 즐기는 것처럼 보였다.

"다섯 명입니다."

성기사는 한 명이 평민 병사 백 명의 힘에 해당한다. 하지만 여제는 다섯 명이라는 말을 듣고 낙담했다.

"경종을 울려 소란을 피울 일도 아니군."

하지만 경종은 무척 오랫동안 울리고 있었다. 그 소리에 속이 탄 그녀는,

"어디, 짐이 직접 혼쭐을 내주러 가볼까."

유쾌하게 웃더니 옥좌에서 일어서려 했다.

"폐, 폐하, 그건…."

"죽이지는 않을 거다. 반만 죽일게."

대륙 최강의 화염술사인 엘리자베스가 나서면 순식간에 정리될 거다. 그 점을 측근과 신하들도 의심하진 않았다. 여제는 적이 공격했다는 말을 들으면 무서워하기는커녕 어떻게 화려하게 토벌해줄까 근질거려 하는 성격이었다. 하지만,

"기다려주십시오, 폐하."

브루노가 여제를 말렸다.

"황제 폐하께서 전선에 나서시는 건 위험합니다."

"그런 걱정을 하다니, 짐도 많이 얕보이는가 보군."

여제는 브루노의 말에 오히려 투지가 불탄 것 같았다. 그녀의 주위에 신기가 감돌고, 신력 층으로 인해 신기루가 피어올랐다.

"마세일의 흑사병이 제도로 들어왔습니다."

"뭐야?! 제도에?!"

흑사병은 사망률이 매우 높아 역병의 왕이란 지위를 갖고 있었다. 얼마나 큰 피해가 생길지 우려하는 여제의 얼굴이 하얗게 질렸

다. 최강의 여제도 병원체에는 저항할 길이 없다. 그녀는 실제로 백사병 때문에 죽을 뻔하기도 했었다.

"네데르국의 속셈은 알 수 없습니다. 궁정에서 자리를 지켜주십시오."

국무경도 브루노의 의견에 동의했다. 그리고 브루노는 약상자를 열었다.

"폐하께서는 흑사병 특효약을 예방 복용하셔야 합니다."

황제가 흑사병에 감염되면 국가의 존립이 불가능하다. 충동적인 행동은 삼가야 했다.

브루노는 신하들에게 팔마가 맡긴 약을 처방해주었다. 브루노와 팔마를 신뢰하는 그들은 망설이지 않고 약을 받아서 먹었다.

"그나저나 어째서 네데르가 제도를 공격한 거지?"

여제는 약을 삼키더니 짜증이 난다는 듯 부채를 접었다 폈다. 영토가 맞닿아 있는 제국의 이웃 나라인 네데르는 산 플루브 제국의 종속국이 된 지 오래다. 그리고 제국과는 보호국으로서 동맹 관계를 맺고 있다. 적대 국가가 아니었다.

선왕이 얼마 전에 붕어해 네데르국은 네 살의 어린 임금을 모시고 있었다. 어린 왕 아래에서 섭정을 맡은 보좌진의 반란, 음모, 권력다툼이 일어나 그 결과 제국에 모반을 일으키게 된 거라 하더라도 고작 다섯 명의 병사로 기습을 꾀할 리가 없을 텐데, 여제는 그렇게 판단했다.

"주모자가 누구지?"

"그자는 흑사병의 성질을 잘 이해하고 있습니다…. 그러니 교양이 없는 자는 일단 입안 자체가 불가능하지요. 연금술사나 의사, 약사가 아니면 학자일 겁니다."

"짐작 가는 자가 있나?"

"네… 아마 그렇다면."

브루노는 과거의 기억을 끄집어냈다.

네데르국은 3년 전에 우수한 평민 약사를 맞이했다고 들었다. 약사의 이름은 모르지만 소문으로 들은 약사의 특징, 시행한 치료법이 어떤 불길한 인물과 똑같았다.

그것은 노바르트 의약대에서 천재라 불리며 브루노와 마찬가지로 수많은 치료법을 확립해 명성을 떨쳤던 약사. 하지만 인간성과 도덕관념이 현저히 결여되어 수없이 잔인한 인체 실험을 반복하던 인물.

그는 추방되기 전에 네데르국의 한 대귀족에게서 자금 원조를 받아 효율적으로 많은 사람을 죽일 수 있는 독극물을 연구하고 있었다. 그리고 그가 개발한 독극물은 수많은 국가 원수의 암살에 사용되었다고 했다.

연구를 위해서라면 그는 어떤 짓이든 했다. 대량의 포로를 실험에 쓰기도 했다.

"사악함 때문에 신전에 의해 신맥이 폐쇄되어 평민으로 영락한 한 학자를…."

브루노는 과거에 그의 죄를 폭로하고 추방시킨 사람이었다.

"네데르국의 선왕이 붕어하신 것도 무슨 관련이 있을지도 모르겠습니다."

강력한 독극물을 연구하던 그가 사람들에게 감염, 확대되는 독, 즉 역병을 퍼트려 국가를 멸망케 하는 것까지 계획했다 해도 전혀 이상할 일은 아니었다.

세균으로 인해 감염증이 생긴다는 것. 동물에서 동물, 사람에서 사람으로 감염된다는 것, 그것이 병원체가 된다는 것, 그런 병원체를 어떻게 취급해야 하는지. 그것들을 그는 부분적으로나마 팔마보다 먼저 알고 있었을지도 모른다.

팔마가 사람들의 희망을 위해 이 세계에 가져온 현미경이 그의 가설에 확증을 줬을 것이다. 그는 봤을까, 빈사의 환자나 죽은 자의 체액 안에서 꿈틀거리는 세균을. 그것을 흉악하게 웃으며 냉혹하게 관찰했을까.

『메디시스, 아직도 아름다운 이 세계의 진리를 모르겠어?』

신맥이 닫히고 다시는 신술을 쓸 수 없도록 낙인이 찍혀 평민으로 추방된 그날, 그가 한 말을 브루노는 아직도 잊지 못하고 있었다.

『아무리 치료해도 사람은 죽어. 하지만 아무리 죽어도 인간은 재생한다고.』

사악한 약사의 이름은 카뮈였다. 선의로 알린 팔마의 지식, 브루노가 날린 서간이 국경을 넘어 악의로 물들어서 돌아오게 된 거라면…

『세상은 그렇게 쉽게 멸망하지 않는다고.』

브루노는 카뮈에게 악령이 씌었다고 생각했다.

"…그 남자만은 죽였어야 했습니다."

브루노는 그를 철저하게 없애지 못한 것을 후회했다.

"네데르국과 그 국민은 지금 어떻게 됐을 것 같나."

여제는 지극히 단순한 의문을 브루노에게 던졌다.

"괴멸 상황이지 않을까요."

브루노는 대답했다. 네데르국도 기습, 그리고 쿠데타의 한가운데에 있지 않을까. 카뮈는 사람을 죽이는 걸 조금도 어려워하지 않는다. 그리고 죽는 자가 늘어나는 걸 즐긴다.

"잘 알았다."

여제는 이번에야말로 정말 자리에서 일어났다. 짧은 말, 그 음색에서조차 제왕의 권위가 느껴졌다.

"네데르국에 원정을 떠난다. 척후를 보내라. 그 사이에…."

제도를 어떻게든 해야 한다고 말하고서 노아를 불러 진홍색 제장을 들고 옥좌에서 내려왔다.

◆

"세드릭 씨, 어쩌죠, 이런 종소리는 처음 들어요…."

로테는 마스크를 이중으로 쓰고 개선문에 있는 제1검역소에서 다른 약사들과 함께 불길이 올라오는 방향을 지켜보고 있었다.

"이 종소리는… 적이 공격을 해왔군. 인원은 잠깐만… 아, 많지 않아. 열 명 남짓이다."

세드릭은 종소리를 듣고 적의 규모, 공격해오는 병력, 시가지의 파괴 상황 등도 대략적으로 파악할 수 있었다.

"그런데 신술사야. 잘 훈련된 자들이다."

그는 이를 악물었다. 늙지만 않았어도 달려가 지원할 수 있었을 텐데. 솔직히 말해 세드릭은 가봤자 별 도움이 안 된다. 역량의 차는 잘 알고 있었다.

"혹시 저기에서 약을 필요로 하지는 않을까요? 다친 사람은 없을까요?"

시가지에서 발생한 신술을 이용한 요란한 전투에 평민들의 구획은 큰 피해를 입고 있었다. 목조 가옥 지붕이 날아가고 무너지고 화재가 사방에서 일어났다. 불을 끄기 위해 물 속성 신술사가 파견되었다. 평민과 상인들의 비명과 고함 소리도 바람을 타고 들려오는 것 같았다.

"제6문 근처에는 이세계 약국이 있어요. 팔마 님의 위험한 약품이 많이 있어요. 폭발하는 것도 있고. 그게 무너지면…."

로테는 가만히 있을 수가 없었다. 이세계 약국이 불타는 건 아닌지 보러 가고 싶다고 필사적으로 세드릭에게 호소했다.

"안 돼. 신술사들이 전투를 벌이는 와중에는 아무도 가까이 가선 안 돼. 방해만 될 뿐이야."

평민들은 방해밖에 되지 않고, 기껏해야 적에게 인질로 잡히거나 방패막이로 이용될 뿐이다.

"하지만! 팔마 님이 돌아오셨을 때 약국이 불타버렸다면 슬퍼하실 거예요."

로테의 눈에 눈물이 가득 고였다.

"팔마 님은 너에게 무슨 일이 생기면 그걸 더 슬퍼하실 게다."

로테는 반박할 수 없었다. 그리고 분하다는 듯이 불똥이 날리는 하늘을 올려다보았다. 같은 하늘 아래에서 팔마와 엘렌은 사람들을 구하기 위해 싸우고 있다.

"어? 저건!"

로테는 하늘을 가리켰다. 저 멀리 하늘에서 비행 물체가 빠르게 날아와 제도 상공에서 급정지했다.

"저게 뭐지… 사람? 새?"

그것은 순식간에 사라져서 건물 뒤로 숨어버린 탓에 로테의 눈으로는 확인을 하지 못했다.

◆

팔마는 제도 상공으로 돌아와 제도에서 가장 높은 수호신전 첨탑에 내려섰다.

귀가 찢어질 듯한 음량으로 제도 안에 경종이 울리고 있었다. 두통이 일 것 같았다.

'설마… 벌써?!'

정신력을 극한까지 쥐어짜 전속력으로 돌아왔다. 그런데도,

'벌써 돌파당한 거야?! 페스트균이 제도에 들어온 건가?!'

제도의 제6문 부근이 소란스러웠다. 에스타크 마을에서 제도까지 오는 주요 가도가 있는 곳으로 이세계 약국이 있는 방향이었다.

제도 상공에서 전체를 진안으로 살펴보았다. 그러자 파랗게 빛나는 발광체 덩어리가 제6문 부근에 집중되어 있었다. 제법 빠른 속도로 불규칙하게 이동하는 작고 강한 발광체였다.

팔마는 첨탑을 박차고 약신장을 타고 날아올라 제6문으로 다가갔다. 근처로 가니 제도 지붕에서 지붕으로 빠르게 뛰어가는 물체가 창백하게 빛나는 것을 볼 수 있었다.

"다람쥐가 아냐. 날다람쥐다…!"

팔마는 충격을 받았다. 설치류다. 날다람쥐는 하늘을 날 수 있는

만큼 더 안 좋았다.

'네데르국은 페스트균이 설치류에 기생하는 벼룩을 매개로 해서 감염된다는 사실을 알고 있는 걸까?'

운반되어 온 날다람쥐는 흑사병에 걸려 일부는 우리 안에서 죽은 상태였다. 현재 진행형으로 공기 감염도 일어나고 있다. 아마 현재의 감염 경로는 공기 감염이 중심일 것이다.

공기 감염은 페스트의 가장 흉악한 감염 경로로, 치사율 백 퍼센트인 폐 페스트를 일으킨다.

제도에 풀린 날다람쥐는 제도의 신술사들의 신술과 궁병대의 화살에 한 마리씩 처치되고 있었다. 시체는 마스크와 장갑을 낀 처리부대가 한곳에 모아 소각하고 있었다.

하지만.

군데군데, 드문드문.

파란색 빛은 제도 사람들에게 쏟아져 내려와 확대되고 있었다.

감염된 사람들에 달라붙은 빛은 마치 바다 반딧불이 같았다. 언뜻 본 것만 해도 잠재적인 감염자는 수천 명에 달한다. 감염이 될 때까지 시간은 걸리겠지만, 진안으로 예지할 수 있었다.

발병하면 반드시 죽게 되는 병.

이대로 수수방관하다간 흑사병은 순식간에 온 대륙을 뒤덮게 된다.

수백만 명이 죽게 될 것이다. 과거 중세의 지구에서 그러했듯이.

하지만… 하지만! 그 빛은 분명히.

"아직 파래!"

팔마는 소리쳤다.

파란색 빛은 팔마가 치유할 수 있는 역병이다. 불가능한 경우에는 빛이 빨개진다.

마치 이 병을 치료하라고 하늘이 팔마에게 내린 시련처럼 여겨졌다.

"치료해내겠어! 내 힘이 닿는 한!"

'내가 새롭게 태어나 기이한 능력을 갖게 된 건 싸울 수단을 갖지 못한 사람들을 구하기 위해서다. 지금 쓰지 않으면 언제 써먹겠어!'

신력을 다 써버려 목숨을 잃게 된다 하더라도 수많은 사람을 구하다 죽을 수만 있다면 두 번째 죽음을 받아들일 가치는 있었다.

팔마는 그런 생각을 품고서 피부에 소름이 돋는 걸 느끼며 지팡이를 쥐고 역대 최대급의 신력을 쥐어짜 단숨에 휘둘러 제도 전체에 성역을 확산시켰다.

"역멸성역!"

신기는 지평선 끝까지 도달했다. 기의 영역 안에서 최악의 공기 감염은 면할 수 있을 것이다. 서서히 잠식해오던 파란색 빛의 기세는 약해져 더 이상 늘어나지 않게 되었다. 하지만 한 번 감염된 인간의 빛은 사라지지 않는다.

"알아, 안다고."

제염(除染), 그다음은 감염원, 감염자의 치료다. 도시 전체를 제염해야 한다.

가장 먼저 떠오른 것은 소독약의 공중 살포다. 사람이 없을 때에는 그래도 된다. 하지만 밑에는 사람이 있고 인체에 해가 될 수 있었다. 그리고 공기 중에 확산시키는 건 여러모로 효율성도 떨어진다.

"그래!"

무엇보다도 강력한 소독 효과를 발휘하는 게 있다. 신술을 이용한 생성수다.

신술사가 신술로 생성한 물도 잘 안 썩지만 팔마가 생성한 물은 절대로 썩지 않는다. 균이 번식하기는커녕 사멸한다. 약국에 정수기를 설치했을 때 세균 테스트를 하다 알게 된 사실이다. 유익한 장내 세균도 죽여 손님이 설사를 하진 않을까 걱정했는데, 설사를 하는 사람은 없었다. 유익한 균에는 살균 작용을 하지 않는 건지도 모르겠다.

"약신장으로 생성한 물이라면⋯."

팔마는 약신장을 하늘로 치켜들었다. 다른 세계에서 힘을 불러오듯이 대량으로 물을 생성해 안개 상태로 대기에 퍼트렸다. 고도에서 냉각된 수증기 덩어리는 물방울을 형성해 급격하게 한데 뭉쳐 빗방울로, 나아가 호우가 되어 지상으로 쏟아져 내렸다.

"없어져라, 페스트균아!"

살아 있는 것도, 죽어가는 것도, 아이도 어른도, 인간도 동물도 식물도, 모두 팔마의 신력이 실린 신술의 비에 젖어들었다.

사람들이 허공으로 고개를 들어 자신을 쳐다보고 있었다.

그들의 눈엔 하얀 인간 형태의 발광체가 제도 상공을 비추는 것처럼 보일 것이다.

팔마가 날린 신기는 야외에서는 자애로운 비가 되어 순식간에 민가를 훑는 불길을 잠재웠고, 실내에서는 안개가 되어 물방울 내부에 페스트균을 가둬 살균해 제도의 공기를 정화시켰다.

"남은 건⋯."

팔마는 제6문 방향을 단호히 노려보았다.

"감염원을 근절하는 거다."

 10화 그가 고치지 못한 것

산 플루브 제국 제도, 그 한 모퉁이.

제도의 수많은 기사단, 무장 신관들이 흑사병을 제도에 가져온 네데르국 성기사단을 포위하고 있었다.

제도 상공에서 내려온 팔마는 그 현장을 굽어볼 수 있는 낮은 점포 옥상에 내려서서 보호복 후드를 깊이 눌러 썼다. 네데르국의 성기사들을 진안으로 살펴보자, 전원이 빨간색. 그들은 폐 페스트에 걸린데다 얼음 화살을 맞아 중상의 몸이었다. 이제는 손쓸 수 없는 상태다. 출혈이 시작되어 피 웅덩이가 돌바닥을 검붉게 물들이고 있었다. 그들은 죽음을 앞두고 있었다.

"네데르국은 제국의 이웃이다. 흑사병을 제도에 가져오면 네데르국도 멸망해!"

제국군 소장이 성기사를 질책했다.

"흑사병… 인… 가?"

격렬하게 피를 토하며 그들 중 한 명이 눈을 휘둥그레 떴다.

네데르국 성기사들은 놀란 것 같았다. 흑사병이 어떻게 감염되는지도 모르는 듯 보였다. 이제 제도에서는 위병들까지 공중위생 지도가 이뤄져 감염 예방 지식을 갖고 있다. 하지만 네데르국 성기사들은 그에 대한 지식이 없었다.

"우린 그 남자가 시킨 대로 따랐을 뿐이야. 목적은 모른다…."

분하다는 표정을 지은 채 성기사 한 명이 쓰러졌다.

"바보 같은 짓을 하다니!"

무장 신관이 이를 악물며 내뱉었다.

"우리 임무는 끝났다….."

성기사 두 사람은 피를 토하면서도 더듬더듬 말을 이어나갔다.

작전은 모두 국민을 인질로 잡은 한 인물이 계획한 거라고 했다.

그 인물은 천 명의 인간을 한 달 안에 없애는 역병을 부리는 힘이 있다. 오직 그 힘을 과시하기 위해 식민지인 판테섬을 없앴다고 했다.

"네데르 국민의 대학살을 피하려면 동물과 그 사체를 제도에 퍼트리고 바람을 이용해 소동을 일으키라고….."

그것이 무엇을 의미하는지 성기사는 두 사람 다 이해하지 못했다. 제도를 조금만 오염시켜 네데르 국민을 모두 구할 수 있다면 시키는 대로 따르겠다고 생각했을 거다.

이미 왕과 왕족은 독살당했고 정부는 그 기능을 상실했으니, 냉정한 판단을 내릴 수 있는 사람은 없었다.

"우리는 시키는 대로 짐을 운반했다. 그러는 사이에 운반인들은 죽어갔어….."

그래서 성기사들은 작전을 수행하기 위해 초조해졌다. 신력이 있는 귀족은 평민보다 튼튼하다. 그런데도 흑사병은 그들을 좀먹어 들어갔다. 온몸에 얼음 화살이 박혀 빈사 상태가 된 성기사들은 가쁜 숨을 몰아쉬며 분하다는 듯이 토로했다. 네데르국에는 아직 흑사병이 퍼지지 않았다. 하지만 시키는 대로 따르지 않으면 네데르 국민의 운명은 끝이다. 어쩔 수 없었다고 했다.

"왜 그 남자를 죽이지 않은 거지! 이 정도 실력을 가진 자가 왜 시키는 대로 따른 거냐!"

근위사단 사단장이 힐문했다.

"죽일 수 없어… 죽일 수 없다고… 그 녀석에겐, 그자에겐 악령이 씌었다…."

인간은 죽일 수 없다고 성기사는 체념하듯 말했다.

몇 번을 죽이려고 했다고 그들은 말했다.

"죽이려고 하면 이미 죽어버려…."

"이럴 수가, 네데르의 수호신전은 악령을 없애지 못한 거냐!"

신관장 살로몬이 초조하게 물었다. 무엇보다도 네데르국의 참상은 대신전에 보고된 바가 없었다. 구원 요청도 없었다.

"네데르에선 도대체 무슨 일이 일어나고 있는 거지!"

"신전은… 두 달 전에 봉쇄되었다. 신관들도 모두 살해당했어."

살로몬도 모르는 정보였다. 어떻게 신전의 정보망을 차단한 건가 의심하는데,

"네데르국의 신관 몇 명을 조종해 대신전에는 아무 일도 없는 것처럼 가장했으니까."

"악령이 그런 짓까지 하다니…."

"그거 참 성가신 악령에게 홀렸군…."

"신전도 무서워하지 않는, 국가를 홀린 대악령을 떼어내려면 웬만한 힘으로는 안 되겠어."

신관들도 경계심을 높였다. 그런 자가 제도를 공격한다면.

"그 남자의 이름은 뭐지."

위압적인 목소리였다.

브루노였다. 현장을 직접 확인하기 위해 말을 타고 달려온 것이다. 성기사는 고통스러워하며 더듬더듬 대답했다.

"이름은… 모른… 다."

브루노는 성기사가 쓰러지기 전에 그의 특징을 열거했다.

"카뮈 드 사드. 파란색 머리, 왼쪽 뺨에 큰 화상 자국이 있고 외눈에 교활하고 사악한 남자다."

성기사는 놀라 눈을 휘둥그레 떴다. 정답이었다.

"그래…. 그래. 그 악령이 시키는 대로 했어. 이제 네데르국은 살수 있다…."

숨이 붙었던 마지막 성기사 두 명은 유언처럼 그 말을 남기고서 만족스러운 표정을 지으며 눈을 감았다. 브루노는 수하의 불 속성 신술사를 불러 시체 처리 방법을 지시했다.

"소각해라. 세균을 주위에 날리지 못하게 완전히 소각해."

그들의 시신은 즉시 그 자리에서 철저하게 소각되었다.

적의 공격에 대한 우려가 사라져 제도 안을 요란하게 울려대던 경종은 파도가 물러가듯 뚝 그쳤다.

하지만 네데르국의 성기사들을 태우는 불길을 보며 생각에 잠겼던 브루노가 중대한 사실을 깨닫고 조용히 중얼거렸다.

"이런! 그 남자는 이성을 잃었다. 사람을 절대로 믿지 않아. 네데르국 성기사가 일을 제대로 처리했는지 직접 눈으로 확인하려 들거다. 그 녀석에게 병에 걸려 죽어가는 인간은 아름답게 보이니까. 쇠약과 절망과 죽음, 그리고 병을 견뎌낸 소수의 인간이 시작하는 재생. 카뮈는 거기에서 미를 찾아냈었지…."

브루노는 몸을 떨었다.

"녀석은 근처에서 사람들에게 역병이 만연해 죽어가는 모습을 보며 즐기려 들 거다… 이 쓰레기 같은 녀석!"

브루노는 지팡이를 움켜쥐고 분노를 터트렸다. 창백한 신력이 뿜어 나왔다.

"경종을 멈추지 마라!! 계속해서 울려!"

브루노는 소리쳤다.

"카뮈는 제도 안에 있다! 발견하는 즉시 없애야 한다! 목숨을 바쳐서라도 없애라!"

'그랬구나….'

현장 근처 점포 옥상에서 사태가 흘러가는 것을 지켜보던 팔마는 그제야 상황을 파악했다. 악령이 뭔지는 아직도 이해가 되지 않았지만, 상당히 흉악한 인물이 네데르국의 주요부에서 공포 정치를 펼치고 있는 것으로 보였다. 그리고 그 악령이 산 플루브 제국에 들어와 있을 가능성도 있다고 했다. 나중에 브루노에게서 자세한 이야기를 듣기로 하자고 팔마는 마음에 새겨두었다.

네데르국에도 여러 대책이 필요할까.

'난 일단 제도의 페스트를 막아야 한다. 지금 이대로는 약이 부족해.'

구조를 위한 우선순위를 세워야 한다. 오직 팔마만이 특효약인 스파르플록사신을 만들 수 있다.

'일단 전체 감염자수를 파악하고 부족분을 생산해야 해.'

팔마는 약신장에 신력을 실은 뒤 사람들 눈에 띄지 않도록 조용히 날아올랐다.

◆

제1검역소에 있던 사람들은 감시병이 개선문 위에서 시내의 상황을 전하는 소리에 귀를 기울이며 상황을 지켜보고 있었다. 요란하게 울리던 경종은 점점 진정이 되다 늘어지더니 결국 멈췄다.

"경종이 그쳤어요! 약국으로 돌아가보지 않을래요?"

로테가 세드릭에게 말했다. 혼자서는 불안한가 보다.

"그래. 제도 위병들이 적을 쓰러뜨렸나 보네. 일단 위기는 사라졌나 보다."

제1검역소에서 바쁘게 오가던 제국의 위병들과 엇갈리며 로테와 세드릭은 이세계 약국으로 발길을 재촉했다. 제도 안은 신술 전투로 물건이 쓰러지거나 바닥이 파여 군데군데 황폐해져 있었고, 각 점포와 가옥에서 고개를 내미는 제도민의 얼굴에는 혼란이 가득했다.

가까스로 제6문 근처에 도착하자, 제도 골목 모퉁이에 있는 커다란 문이 달린 이세계 약국은 전과 같은 모습으로 자리를 지키고 있었다.

"다행이다, 안 탔네! 다행이야!!"

로테는 너무 기뻐 폴짝폴짝 뛰었다. 그런 그녀에게 찬물을 끼얹듯이 다시 경종이 울리기 시작했다.

"어?! 다시 경종이!"

"이상하네, 또 적인가? 경종이 그칠 때까지 약국에 들어가 있자.

약국이면 안전할 거야."

약국의 화분과 입간판은 바람에 날아갔지만 로테는 약국 외간을 구석구석 살펴보다 부자연스러운 점을 눈치챘다.

"어, 동쪽 창문이 모두 열려 있네⋯."

"바람술사의 폭풍에 열렸겠지. 회오리바람이 약했나, 일단 닫아주자."

세드릭도 그것을 올려다보았다.

"나 분명히 다 잠갔는데⋯. 닫고 올게요. 뭐라도 들어오면 안 되니까."

약국 안으로 들어서자 활짝 열린 창으로 바람이 들어와 서류를 날리고 있었다. 그 창들을 세드릭과 로테는 하나씩 닫고 흩어진 물건들을 정리했다.

로테가 3층으로 올라가는데 4층에서 무슨 소리가 났다.

"아, 팔마 님이 돌아오셨나 봐요!"

2층에 있는 세드릭에게 로테가 말했다.

"그거 이상한데. 문도 다 닫혀 있었잖아. 동물이라도 들어온 거 아냐?"

로테는 세드릭이 말하는 도중에 4층 연구실로 이어지는 계단을 달려 올라갔다.

"기다려, 샤를로트! 내가 안전을 확인할게!"

불길한 예감을 느낀 세드릭은 로테를 쫓아갔다. 그는 무릎이 조금씩 좋아져 엘리베이터를 이용하지 않고 계단을 오를 수 있게 되었지만, 아무래도 젊은 로테를 쫓아가기는 버거웠다.

팔마를 보고 싶은 생각에 사로잡혀 허겁지겁 계단을 오르는 로테에겐 세드릭의 목소리는 들리지 않았다. 4층에 도착하니 연구실 문이 열려 있었다.

"팔마 님!"

로테는 환하게 웃으며 연구실 안으로 뛰어 들어갔다. 연구실 안에는 위험한 약품이 많이 있기 때문에 들어와선 안 된다고 했지만, 그 사실도 까맣게 잊어버렸다.

"어… 팔마 님?"

팔마는 없었다. 열린 창문으로 강풍이 불어 들어왔다. 연구실에 있는 것은 수많은 약품들, 그리고 유리 기구, 뭔가에 쓰는지 알 수 없는 실험 도구, 그리고 대량의 실험 노트였다.

"기분 탓인가. 하지만 여기도 닫아야지. 먼지가 연구실 안에 들어오면 소중한 약품이 망가지잖아."

로테는 몸을 뻗어 활짝 열린 창문을 닫으려고 했다.

하지만 그보다 먼저 뒤쪽 문이 닫히는 소리가 들렸다.

"응?"

그녀는 무방비하게 뒤를 돌아보았다.

"샤를로트! 기다려."

세드릭이 겨우 4층에 도착하자 로테가 연구실 바닥에 쓰러져 있었다.

"어, 어떻게 된 일이지!"

세드릭이 연구실 안으로 들어가 로테의 어깨를 잡는데 뒤에서 인기척이 느껴졌다.

그가 돌아보려는데 등에 강한 충격이 느껴졌다.

"윽?!"

뜨거운 일격이 세드릭의 등을 직격했다. 그대로 딱딱한 뭔가가 등을 세게 누른다.

침입자는 문 뒤에 숨어 있었다. 세드릭은 그걸 빼내려고 했지만 아파서 손을 움직일 수가 없었다. 그러는 사이에 손이 경련을 일으키기 시작했다.

◆

그 무렵, 팔마는 제도 상공에 머물러 있었다. 페스트에 감염된 환자의 전수 파악을 하기 위해서였다.

진안으로 시가지를 둘러보니 건물까지 관통해 환자가 내뿜는 파란색 빛을 볼 수 있었다. 감염이 됐는지 애매한 상태, 모두 잠복 기간이었다. 아직 증상을 보이는 자는 없었다. 페스트균은 조기에 투약하면 무서워지지 않아도 된다. 하루 내지 이틀, 잠복 기간 안에 사람들에게 약을 배포해 투여하고, 역멸성역으로 보호하고, 검역소가 계속 제 기능을 발휘한다면 제도의 흑사병은 한 달 안에 종식시킬 수 있다. 희생자도… 어쩌면 있을지 모르지만, 최소한으로 막을 수 있을 것이다. 팔마가 그렇게 대략적인 판단을 내렸을 때였다.

"발병하기 전에 끝내주겠어!"

희망적인 관측이었지만 이론상으로는 비관할 상황은 아니었다.

"응?"

갑자기 몸을 찢을 듯한 오한과 불안이 느껴져 팔마는 이세계 약국 방향으로 시선을 돌렸다.

그 순간, 4층에 크고 작은 두 개의 강렬한 파란색 빛, 그리고 거기에서 배어나오는 인간의 흐릿한 빛이 밝혀졌다.

"어째서 4층에?!"

당장 그 자리로 달려가려던 팔마는 말문을 잃었다.

4층에 시커먼 그림자가 서 있는 게 보였던 것이다.

이 세상의 그림자를 모조리 응축한, 눈만 마주쳐도 빨려 들어갈 것 같은 허무한 심연이었다.

'저게, 뭐야…! 검은 그림자다… 저게 팔레와 블랑슈, 신관들이 말한 악령인가…?'

팔마는 무서워졌다. 악령이 있다면 어떻게 물리쳐야 할지 아는 바가 없었다.

그것은 신관이 할 일이다. 하지만 약국 5층에서 꼼짝 않고 있는 환자의 불빛은 파란색에서 보라색으로, 그리고 점점 붉은색으로 변해가고 있었다. 몇 분만 늦어도 끝이다, 그런 위험한 징후였다.

"왜 저렇게 변화가 빠른 거야! 페스트는 아닌데. 대체 뭐지?! 독인가?!"

약국 4층 약품 창고에는 실험 합성 과정에 필요한 독극물이 잔뜩 보관되어 있다. 그래도 만에 하나의 사태와 도난 등을 고려해 즉효성 독은 비치해두지 않고 있다. 위험한 건 열쇠가 달린 튼튼한 약품 창고에 넣어두었다.

검은 그림자의 악령이 연구실에 있는 뭔가를 먹인 걸까.

말도 안 된다고 생각하면서도 팔마는 진안으로 진찰했다. 무턱대고 접근하는 건 어리석은 짓이다.

"'약물 중독'."

파란색 빛에 반응이 있었다. 역시 독물을 먹였나 보다.

"'시안화칼륨'."

즉효성인 걸 감안해 청산가리를 의심했지만 아니었다. 다시 시작이다.

"'무기화합물'."

아니다.

"'유기화합물'."

반응이 있었다.

"'알칼로이드'."

대분류를 점점 좁혀가다 보면 찾을 수는 있지만 독의 종류는 무궁무진하다. 적당히 해서 맞힐 수는 없다. 환부에 파란색 빛이 보이는 걸 봐선 독화살이나 상처를 통해 들어간 독으로 보였다.

그는 알칼로이드(천연 유래 유기 화합물)를 더욱 좁혀나갔다. 지레짐작이 아니라 그의 기억에 있는 즉효성 맹독들을 열거했다.

그것도 이 세계에서 입수하기 쉬운 것을 중심으로 몇 개를 시험한 끝에,

"'아코니틴'."

파란색 빛이 흐려졌다. 아코니틴은 투구꽃에 포함된 유독 성분이다. 브루노가 해독제로 환자에게 한정적으로 사용하던 맹독이지만, 팔마의 연구실에는 없었다.

그리고 이 독에 대한 해독 방법은 없다.

"제길!"

해독제는 만들 수 없다. 위 세척을 하기에도 이미 늦었을 거다. 대증 요법을 쓰면 너무 늦다.

"그렇다면…!"

오른손의 소거 능력을 사용했다.

"'아코니틴을 소거'!"

원격으로 맹독을 소거했다.

악령을 쓰러뜨린 뒤에 접근해 독을 치료하는 건 너무 늦다. 환자가 죽을 거다.

그러니까 원격으로 해독한 다음 악령에 맞서야 한다.

아코니틴 구조는 매우 복잡하지만, 다행히 창조 능력과 달리 소거 능력은 화학식이나 화합물의 통칭명을 외치기만 해도 쓸 수 있다. 하지만 약해지긴 해도 아직 파란색 빛은 사라지지 않고 있었다.

"다른 약이 있구나!"

여러 가지 독을 조합해 썼나 보다. 다음은 독화살에 쓰이는 독물을 중심으로 열거해 나갔다. 설마 싶은 심정으로 그중 하나를 말했다.

"'바트라코톡신'."

독화살개구리의 신경독이 맞았다. 이 독은 이 세계에서는 어느 의학서에도 나와 있지 않다.

이 세계에는 독화살개구리가 없으니까.

'어떻게 이런 게?! 이쪽 세계의 과학 수준으로는 생각해낼 수도 없고 만드는 것도 불가능한데….'

팔마는 오한을 느꼈다. 독과 약은 종이 한 장 차이다.

약의 지식을 악용하면 독살도 마음대로 할 수 있다.

검은 그림자는 이쪽 세계 인간의 지식을 초월한 악령일지도 모른다.

"'바트라코톡신을 소거!'"

해독은 끝났다. 인간 형체였던 파란색 빛은 사라지고 국소 부위에만 덩그러니 빛이 남았다. 두 사람은 작은 상처를 입긴 했어도 목숨은 구했다.

팔마는 각오를 하고서 악령을 향해 돌진했다.

활짝 열린 4층 창문으로 들어가자, 그곳에는 시커먼 후드와 로브로 온몸을 가린 장신의 침입자가 팔마에게 등을 돌린 채 서 있었다.

『불길한 기운이야. 짙은 빛의 기운이 느껴져.』

남자는 몸이 삐걱거리는 소리가 들릴 정도로 뻣뻣하게 몸을 돌리더니 입을 열었다. 축축하고 끈끈하게 귀에 달라붙는 목소리였다. 썩은 내가 연상되는 강렬한 냄새를 내뿜고 있었다.

『방해하러 온 거냐? 어리석기는. 인간은 모두 다 죽는데.』

남자는 기분 나쁜 질문을 던지더니 한 손으로 스르륵 후드를 벗었다.

남자의 왼쪽 얼굴은 해골이 보였고, 피부는 창백하게 썩어 있었다. 왼쪽 눈이 없는 파란색 머리의 사내였다.

그 모습을 보고 팔마는 생각이 났다.

"넌… 카뮈인가."

조금 전에 브루노가 범인으로 예상한 인물. 네데르국의 성기사들이 악령이라 단언했던 자.

『그래.』

그는 거의 골격만 남은 손가락으로 유쾌하게 팔마를 가리켰다.

인간이 아닌, 인간의 형태를 한 주검이었다.

"으… 으으."

신음 소리가 들렸다. 연구실 바닥에 쓰러진 건 세드릭과 로테였다. 세드릭은 로테를 감싼 채 쓰러져 있었다. 두 사람 모두 해독은 원격으로 처리했지만, 등에 작은 자상을 입은 상태였다. 하지만 치명상은 아니었다.

"어째서 이런 짓을…!"

팔마가 그들에게 시선을 돌린 사이, 카뮈는 뚜껑을 연 독병을 집어 들었다.

『이 방은 멋지군. 미지의 독물이 이렇게 많이 있다니…… 이건 뭐지? 흥미로운데.』

약병 안에는 액체와 그 결정이 가득 들어 있었다. 팔마가 합성을 위해 마련한 백린 가루, 이것은 팔마가 물질 창조를 해 약품 창고에 안전하게 보관해둔 것이었다. 백린은 공기에 닿으면 자연 발화하기 때문에 지금은 약병에 넣어 물에 담가둔 상태였다.

『제도에서의 죽을병이 확산되는 실험이 어떻게 되는지 보러 온 김에 이 독으로 피부가 어떻게 되는지 '실험'해볼까?』

그 백린이 담긴 약병을 로테의 얼굴 위로 가져갔다. 그 병을 기울이면 로테의 얼굴은 백린에 타들어갈 것이고, 그 불길은 끌 수 없다. 백린의 화상은 깊고 치료하기 어렵다. 중증 화학 화상을 입는다.

어떻게 유독한지 카뮈는 당장에라도 실험하고 싶어하는 듯했다. 로테가 살아 있는 동안에 생채 반응을 보고 싶은 거다.

팔마는 용서가 되지 않았다. 카뮈의 손이 움직이기 전에 팔마는 백린을 향해 손을 뻗었다.

"'백린 소거'."

결정은 사라졌다. 이제 약병에 담긴 건 물뿐, 유독한 것은 없었다.

"내 시약으로 사람에게 상처를 주지 마! 그런 건… '실험'이라고 하지 않아."

맹독성 약품을 이용해 그 효과를 확인하고자 하는 목적만으로 사람에게 시험한다. 그것은 끔찍한 가학이자 과학과 약학에 대한 모독이었다.

"안 돼. 너만은….."

조용한 분노를 억누르고 있는 팔마의 목소리가 떨렸다. 그 분노를 극한으로 압축해 팔마는 카뮈에게 말했다.

"너만은 치료할 수 없어!!"

『그렇다면 어떠… 으윽?!』

팔마는 주먹을 쥐고 바람처럼 접근했다. 카뮈가 맹독을 바른 칼을 휘두르기에 앞서, 머리보다 먼저 오른쪽 주먹이 카뮈의 안면을 가격했다.

온 힘을 실어 이 사악한 존재를 없애야 한다고 느꼈다.

신력을 압축한 주먹을 맞은 악령은 안면을 잃었다.

악령에게 오른손의 소거 능력이 자동적으로 작동했다.

카뮈는 엄청난 기세로 4층 연구실 반대편 창을 뚫고 파편과 함께 약국 밖으로 날아갔다.

약신장을 타고 올라 그 속도에 몸을 맡긴 채 공중에서 다시 한번 팔마는 주먹을 휘둘렀다.

주먹에 맞은 순간부터 카뮈의 몸은 충격으로 파괴되고 기이하게 변형하기 시작했다.

팔마의 오른팔이 맥박 치고 근질거렸다. 몸을 부순다.

몸은 붉게 달아올랐고, 그 주먹을 다시 날렸다.

카뮈는 두들겨 맞았다. 썩은 살 조각이 허무하게 흩날리고 재가 되었다. 하얀 정화의 빛에 휩싸여 사라진다. 자신의 의사로 그렇게 만드는 건지, 그 안에 깃든 신력이 악령의 소멸을 바라는 건지, 팔마는 이제 뭐가 뭔지 구분이 가지 않았다.

"사라져라!"

팔마는 하늘 높이에서 충격파를 약신장에 실어 휘둘렀고, 공중에서 단숨에 그 힘을 관통시켰다.

악령에게 일체의 저항도 반격할 여지도, 틈도 주지 않고 그 존재의 본질을 관통해 내부에서부터 철저하게 파멸시킨다. 수직낙하로 내리꽂아 바닥에 고정한다.

『으아… 히익….』

팔마의 신력에 굴복해 바닥은 출렁였고, 마침내 압력을 견디지 못하고 거대한 크레이터가 만들어졌다. 카뮈를 관통한 약신장은 날카롭게 빛나며 무지개색으로 빛나는 초고온의 불길로 카뮈의 몸을 완전히 휘감았다.

바닥 암반마저 새빨갛게 달아올랐다.

『…이게, 죽음인가… 아아, 죽음… 이걸, 고대했어….』

카뮈는 불길에 휩싸이며 마지막 말을 남겼다.

카뮈에게 서렸던 그림자는 약신장에 꿰뚫려 잠시 꿈틀대더니 곧 흐릿해져 사라졌다.

검은 덩어리를 잃자 사내의 몸은 재가 되어 허무히 무너졌고, 바람에 흩어졌다.

"바보… 녀석."

카뮈를 처치한 뒤, 팔마는 가슴이 찢어질 것 같은 허무함을 느꼈다.

카뮈의 두뇌와 재능은 이쪽 세계의 기준을 초월한 것이었다. 그지식, 견문, 발견을 제대로 사용했다면 얼마나 많은 사람들의 병을고칠 수 있었을까. 후세에 이름을 남기는 우수한 약사가 될 수 있었을 것이다.

하지만 그는 그렇게 하지 않았다.

그는 너무나 사악했다.

햇살이 구름 사이로 비치고, 하늘이 맑게 개기 시작했다. 부드럽고 따뜻한 바람이 산 플루브 제도를 치유하듯 하늘에서부터 불어왔다.

"팔마 님…."

등을 찔린 고통을 참아가며 로테가 약국 계단을 내려왔다. 한 발자국씩, 그 걸음을 확인하듯 천천히 팔마에게 다가왔다. 뚝, 뚝, 핏자국이 그녀의 뒤를 따랐다.

팔마는 고개를 숙이고 있었다.

로테는 두 눈 가득 눈물을 담고서 그를 올려다보더니 와락 끌어안았다.

"잘 돌아오셨어요."

지금은 다른 말은 필요 없었다. 로테의 체온과 숨소리를, 그리고그녀의 눈물을 느꼈을 때, 팔마의 마음은 다시 인간으로 되돌아온것만 같았다.

11화 흑사병 종식

카뮈를 없앤 뒤 이세계 약국 앞 제도 대로에는 커다란 크레이터
가 덩그러니 남았다. 사람들이 모여 멀리서 살펴보았지만, 보호복
후드를 머리에 깊이 눌러쓴 팔마에게 말을 거는 사람은 없었다.

"비켜라, 위험해!"

"규제선 밖으로 나가!"

제도 교구의 신관들이 크레이터 주변에 규제선을 치고 구경꾼들
을 내쫓았다.

"고맙습니다, 약신님. 이 악령은 저희 손으로는 감당하지 못했을
겁니다."

제일 먼저 달려온 살로몬은 팔마에게 깊이 머리를 조아렸다. 팔
마는 다친 로테를 부축해 안고 있었다. 로테는 안심했는지 선 채로
잠들어버렸다.

"악령이 진짜로 있었네요…."

'신관들은 평소에 이런 걸 상대로 싸웠던 걸까….'

"믿어주시다니 다행입니다."

살로몬은 메마르게 웃었다.

"악령이 도대체 뭔가요?"

"갈 곳을 잃은 영혼의 말로라고 성전에는 적혀 있습니다. 그리고
그것은 사악한 마음을 가진 인간에게 달라붙지요."

"영혼…."

팔마는 카뮈를 죽여 '목숨'을 빼앗은 걸까. 아니, 카뮈는 이미 오

래전에 죽었을 것이다. 적어도 살아 있지는 않았다. 팔마는 그렇게 자신을 납득시켰다.

"모르셨군요."

악령의 상대는 일상다반사라며 살로몬은 맞장구를 쳤다.

"최근엔 약신님의 성역 덕분에 한가로웠지요. 거기에 기대서는 안 되는데 말입니다."

"몰랐어요. 본 적도 없었거든요."

팔마는 신관들의 일을 잘 이해하게 되었다.

"네, 그렇겠지요. 웬만한 악령은 약신님 곁에 오지도 못할 테니까요. 하지만 성역도 두려워하지 않는 큰 악령이었네요. 여기에 홀렸으면 제도는 멸망했을지도 모릅니다."

"네데르가 걱정이네요⋯."

"그러게나 말입니다⋯."

신관들은 성수를 뿌려 크레이터 안을 정화하며 팔마에게 감사를 전했다. 악령을 물리친 뒤에도 뒤처리가 필요할 거다.

"그나저나 이거 엄청난 위력인데요. 이게 당신의 진정한 힘입니까?"

크레이터를 들여다본 살로몬은 전율했다.

"이 구멍이요? 너무 심했죠. 죄송해요. 힘 조절이 안 돼서."

팔마가 머리를 숙이자 신관들은 당치도 않다며 손을 저었다.

신관은 사람에 빙의한 악령을 몰아내는 것밖에 못하고, 도망친 악령은 또 다른 인간의 안으로 들어간다. 그걸 완전히 소멸시키는 신력은 대단한 위력이다. 인간은 불가능하다고 칭송했다.

"이 악령은 다시는 부활하지 못할 겁니다."

바닥에 달라붙은 그림자를 보며 살로몬은 신음했다.

"약신장의 힘인지, 본인의 힘인지는 모르겠지만 이단 심문관으로 무모하게도 당신에게 맞선 건 자살 행위였습니다. 자비 덕분에 목숨을 부지했습니다."

지금 그 이야기는 하지 말자고 팔마는 한숨을 쉬었다.

"아, 이 아이는 다쳤거든요. 약국 2층으로 데려다줄래요? 4층에도 쓰러진 사람이 있으니까 그 사람도 2층으로 옮겨주세요."

팔마의 체격으로는 기절한 로테와 4층에 있는 세드릭을 옮기기 힘들었다.

"얼마든지요, 약신님."

신관들은 정렬해서 입을 모았다.

"그렇게 부르지 말라고요."

머쓱해하며 이목을 피해 후드를 깊이 눌러쓰는 팔마였다.

◆

"아, 따끔해요."

등을 드러낸 로테가 짧게 말했다. 그녀는 벗은 앞치마로 앞을 가리고 있었다.

이곳은 커튼을 친 약국 2층 처치실로, 엘리베이터를 이용해 신관들이 그들을 옮겨다줬다.

"국소 마취를 할 거니까. 통증은 금방 사라질 거야."

팔마는 로테에게 진통제를 먹이고 국소 마취를 한 뒤 치료를 해주었다. 로테는 꼼짝도 않고 눈을 감고 있었다. 옆 침대에는 세드릭이 앉아 있었다.

"세드릭 씨는 어때?"

"전 하나도 안 아픕니다."

"그럼 둘 다 엎드려. 환부를 씻어야 하니까. 상처 주변이 좀 지저분하거든."

팔마는 쉬지 않고 약국 2층 처치실에서 두 사람을 침대에 엎드리게 한 뒤 동시에 처치를 했다.

"무슨 일이 있었던 걸까요? 저희는 등을 찔려 숨이 막혀 그대로 기절을 했는데…."

세드릭은 어째서 자신이 쓰러진 건지 이해하지 못하고 있었다.

"둘 다 즉효성 독을 바른 칼에 찔렸어. 그래서 의식을 잃었을 거야."

'치명적인 독 두 종류라니 너무 흉악했어. 상처가 깊지 않아서 망정이지.'

팔마는 새삼 공포심을 느꼈다. 필사적으로 해독했는데, 독의 종류를 알아내지 못했다면 몇 분 사이에 죽었을 것이다. 독 연구를 했던 카뮈였던 만큼 만만찮은 상대였다.

"세상에, 그런 일이 있었군요."

세드릭이 사정을 듣고는 목숨을 부지한 것을 깨닫고 파랗게 질렸다.

"구해주셨군요…."

로테는 고마워하는 눈으로 팔마를 바라보았다.

"그런데 죄송해요. 저, 4층에 들어가지 말라고 하셨는데, 소리가 나서 팔마 님이 돌아오신 줄 알고… 명령을 어겨서 죄송합니다!"

로테는 자신의 경솔한 행동을 진지하게 반성했다.

"저도 붙잡았는데 너무 늦었습니다. 그래도 나름대로 신술사인데 기습 공격에 지팡이도 잡지 못하고…."

면목이 없다며 세드릭은 분해했다.

"둘 다 위험에 빠트려서 미안했어."

"죄송합니다, 팔마 님."

"내 책임이기도 하니까 4층 시약 관리는 철저하게 할게. 두 사람은 느긋하게 회복에만 집중해줘."

소거 능력이 있어서 다행이었다고 팔마는 진심으로 생각했다. 창조 능력만으로는 둘 다 죽었을 것이다. 그리고 시내의 이세계 약국 연구실에 유독 물질이 있는 건 문제였다. 다음부터 실험을 할 때에는 유독한 시약을 소거한 뒤에 연구실을 나가자고 팔마는 굳게 다짐했다.

"팔마 님, 다행이에요…."

"뭐가 다행인데, 로테?"

"그때, 저… 쓰러져서, 혼자 맞서 싸우는 팔마 님의 목소리를 들었어요. 하지만 팔마 님 목소리가 다른 사람처럼 들렸어요. 팔마 님이 그렇게 화나신 건 처음 봐서…."

"소중한 사람들이 다치면 당연히 화가 나지."

"너무 무서웠지만, 그래도 기뻤어요. 팔마 님이 구해주신 거죠. 그리고 지금은 제가 아는 팔마 님이에요."

로테는 조용히 미소 지으며 말했다. 팔마가 그녀의 손을 잡아주자 기운을 잃고 잠이 들었다.

◆

　마세일령에서 밤새 말을 달려 제도로 돌아온 엘렌은 곧장 약국으로 달려왔다.

　엘렌이 2층으로 올라왔을 때, 로테와 세드릭은 침대에 누워 있었고 팔마가 그들을 처치하고 있었다.

　"팔마, 살아 있었구나! 무사해서 다행이다…. 로테랑 세드릭 씨는? 자는 거야?"

　로테와 세드릭은 진찰대 위에 엎드려 잠들어 있었다. 국소 마취와 진통제 효과도 있었다.

　"칼에 찔렸어. 생명에는 지장 없을 거야."

　"뭐?! 카, 칼에 찔렸다고?! 누가 찌른 건데, 큰일이잖아!"

　"그 마음은 이해하는데, 진정해, 엘렌."

　엘렌을 달래고서 팔마는 카뮈와 대결한 경위를 짧게 말해줬다.

　"악령이라니… 팔마 혼자서 용케 이겼네. 어떻게 이겼어?"

　"잘 기억이 안 나. 정신을 차리고 보니 사라졌더라고. 그런데 마세일 항구는 어떻게 됐어?"

　"그건 이미 끝났지. 산 플루브 대시에 오는 선박 입항 기간은 어제까지였으니까."

　"전부 검역했구나! 잘했어."

　"혹시 몰라 제자를 항구에 상주시키고 예정 외의 배가 오면 검역을 하라고 말해놓고 왔어."

　"고마워, 엘렌. 엘렌에게 맡기길 잘했네."

　"어, 으… 응. 별거 아니야."

팔마는 많은 사람을 치료하고 싶었지만 혼자서 다 할 수는 없다. 그를 이해해주는 존재와 신뢰할 수 있는 약사가 필요했고, 엘렌은 그 둘을 겸비하고 있었다.

팔마는 엘렌에게 진심으로 감사했다.

"그런데 가게 앞에 생긴 크레이터는 뭐야? 팔마가 만든 거야?"

대악령을 없앨 때 생긴 거대한 신력 웅덩이라는 건 가게 앞에 진을 치고 있던 여러 신관들에게서 들었다.

"뭘 어떻게 하면 저렇게 되는 건데?"

"때린 것밖에 기억이 안 나. 저렇게 큰 웅덩이가 생기면 보행자들이 위험할 텐데. 수리비도 내야 하고."

흥분해서 카뮈에게 무슨 짓을 했는지, 어떻게 카뮈를 없앴는지 팔마는 거의 기억이 나지 않았다. 그때 뭔가가 썬 것처럼 팔마의 의식은 애매모호했다.

"파편에 다친 사람은 없었나. 다른 가게도 부쉈으면 변상해야 하는데."

자신이 생명의 위기에 처했었는데 주변 사람들까지 신경 쓰는 팔마를 보고 엘렌이 말했다.

"넌 다른 사람들을 정말 잘 챙기더라. 자기한텐 무심하면서."

"맞다, 아직 두 사람 처치가 안 끝났어."

팔마는 자칫 늘어지려는 마음을 다잡았다.

"나도 도울게."

두 사람은 함께 로테와 세드릭의 환부를 꼼꼼하게 씻고 환부에 청결한 필름을 붙였다.

"이렇게 하면 정말 낫는 거야? 깨끗한 천을 대고 붕대를 감아주는 게 더 낫지 않나?"

조금 더 치료다운 치료를 하지 않는 거냐고 엘렌은 불만스러워했다.

"지혈한 다음에 깊지 않은 외상을 어떻게 처치하는지 그 기본을 가르쳐줄게."

팔마는 엘렌에게 설명했다.

하나. 상처는 소독하지 않는다, 건조시키지 않는다. 그것은 환부의 세포만 죽이는 행위이기 때문이다.

둘. 상처는 일단 깨끗한 물로 씻고 이물질도 철저하게 제거한다. 환부에 달라붙은 세균의 수를 줄이기 위해서다.

셋. 환부에 천을 대고 체액을 흡수하지 않는다. 체액에는 환부를 치료하려는 물질과 면역 세포도 포함되어 있기 때문에 함부로 제거하지 않는다.

넷. 딱지가 지지 않도록, 환부는 축축한 상태를 유지하고 면역 세포가 잘 활동할 수 있게 해둔다.

팔마는 하나씩 손가락을 꼽아가며 요점을 엘렌에게 전달했다.

엘렌은 안경이 틀어진 채로 정신을 못 차렸다.

"어느 상처에나 다 이 치료법을 쓸 수 있는 건 아니야. 감염이 되진 않았는지 상황을 봐가면서 써야 하지. 함부로 쓸 수 없는 방법이긴 하지만 이번엔 적용할 수 있어."

"네가 하는 말이 너무나 비상식적으로 들리는데. 보통 환부에는 아무것도 안 하고 인두로 지지는걸. 그러면 열에 타서 출혈도 멈추고. 화상을 입긴 하지만."

엘렌은 세상의 상식을 팔마 앞에서 역설했다.

"환부가 얕으면 몰라도 그렇게 하면 상처가 깊은 경우엔 세균이 환부 안으로 들어간 채 상처가 아물게 돼. 그리고 화상도 입게 되고. 대량 출혈이 아닐 때에는 그렇게 안 해도 돼."

"그렇구나…. 하긴, 환부를 태우든 안 태우든 환부는 곪을 거고, 패혈증에 걸리는 경우도 많으니까… 죽는 사람도 많고."

엘렌은 당혹스러워하면서도 팔마가 설명한 논리를 납득했다.

"하지만 딱지가 안 지면 안 낫잖아. 그게 생기면 깨끗하게 낫는데 어떻게 상처가 아무는 거야?"

그녀는 아직 궁금한 게 남아 있었다.

"딱지는 세균으로부터 상처를 보호해주고 출혈도 막아주긴 하지만 상처의 회복 지표는 아니야. 오히려 그 때문에 치료가 더뎌지거든."

그 사실을 알게 된 건 지구 의학에서도 최근 십여 년 전이지만.

"환부를 씻고 환부에서 나오는 체액을 제거하지 않고 보습을 유지하며 보호하면 나아. 체액에는 상처를 치료하는 인자가 많이 포함되어 있거든."

이것은 습윤 요법이라고 하는데 21세기의 치료법이다.

과거에 지구에서도 지난 세기까지는 환부에는 소독약을 바르고 건조시켰지만, 그게 세균을 죽이는 것보다 환부의 세포만 많이 죽인다는 걸 최근에야 알게 되었다.

대부분의 경우, 소독약은 환부에 필요하지 않았다. 환부에 소독약이 전혀 필요하지 않은 건 아니지만, 환부에 대량의 세균이 들어갔을 때에나 수술 전 예방적인 소독 등 한정된 경우에만 사용된다.

이 경우는 그에 해당하지 않았다.

"2차 감염 예방으로 흑사병 약도 먹일까."

팔마는 진료 가방에서 흑사병 약으로 준비해둔 스파르플록사신을 꺼냈다.

"흑사병 약이 자상 감염 예방에도 도움이 돼?"

"응, 이 약은 항균 스펙트럼이 넓거든."

"항균 스펙트럼이 뭔데?"

"음, 그러니까 다양한 종류의 세균에 효과가 있어서 외상의 2차 감염 예방에 써도 된다고. 흑사병 균만이 아니라 다른 균에도 효과가 있다는 말이야."

팔마는 항균제에 대해 엘렌에게 간략하게 설명해줬다.

"그 지식은 도대체 어디서 얻은 거야? 역시 약신이라서 아는 거야?"

엘렌은 벌써 몇 번째인지 모를 질문을 던졌다.

"벼락을 맞았을 때 알게 된 지식이야. 그리고 난 약신 아니거든."

하지만 그렇게 단언할 자신이 점점 약해지고 있었다. 그래도 인간이 아니라고 인정해버리면 마음까지 인간이 아니게 될 것 같아져 팔마는 거부하고 싶었다.

그는 전생에서도, 지금도 그를 필요로 하는 다친 사람, 병든 사람들에게 힘이 되고 싶었다.

물론 인간으로서.

"넌 정말 이해가 안 돼."

거의 그녀 특유의 대사가 되어가고 있는 엘렌의 말에,

"나도 잘 모르겠어. 하지만 나는 인간이라고 생각하거든."

팔마는 늘 그렇듯 대답했다.

그 대화는 마치 어떤 암호와도 같았다.

"자, 이제부터가 진짜 중요하지."

그날 안에 팔마는 7천 명 분량의 스파르플록사신을 추가로 만들었다.

힘을 너무 많이 쓴 건지, 아니면 피로가 최고조에 달했는지 팔마는 물질 창조 발동 후에 엘렌에게 약을 건넨 뒤 한 시간쯤 조제실 안에서 기절한 채 꼼짝도 하지 않았다.

사람들이 "이제 눈 안 뜨는 거 아냐…"라고 걱정하고 있는데 벌떡 일어나서는 조제 약국 길드의 약사, 혹은 남는 시간을 주체 못하는 계량 판매 상인에게 양을 재서 포장하도록 지시했다. 그리고 다시 기절하려 했다.

"팔마는 이제 좀 쉬어. 너무 과로했어."

"아니, 괜찮아, 엘렌. 나도 도울게. 끝까지 해야지."

팔마가 일어나려는데 엘렌은 그의 어깨에 손을 올리고 타이르듯이 고개를 저었다.

"안 돼. 네 일은 여기까지야. 각 길드 여러분, 도와주세요."

약을 받아든 엘렌이 모여 있던 약사와 상인들에게 협력을 구했다.

"헤에, 우리는 약장수가 아닌데 괜찮습니까?"

"그럼요, 부탁할게요."

포장을 돕기 위해 약 포대를 접는 종이 장인도 자원 봉사에 나섰다.

"오늘 안에 다 나눠줘야 해!"

"완성된 약 계수는 여기로 줘!"

일련의 컨베이어 시스템이 완성되어 포장 작업이 효율적이 되었다.

"이 약에 제도의 존망이 달려 있어. 이 약 한 알에 한 사람의 목숨이 걸려 있다고 생각해라."

"야, 약 빼먹지 마! 돈벌이나 하려는 녀석은 지옥에 떨어질 거다!"

"도둑놈은 죽인다!"

"뭐야?! 내가 도둑이라니, 말이 되냐!"

장인들 사이에서 과격한 말이 오갔다.

"싸울 거면 밖에 나가서 싸워! 상인들은 성미가 급하다니까."

엘렌이 지긋지긋해하며 말리러 나섰다.

"배달 작업을 도와줄 사람은 이쪽에서 구획을 나눌 거야."

조제 약국 길드의 약사, 메디크와 8020의 약사들이 주민들에게 무료로 약을 배포했다. 이세계 약국과 그 관련 약국 종업원, 약사들은 흑사병을 박멸하기 위한 작업 본부를 세우고 제국에서 중심적인 역할을 맡았다.

제도는 청정구, 감염구, 중증 감염구로 나뉘었고, 중증 감염구는 출입이 제한되었다.

복약한 사람들 대부분은 흑사병이 발병하지 않았고, 발병했다고 해도 가볍게 앓고 넘어갔다.

이미 발병한 네데르 상인들도 혼신의 치료 덕분에 대부분이 목숨을 부지했다.

당연히 약사 길드의 약사들에게도 약은 무료로 배포되었다. 그걸 그들에게 전달하는 건 조제 약국 길드의 일이었다.

"이런 말은 하기 그렇지만, 그 녀석들에겐 주기 싫네요."

피에르가 속내를 슬쩍 던졌다. 약사 길드 녀석 때문에 가게가 파괴되고 욕을 먹었던 적이 있었던 것이다.

"피에르 씨 심정은 이해하지만, 모든 사람에게 나눠주지 않으면 거기가 감염원이 되니까."

팔마도 약사 길드의 끈질긴 방해를 받긴 했지만, 감정과 이성은 철저하게 구분해 생각하고 있었다.

◆

약사 길드 간부들은 대부분이 피에르가 나눠준 약을 받지 않았다. 과거에 길드에서 추방하고 따돌리며 얕잡아 보던 약사에게서 약을 받아야 하는 게 비참해서였다.

"이걸 먹어. 식구들 몫까지 들어 있어."

피에르는 전에 그를 비웃었던 약사의 가게를 찾아 약 봉투를 떠넘겼다. 던지고 싶은 충동을 애써 참으며 팔마가 지시한 대로 감정을 죽이고 과거를 물에 흘려보내고서 약을 내밀었다.

"그딴 거 필요 없어! 이 가게 약으로 고칠 거다!"

하지만 약사가 아무리 거부하려 해도 신약의 효과는 이미 확실했다.

반쯤 죽어가던 네데르국의 흑사병에 걸린 상인들에게도 효과가 있을 정도였으니까.

"흑사병에 이 가게에 있는 어느 약이 효과가 있는데?"

피에르는 지저분한 점포 안을 둘러보고 허세를 부리는 약사에게 조용히 물었다.

"이 가게가 아니라도 유사 이래 어느 약이 흑사병을 고쳤지?"

"으… 보자보자 하니까….''

"도대체 뭔데? 없잖아?"

피에르는 약사가 대답하길 꾹 참고 기다렸지만, 대답은 없었다.

"그런 거야. 알았으면 먹어. 너 혼자만의 문제가 아니라고. 가족까지 죽게 놔둘 거냐."

약사 길드의 약사는 귀까지 빨개져 있었다. 수치심 때문인지 분노 때문인지, 알 수 없는 얼굴로 울먹이며 피에르를 노려보았다.

"살아라."

피에르는 약을 탁자 위에 놓고서 대답도 기다리지 않고 가게를 나왔다. 그다음의 선택은 그에게 맡기기로 했다. 약사는 찜찜한 얼굴로 약 봉투를 들고 가만히 쳐다보았다.

◆

여제가 네데르국의 정세를 조사하기 위해 보낸 척후가 돌아왔다.

정보에 따르면 흑사병은 네데르에선 아직 창궐하지 않았으며, 감염자도 없으니 파병은 가능하다고 했다.

카뮈의 소멸로 적대 세력은 없어졌고, 무력, 정치, 경제 전반에 걸쳐 세계 최대의 초대국인 산 플루브 제국은 네데르국의 국정을 다시 세우기 위해 일시적으로 주둔하겠다는 취지를 주변 여러 나라에 알렸다. 여제는 5천의 제국군을 네데르에 파병했다. 그리고 네데르국의 왕후 귀족들은 카뮈의 독살로 죽었고, 관리와 군인들은 원인 불명의 독약에 중독되어 있다는 것이 밝혀졌다. 카뮈가 정부 관련 시설의 우물에 독을 탔던 것이다.

행정 기관은 붕괴했고, 물류는 끊겼으며 나라의 기능은 마비 상태였다.

제국군은 여제의 칙령에 따라 네데르국에 주둔하며 임시 정부를 조직하고 무정부 상태에서 정치 기능을 회복시키는 작업에 들어갔다.

피폐해졌던 네데르 국민들은 보호국인 산 플루브 제국군의 주둔을 환영했다.

그리고 여제의 요청을 받아들여 단 한 명의 종군 약사로 파견된 팔마가 제국군과 함께 네데르국에 들어갔다.

그날을 경계로 네데르국에서 약물 중독자는 없어졌다. 어느새 중독 증상은 진정이 되고, 오염된 우물과 상수도에서도 거짓말처럼 독이 사라졌다.

◆

네데르국과 제국 각지를 누비며 팔마는 말 그대로 바쁜 나날을 보내고 있었다. 그것은 약국 직원과 조제 약국 길드 약사들도 마찬가지였다. 환자 파악, 관찰, 검사 등. 제도에서 흑사병이 창궐하는 사태를 막기 위해 정신없이 일했다.

"약사 길드 사람들이 가게 앞에 찾아왔습니다. 쫓아낼까요?"

갑자기 문지기 기사가 가게 안에서 조제와 진료에 쫓기던 팔마를 불렀다.

"아뇨, 무슨 말을 하는지 들어보죠."

이렇게 바쁜 시기에 무슨 일일까, 또 심술을 부리러 온 걸까, 팔마는 미심쩍어하며 가게 밖으로 나갔다. 신규 환자에 대응하지 못해 임시 폐업 상태인 이세계 약국 앞에는 흑사병의 위협에서 벗어나 생환한 약사 길드 약사들이 작업복 차림으로 모여 있었다. 그 제자들도 활기 없는 얼굴로 자리해 있었다.

"도대체 무슨 일이신가요…?"

어떤 사람은 시선을 피하고, 어떤 사람은 복잡한 얼굴을 하고서, 알아듣기 힘든 작은 목소리로 팔마에게 말했다.

"…돕게 허락해줘."

팔마는 그들의 말에 귀를 의심했다.

"네? 뭐라고요?"

"돕게 해달라고!"

"…알겠습니다. 그럼 잘 부탁드릴게요. 일손이 필요하거든요."

"그, 그래. 뭐든지 할게."

그들은 팔마의 지시에 따라 거리를 제염하는 작업에 나섰다.

흑사병 환자들에게 아무것도 하지 않았던 약사 길드 가맹점은 제도민의 비난과 불매 운동에 직면해 경영 악화로 모조리 도산 위기에 처했다고 했다.

그들의 말에 따르면 약사 길드의 길드장 베론과 간부들은 지급된 팔마의 치료약을 복용하기를 끝까지 거부하고서 기존의 온갖 약초를 복용했지만, 결국 효과를 얻지 못하고 격리되어 페스트 패혈증으로 비참한 최후를 맞이했다고 했다.

하지만 그들은 격리되기 전 단계에, 가족에겐 팔마의 약을 먹였다고 했다.

목숨을 부지한 가족들의 비탄을 생각하니 팔마는 너무나 안타까웠다.

◆

"오늘부터 이세계 약국의 영업을 재개하도록 하겠습니다."

이세계 약국은 한 달 만에 영업을 재개하게 되었다.

"너무 오래 쉬었어. 그럴 상황은 아니었지만. 다들 이 약국을 잊은 거 아닐까?"

단정한 흰 가운을 차려 입은 엘렌의 얼굴이 밝았다.

"응, 이제 임시 휴업이 없길 바라야지."

팔마는 진심으로 그렇게 생각했다. 약국을 경영할 수 있다는 건 제도가 평화롭다는 의미다.

총본점의 영업 재개를 뒤따르듯 조제 약국 길드 가맹점도 차례로 영업을 재개했다.

낡은 셔츠를 입고 불쑥 장 노인이 찾아왔다. 그가 첫 번째 단골손님이었다.

"아, 장 제독님."

"제독은 집어치워. 귀찮아서 일부러 이런 차림으로 오는 건데."

"저번엔 고마웠습니다."

오늘도 장 노인은 뱃사람 사탕을 사고 생성수를 마시러 왔다.

"여러분, 오랜만이에요!"

"로테, 보고 싶었어…."

"세드릭 씨와 네가 찔렸다는 말을 들었는데 괜찮니?"

"하하, 덕분에요. 늙은 몸이지만 아직 죽을 수는 없지요!"

다른 단골들도 돌아왔다.

로테와 세드릭의 상처도 완전히 나아 가게 앞에서 바쁘게 손님들을 맞이했다.

"안녕하십니까, 팔마 님."

"어서 오세요, 살로몬 씨."

살로몬도 그게 자기 할 일이라는 듯이 매일 약국을 찾았다.

바쁜 일상이 돌아왔다. 얼마 지나자 여제의 명을 받아 노아가 약국을 찾아왔다. 팔마에게 직접 무슨 상을 받고 싶냐고 물으러 온 거였다.

"팔마, 폐하가 또 네게 내릴 상을 검토하고 계시는데 이번엔 어느 영지를 갖고 싶어?"

"이제 영지는 필요 없어, 아버지도, 나도 관리를 못하겠는걸. 아니, 그보다 이번엔 걸려들지 않을 거다."

애초에 드 메디시스가는 마세일령 이외에도 광대한 영토를 소유하고 있다. 더 이상은 감당이 안 되고 관리도 소홀해질 뿐이다, 필요 없다고 브루노는 귀족답지 않은 소리를 했다.

"그럼 돈이나 작위? 이해가 빨라서 좋네."

이세계 약국의 자금은 윤택했다.

홍보를 거의 하지 않아도 입소문을 타고 손님이 모여 매상은 상승 곡선을 그리고 있었고, 드 메디시스가에 들어오는 헌금은 곳곳에서 끊이지 않았다.

"다 필요 없어. 충분하니까."

"시시하네. 그럼 일은 잊고, 너도 이번에는 지쳤을 거 아냐. 휴가가 있으면 어디로 갈래? 난 다음 휴가엔 매 사냥을 하러 갈 건데, 너도 가고 싶다면 데리고 가줄게."

"난 매 사냥은 괜찮아."

"그럼 어디 가고 싶은데?"

"온천에라도 들어가서 푹 쉬고 싶네."

팔마는 진지하게 그렇게 말했다.

"아하, 공중 욕탕이 필요한 거구나."

"앗!"

또 당했다고 팔마는 반성했다. 엘렌이 키득거리며 웃었다.

"바보야! 하여간 물러 터졌다니까, 바보!"

팔마는 나름대로 경계를 한다고 했는데 너무나 허무하게 노아의 유도 심문에 걸리고 말았다. 노아가 다시 여제에게 고자질을 한 덕에 제도 안에 멋들어진 공중 욕탕(테르마에)이 세워지게 생겼다.

"뭐, 좋아. 제도민의 청결과 치유를 위해서도 테르마에는… 감염증 예방에도 좋을 테니까."

팔마는 생각을 고쳐먹었다. 평민들에게도 매일 목욕을 장려하고 싶었다.

"테르마에, 기대되네요! 다들 벌거벗으면 부끄러운데, 아, 평민도 들어가도 되나요? 평민용 작은 테르마에도 있나요? 구석이라도 상관없는데."

로테는 아직 구경을 못 해 본 테르마에를 생각하고 설레며 상상의 나래를 펼쳤다.

"아직 정해진 건 아니잖아, 로테."

"아하, 그렇죠…. 제가 공상에 빠졌네요."

로테는 수줍게 어깨를 움츠렸다.

"그런 거면 폐하에게 평민과 귀족 모두 들어갈 수 있게 말씀을 드릴게."

노아가 재치를 발휘했다.

"신난다!"

로테는 너무 기뻐 펄쩍펄쩍 뛰며 즉흥으로 온천 노래를 만들어 불러댔다.

팔마에게도 즐거움이 늘었다. 영토와 금화보다 더 기쁜 상이었다.

◆

제도에서 흑사병 종식이 현실적으로 다가온 무렵.

궁정 약사 브루노 드 메디시스가 총장을 맡은 산 플루브 제국 약학교에 있는 약학 연구동 대회의장에서는 예정된 개최일에서 한참 늦게 특별 교수회가 열리고 있었다.

몇몇 교수의 퇴임에 따른 보결 요원으로 내년부터 채용할 교수를 정하는 중요 회의였다. 제국 약학교에서는 공모를 통해 우수한 교수를 모집하고 지금까지의 업적, 구두시험, 모의고사를 통해 심사를 한다. 모든 교수 후보 시험이 끝나고 각 연구실의 교수를 선출하는 단계였다.

참석한 교수진은 제국의 약학의 기둥들이었다.

약학교 총장인 브루노를 정점으로 한 교수진은 검은 로브를 입고 사각모를 쓴 위엄 있는 모습들이었다. 그중에는 캐스퍼 교수도 있었다. 캐스퍼 교수는 퇴임이 2년 연장되었다.

방선균에서 유용한 항생 물질을 추출하는 캐스퍼 교수의 연구는 여러 연구자들의 손을 통해 착실히 진행되고 있었다. 항생 물질 스트렙토마이신과 기타 항생 물질을 생산하는 균을 발견해 현재 그것들을 분리, 배양하고 있었다. 일대 프로젝트의 총지휘를 맡은 전직 창가족 교수인 캐스퍼 교수는 제국 약학교의 창약에 있어 주 전력으로 활약하고 있었다.

"드 메디시스 총장의 눈에 차는 교수 후보자가 있었나요?"

백발의 부총장이 좀처럼 정하지 못하는 후보자 선정을 정리하려고 했다.

"난… 글쎄, 바르비에 씨를 추천하고 싶군. 그는 약초학 강좌를 잘 꾸려줄 것 같아."

브루노는 교수 후보자 자료를 넘겨보며 대답했다. 브루노가 볼 때 납득이 갈 만한 인재가 아니라는 건 누가 봐도 명확했다.

"자리한 선생님들은 어떻게 생각하십니까?"

브루노가 결정했지만 어느 교수도 이 후보자를 추천하고 싶다는 명확한 대답을 하지 않았다.

"그래요, 정하지 못하겠으면 투표로 정하는 수밖에요."

브루노가 다시 교수진을 둘러보자 그들은 뭔가 다른 꿍꿍이가 있는 시선을 서로 주고받고 있었다. 그런 분위기가 계속된 뒤에 조제학 강좌 교수가 손을 들어 브루노에게 제안했다.

"이 후보자에 포함되진 않았지만, 꼭 제국 약학교 교수로 추천하고 싶은 인물이 있습니다."

"호오, 이 후보자는 받아들일 수 없다는 겁니까. 노바르트 의약 대학교에서 오랫동안 교편을 잡고 여러 연구 업적을 남긴 분들입니다만."

브루노는 신경질적인 표정을 지으며 수염을 쓸었다. 심사는 원점으로 돌아오게 되었다.

"그건 알고 있습니다. 하지만 사상 최연소 궁정 약사이자 이세계 약국의 점주. 팔마 드 메디시스 씨의 업적을 어느 후보자가 이길 수 있겠습니까."

"무슨 말씀이시오!"

브루노는 조제학 강좌 교수를 노려보았다.

"겸손해하시는 것도 이해하지만, 자제분에 대한 소문은 익히 들어 알고 있습니다."

"무슨 말씀을 하는 겁니까?"

백사병으로 생사의 기로에 섰던 황제를 팔마가 치료한 것은 약학교 교수진에겐 표면상 비밀이었다. 세기의 대발명이라는 현미경의 발명자는 익명 처리되었다. 획기적인 공중위생 강좌도 브루노의 첫 번째 제자이자 제도에 이름이 알려진 엘렌을 강사로 했고, 팔마가 직접 강좌를 여는 일은 극히 드물었다.

팔마가 궁정 밖에서 앞에 나서는 일은 거의 없다고 해도 무방했다.

하지만 궁정 약사로서 궁정을 드나드는 약사는 제국 약학교의 교원을 겸하는 사람이 많아 소문의 확대를 막을 수는 없었다. 그리고 팔마가 캐스퍼 교수의 연구실을 매일처럼 찾아 항생 물질 분리 정제에 대해 조언을 하고 있는 것도 교수와 학생들 사이에선 널리 알려진 사실이었다.

성인이 되어 사회적 책임을 지는 나이가 될 때까지는 자신의 공은 최대한 숨기고 싶다. 그렇게 말한 팔마의 의향을 존중해 아무리 브루노가 팔마의 대리가 되어 팔마의 공을 줄이려 해도, 제국 칙허점 약국을 경영하고 웬만한 공적으로는 인정받지 못하는 궁정 약사라는 것만 해도 학계에서는 상당히 눈에 띄는 일이었다.

"자제분의 업적은 다 열거하기에도 부족하고, 천상의 지식을 펼쳐 누구도 도달할 수 없는 지고의 영역에 들어선 걸로 보입니다."

"과장이 심하군요. 제 모자란 아들 녀석이 그런…."

브루노는 실소하며 이 자리를 모면하려고 했다. 하지만 교수진은 추격의 고삐를 늦추지 않았다.

"총장님, 설마 정말로 팔마 씨를 모자란 자식으로 생각하는 건 아니겠지요."

"…윽, 그건…."

브루노는 답을 할 수 없었다.

"흑사병 특효약을 개발한 것은 당신의 공이 클지 모르지만, 약을 만들고 대량 생산으로 이끈 건 그라는 걸, 조제 약국 길드의 3급 약사에게서 들었습니다."

"아아, 그러고 보니 조제 약국 길드 창업자도 자제분이셨지요."

한 사람, 또 한 사람씩 입을 열기 시작한 교수진에 의해 팔마의 업적과 제도 시민 내에서의 평판이 열거되었다.

"무슨 말씀이시오."

브루노는 쓴웃음을 지으면서도 속으로 식은땀을 흘렸다. 여유를 잃어갔다. 점점 제국 약학교에서 팔마를 요구하는 목소리가 강해져 막을 수가 없어졌다. 교수진은 브루노에게 비밀로 하고 입을 맞췄을 것이다. 완전히 허를 찔렸다.

"내년에 임용될 새 교수에 팔마 씨가 적임이라고 생각하시는 분은 박수를."

교수회 대회의장에 떠나갈 듯한 박수가 터졌다. 갈채였다. 박수를 친 교수의 수는 90퍼센트 이상이었다.

"찬성자가 압도적인 다수인 것 같군요. 따라서 자제분을 저희 학교의 교수로 초빙하고 싶습니다, 총장님."

쾅, 한 교수가 힘차게 책상을 두 손으로 치며 일어섰다.

"여기에 있는 우리는 학자로서, 혹은 진리의 탐구자로서 완전히 새로운 이 학문 체계를 겸허하게 배워야 합니다."

이제 브루노가 거부할 수 있는 상황이 아니었다.

팔마, 팔마를 외치는 대합창이 터졌다. 열광의 소용돌이는 대회의장을 뒤덮었다.

"…알겠소. 아들을 교수회에 부르도록 하지요. 하지만 그가 받아들일지 어떨지는 모릅니다."

◆

흑사병 소동이 있은 지 두 달 후, 산 플루브 제도에서 페스트로 인한 사망자는 한 명도 발생하지 않게 되었다.

이로써 여제는 흑사병 종식 선언을 내리게 되었고, 산 플루브 제국은 세계 최초로 유사 이래 최악의 역병인 흑사병 특효약을 만들어내 최소한의 희생으로 병을 물리쳤다는 위업을 달성하게 되었다.

개최조차 우려되던 산 플루브 대시는 어떻게 됐는가 하면, 전 세계 상인들이 모이는 1년에 한 번뿐인 거대 이벤트여서, 제도의 상공업자에게도 대목 때 대시를 열지 않으면 국가의 신용에 문제가 된다는 여제의 의향에 따라 세심한 검역을 실시한 후에 소규모이지만 인정받은 물품부터 순차적으로 열리게 되었다.

텐트를 치고 물건을 앞에 진열해놓고 소리치는 상인들. 상품을 고르는 손님과 중개인들. 부정을 적발하는 소리. 대량으로 거래되는 동전 소리. 계산판을 튕기는 소리. 코를 찌르는 향신료 냄새.

곳곳에서 터지는 싸움. 술집에는 사람들이 모이고 값싼 술에 취한다.

조금씩 제도에는 활기가 돌아오고 있었다.

◆

팔마는 로테와 엘렌을 데리고 대시를 돌아다니고 있었다. 시장은 활기로 넘쳤고, 손님을 끄는 싸움이 치열하게 벌어지고 있었다. 세 사람은 향신료를 바른 통닭 같은 꼬치와 진귀한 종류의 군고구마를 파는 노점에서 점심을 해결하고서 배를 두드리고 있었다.

엘렌이 약초 가게 텐트 앞에서 걸음을 멈추었다.

"앗, 잠깐만. 찾았다! 나바르 약초가 올해도 있었네. 이게 구하기 어렵단 말이야…."

엘렌은 진귀한 약초를 보고 바로 사들였다. 1년에 한 번 전 세계에서 귀중한 약초와 물약, 조제 재료가 모이는 이 시장은 약사들이 멀리 찾아가지 않고도 손쉽게 원재료를 조달할 수 있는 좋은 기회였다.

그리고 로테는 케이크 가게 노점 앞에서 떠날 줄을 몰랐다. 점주와 큰 상담을 하는 것마냥 진지하게 대화를 나누고 있었다.

"다시 한번 물을게요. 이 케이크는 무슨 맛이었죠?"

줄지어 진열된 과자를 앞에 두고 뭐가 맛있을지 고르고 있었다.

"오렌지와 견과류가 들어갔죠."

"저 건포도 케이크도 먹고 싶은데… 그럼 둘 다 두 개씩 살게요!"

로테는 이세계 약국에서 일하며 얻은 급료를 잘 굴려 과자를 샀다. 드 메디시스가 저택에 있는 어머니와 고용인 동료들에게 나눠 주기 위해 가져가기 때문에 산 플루브 대시가 열린 뒤로 매일 대량 구매를 하고 있었다. 팔마가 볼 땐 중개업자와 다를 게 뭐냐 싶었다.

"그럼 나도 저 가게 좀 보고 올게."

두 사람이 즐겁게 쇼핑을 하는 사이에 팔마도 자기에게 필요한 것을 사러 다녔다.

"두 사람에게 줄 선물이 있어."

팔마는 두 사람에게 돌아오자마자 이렇게 말을 던졌다. 이번 흑사병 소동에서 활약해준 직원들을 위로하기 위한 선물을 산 것이다. 팔마의 말에 로테가 등을 곧게 펴고 눈을 휘둥그레 떴다. 팔마가 그들에게 봉투를 하나씩 건넸다.

"둘 다 늘 큰 힘이 되어줘서 고마워. 이건 감사의 마음을 담아서 주는 거야."

감사의 마음은 말로 표현하지 않으면 전해지지 않는다. 그래서 팔마는 그들에겐 늘 고맙다는 말을 빠트리지 않으려 애썼다. 갑작스러운 일에 놀란 두 사람은 봉투를 열어보았다.

엘렌에게는 귀족들 사이에서 인기인 향수. 로테에게는 정교한 자수가 놓인 귀여운 앞치마를 선물했다. 참고로 가게를 지키고 있는 세드릭에게는 차분한 디자인의 비싼 지팡이를 준비했다.

"고마워, 팔마. 이 향수, 안 그래도 궁금했는데. 어떻게 내가 좋아하는 걸 알았어?"

"인기가 있어서 엘렌도 좋아할 것 같아서."

엘렌이 손목에 찍고서 황홀한 표정으로 향을 음미했다. 산뜻하고 달콤한 향에 엘렌이 약하다는 건 이미 사전 조사를 통해 알고 있었다.

"팔마는 가끔 어린애답지 않은 배려를 한다니까."

'뭐, 어린애가 아니니까.'

"여성에게 완벽하게 딱 맞는 선물을 고르다니, 나중에 커서 뭐가 되려고 이런담. 바람은 피우지 마."

엘렌은 그렇게 말했지만 그 표정은 한껏 들떠 있었다.

완벽하다고는 생각하지 않았지만, 팔마는 전생 시절에 학회나 회의, 연구 등으로 전 세계를 돌아다녔기에 연구실 스태프들에게 여행 선물을 빠트린 적이 없었다. 선물은 평소에 좋아하는 것을 얼마나 살펴보느냐가 중요하다는 건 정말이지 적절한 말이었다. 그는 그런 인간관계의 노력도 의외로 게을리 하지 않는 사람이었다. 전생에서는 "야쿠타니 선생님은 선물 센스가 좋다"는 좋은 평가를 받았었다. 센스 문제가 아니라 조사의 결과라고 팔마는 생각했다.

"이렇게 예쁜 금사 꽃 자수 앞치마를 가진 평민은 아무도 없어요!"

로테는 무척 기쁜지, 아까부터 봉투에 담긴 앞치마를 훔쳐보며 한숨을 쉬었다. 하녀가 자수가 놓인 물건을 주인에게서 선물로 받는 일은 좀처럼 없는 일인 듯했다.

"팔마는 뭐 갖고 싶은 거 없어? 우리도 점주님한테 선물 좀 하자."

엘렌이 답례에 신경 썼다.

"저도 답례하고 싶어요…!"

로테도 지갑을 보고 혀를 내민 뒤 손을 들었다. 과자를 사느라 너무 많은 돈을 썼나 보다.

"내 건 괜찮아. 갖고 싶은 건 샀으니까. 향신료랑 질 좋은 종이."

그렇게 말하며 팔마는 전리품이 담긴 가방을 들여다보았다.

"어머, 그러네. 정말 종이를 많이 샀구나."

시장에서 고급 종이를 발견한 그는 이때다 싶어 대량 구매했다. 연구 노트에 쓰거나 서적 집필에 쓰는 등 사용할 곳은 많았다. 몇백 년이나 견딜 수 있는 고급 종이가 필요했다.

"그런데 팔마가 향신료를? 신약 만드는 데 쓸 거야? 늘 약, 약, 약! 정말 팔마(약)란 이름에 딱이네, 착실하기도 하지."

엘렌이 그렇게 말하며 감탄하는 말에 팔마는 머쓱해져 고개를 숙였다.

'아뇨, 약이 아니라 카레를 위해서입니다.'

그렇게 말할 수는 없었다. 대시의 향신료 노점에서 쿠민, 심황 등의 향신료를 구할 수 있었기에 그는 4층 연구실에서 몰래 카레를 만들 생각이었다. 향신료는 있지만 이 세계에는 카레와 비슷한 요리가 없는 것 같았다. 향신료를 보면 카레가 떠오르는 건 카레를 좋아하는 일본인의 슬픈 습성이다.

'냄새 때문에 악취 소동이 나는 건 아냐? 이 세계엔 쌀이 없으니까 밀가루로 난이라도 구울까….'

만들 타이밍을 재야겠지만, 현재 기대하고 있는 비밀 계획이었다. 참고로 전생에서는 주식이 영양 보조 식품이었던 그였지만, 요리 실력은 요리가 조금이나마 실험과 공통된 점이 있어 별로 연습하지 않았는데도 불구하고 상당히 높은 수준을 자랑했었다.

'냄새 때문에 몰래 만들긴 어렵겠지.'

그렇다면 다 같이 카레 파티를 하자고 생각하는 팔마였다.

점심을 마치고 세 사람은 약국으로 돌아왔다. 팔마는 "난 시장에서 딱히 사고 싶은 게 없어서"라며 가게를 지키고 있던 세드릭에게도 선물을 줬다. 호박색 정석이 두 개 달린 고급 지팡이였다.

"세드릭 씨, 늘 고마워요. 이건 내 마음이에요."

"호오… 이건! 제가 받아도 될까요? 딱 보기만 해도 무척 비싸고 성능 좋은 지팡이라는 걸 알겠는데요. 재질은 모두 드웰 나무를 썼고, 정석은 풀간 황(黃), 디자인도 고상하네요. 소유주의 능력을 잘 이끌어내겠군요."

신장 가게 점주가 했던 말이 세드릭의 입에서 속사포처럼 쏟아져 나왔다. 엘렌과 마찬가지로 세드릭도 지팡이 마니아의 일면을 보여 줬다. 팔마는 지식이 부족해서 점주에겐 "이중에서 제일 튼튼하고 성능 좋은 것으로"라고 주문했을 뿐이었다.

"마, 마음에 들어 하니 다행이네."

세드릭의 지팡이는 신술뿐만 아니라 보행 보조 기구 역할도 어느 정도 겸한다. 그가 갖고 있던 지팡이는 낡아서 손잡이가 떨어졌기 때문에 무척 기뻐했다.

"마음에 들다마다요. 신술 연습도 열심히 해야겠네요."

드 메디시스가의 약초원 시료와 토양 유지에 모든 것을 걸고 있는 세드릭은 일반적인 공격 신술에는 서툴렀다. 그래도 모처럼 지팡이를 받았으니 앞으로 유사시를 대비해 특훈을 해두겠다며 미소를 지었다.

"자, 오후 영업에 들어갑시다."

오늘도 제국 칙허 약국, 이세계 약국에서는 북적북적한 손님의 말소리가 끊이지 않고 들려왔다.

 에필로그

바닷바람이 부는 마세일 항구 인근의 어촌 마을, 에스타크.

정오, 마을의 대로 중앙에 많은 사람들이 모여 공식 행사를 열고 있었다.

그 자리에 참석한 모녀가 작은 목소리로 이야기를 주고받고 있었다.

"엄마, 하늘에서 내려온 그 아이는 정말로 제도의 약사님이었을까?"

그날, 눈앞에 나타난 소년은 자신을 그렇게 소개했지만 아이는 믿을 수가 없었다. 그런 아이에게 어머니는 온화한 표정을 지으며 말했다.

"어린이 약사는 없단다. 아이는 약사 자격을 받을 수 없거든. 그리고 하늘을 나는 약사란 건 없어요."

엄마가 아이의 머리를 쓰다듬는다. 그렇지, 아이는 뭔가를 확신한 듯 고개를 끄덕였다.

"나, 그분이 빛나 보였었어."

"그분은 우리를 가엾이 여겨 구하러 와주신 수호신의 사자였을지도 몰라."

"응! 내 생각도 그래!"

모녀는 팡파르와 함께 제막된 그 조각상을 눈부시게 바라보았다. 어머니는 손을 모았다. 아이도 그 모습을 따라 똑같이 동작을 했다.

"고맙습니다, 이름도 모르는 수호신님. 저희가 지금 이렇게 살아있을 수 있는 건 당신 덕분입니다."

유래를 알 수 없는 소년 모습을 한 수호신이 늠름한 모습으로 병마에 철퇴를 내리는 이미지의 황금 신상이었다.

"으음, 별로 안 닮았는데. 좀 더 부드러운 인상이었는데."

"그러게나 말이다. 좀 더 부드러운 얼굴이셨지."

그것은 에스타크 마을의 풍경에 잘 어울리는, 흑사병 종식 기념비였다.

"우린 잊지 않을 거야."

"엄마, 나 열심히 공부해서 약사가 되고 싶어. 그래서 나도 많은 사람들을 치유해주고 싶어."

"너, 무슨 말을 하는 거니?"

"약이 우리 목숨을 구해주는 줄 몰랐으니까… 그렇게 효과가 좋은 약이라니, 믿을 수가 없었거든. 약에 대해 좀 더 알고 싶고, 공부하고 싶어졌어. 그리고 나도 그렇게 많은 사람들을 구할 수 있게 된다면…."

어머니는 눈을 빛내며 이야기하는 아이에게 당황하면서도 공감했다.

꿈을 꿀 줄 몰랐던 시골 아이가 생전 처음으로 장래에 대한 꿈을 갖게 되었다.

"괜찮지?"

수호신의 강림으로 아이에겐 작은 희망의 싹이 트게 되었다.

"그래. 그분처럼 되면 좋겠구나."

어머니는 조용히 웃으며 그녀의 꿈을 응원하기로 했다.

그때 시원한 한 줄기 바람이 어촌 마을의 한 길을 훑고 지나갔다.

"아, 지금… 설마."

그 바람 속에 모녀는 그가 그곳에 와준 듯한 느낌을 받았다.

— 다음 권에 계속 —

Special Thanks

【감수 · 교정】

츠다 호우코우
(의사 · 작가)

판코
(의사)

라스토라
(의사)

타마키
(약학 연구직)

이자이 요시
(약제사)

에치야 노마
(약제사)

익명 희망
(약제사)

※경칭 생략

지팡이

캐릭터 디자인안
팔레

캐릭터 디자인안
블랑슈

왕관

캐릭터 디자인안
엘리자베스
2세

이세계 약국 2

2019년 12월 8일 초판 인쇄
2019년 12월 15일 초판 발행

저자 · Takayama Liz
일러스트 · keepout
역자 · 이은주
발행인 · 정욱
편집인 · 황민호
출판사업본부장 · 박종규
책임편집 · 박정훈 성명신
마케팅본부장 · 김구회
마케팅 · 이상훈 김학관 김종국 반재완 이수정 임도환
국제업무 · 이주은 김준혜 장희정 박경진 위지명 김부희
제작 · 심상운 최택순 성시원
한국판 디자인 · 디자인 우리
발행처 · 대원씨아이(주)

서울 특별시 용산구 한강대로 15길 9-12
편집부 : 02-2071-2093 FAX : 02-794-2105
영업부 : 02-2071-2061 FAX : 02-794-7771
1992년 5월 11일 등록 3-563호

http://www.dwci.co.kr/

ISBN 979-11-362-1824-7 04830
ISBN 979-11-362-0574-2 (세트)

N T N o v e l

재와 환상의 그림갈

level. 14+ —여전할 수는 없어—

글 주몬지 아오
일러스트 시라이 에이리
번역 이형진

하루히로 일행이 타계 파라노로 흘러들어갔을 때 그림갈에서는 엄청난 이변이 일어나려고 했다…. 격동하는 세계에서 그 남자는 가면 속에 얼굴을 감추고 홀로 오르타나로 향한다….

"나는, 내 마음을 따르고 있는 건가…? 그렇다면 아무런 문제도 없어."

여행을 계속하는 란타의 악전고투를 그린 단편 에피소드 〈가면유정〉. 그리고 뜻을 이루기 전에 죽은 의용병 견습생 마나토의 마음을 그린 〈부탁이니까, 조금만 더〉. 시호루와 유메가 길드에서 만난 스승들과의 교류를 그린 〈오늘은 잘 자〉 등 TV 애니메이션용 특전 소설도 포함해 총 4편의 에피소드를 수록!

N T N o v e l

사신에게 길러진 소녀는 칠흑의 검을 가슴에 품는다 2

글 아야미네 마이토
일러스트 시에라
번역 유경주

사신에게서 받은 칠흑의 검을 들고 전장을 달리며, 파네스트 왕국 남방 전선에 승리를 가져온 은발 소녀 올리비아. 오랜만의 승리에 들뜬 왕국이었으나, 곧바로 북방 전선을 유지하던 제3군과 제4군이 괴멸했다는 소식이 날아 들어온다. 그런 상황을 타개하기 위해 올리비아가 있는 제7군은 제압된 지역을 탈환하라는 명령을 받아 북방 전선으로 진군을 개시한다. 한편 제국군을 지휘하는 것은 제국 3장 중 하나이자 붉은 기사단을 이끄는 로젠마리.

상식을 모르는 무구한 소녀가 왕국군 '최강의 말'로서 전장을 달리는 이야기, 제2막!